○古代闲雅小品丛书○

主编 吴小林

书卷似故人
——序跋小品赏读

吴振华 编著

中州古籍出版社
·郑州·

图书在版编目（CIP）数据

书卷似故人：序跋小品赏读 / 吴振华编著 . —郑州：中州古籍出版社，2012. 4（2023. 6重印）
（闲雅小品丛书）
ISBN 978-7-5348-3768-5

Ⅰ. ①书… Ⅱ. ①吴… Ⅲ. ①序跋 - 文学欣赏 - 中国 Ⅳ. ① I207.6

中国版本图书馆 CIP 数据核字（2011）第 276538 号

SHUJUAN SI GUREN：XUBA XIAOPIN SHANGDU

书卷似故人：序跋小品赏读

丛书策划	梁瑞霞
责任编辑	梁瑞霞
责任校对	李接力
装帧设计	知耕书房

出 版 社	中州古籍出版社（地址：郑州市郑东新区祥盛街27号6层 邮编：450016　电话：0371-65723280）
发行单位	河南省新华书店发行集团有限公司
承印单位	河南大美印刷有限公司
开　　本	890 mm×1240 mm　A5
印　　张	11.25
字　　数	230 千字
版　　次	2012 年 4 月第 1 版
印　　次	2023 年 6 月第 5 次印刷
定　　价	25.00 元

本书如有印装质量问题，请联系出版社调换。

总序

　　小品文是源远流长、丰富多彩的中国古代散文遗产中的重要组成部分。钱穆先生曾指出："中国散文之文学价值，主要正在小品文。"(《中国文学中的散文小品》) 此说有些绝对化，不尽恰当，但他认为小品文有很高的文学价值的看法十分正确。古代小品文短小隽永，活泼灵动，饶有情趣，富于美感，在中国散文史上独具魅力，广为人们所喜爱。

　　"小品"一词，在晋代就已出现，原是佛教用语。南朝宋刘义庆《世说新语·文学》中有"殷中军读小品"语，刘孝标注曰："释氏《辨空经》有详者焉，有略者焉。详者为大品，略者为小品。"小品与大品相对，是佛经的节本。把"小品"一词移植到文学领域，并将其看做一种文章的类型，是在晚明时期，当时出现了许多以"小品"命名的文学作品。当时，有人把自己的集子称为"小品",如朱国桢的《涌幢小品》、陈继儒的《晚香堂小品》等;有人把编选的作品命名为"小品",如王纳谏编的《苏长公小品》、陆云龙编的《皇明十六家小品》等。这些作品所收多为短篇小文。"小",即篇幅短小,就成为小品文外在形式上的一个特征,也是其最基本的标志。

不过,短篇文章不等于小品文,正如叶圣陶先生所言:"篇幅短小,不一定就是小品文。"(《关于小品文》)小品文除有短小的外在特征外,还具有其内在特质。对此,前人多有论述。如陈继儒提出"短而隽异"(《苏长公小品叙》),在篇幅短小之外,还强调隽永新异。唐显悦说"幅短而神遥,墨希而旨永"(《文娱序》),突出语短意长,尺幅千里。袁中道指出:"率尔无意之作,更是神情所寄,往往可传者。托不必传者以传,以不必传者易于取姿,炙人口而快人目。"(《答蔡观察元履》)认为文章应该随意任情,富有神韵,快人耳目。要而言之,简约隽永,以小见大,自由灵活,韵趣兼胜,就是小品文所具有的内在特质。

一提起小品文,人们往往想到晚明小品,似乎古代小品文直至晚明才出现。其实小品文历史悠久,古已有之,晚明只不过是小品文的鼎盛时期。本丛书所收小品文,自魏晋始,至清末终,并以晚明为侧重点,是与古代小品文的流变轨迹相一致的。有的论者认为小品文最早在先秦就产生了,《论语》、《孟子》、《庄子》等书中含有不少很好的小品文,但那只是著述片断,还未独立成篇,故而只能看做古代小品文的滥觞。小品文正式出现于"文学的自觉时代"(鲁迅《魏晋风度及文章与药及酒之关系》)——魏晋。曹丕、曹植兄弟的书札,王羲之的序文,陶渊明的序、记,吴均、陶弘景的书信,其中有不少精美的小品文。刘义庆的笔记集《世说新语》,更是后世小品文的典范。唐代白居易的序、记,韩愈的杂著,柳宗元的游记、寓言,其中优秀的小品文甚多。至唐末,皮日休、陆龟蒙、罗隐等人的讽刺小品,成为"一塌糊涂的泥塘里的光彩和锋芒"(鲁迅《小品文的危机》)。及至宋元,欧阳修、苏轼、黄庭坚、秦观、陆游、倪瓒等人的序跋、笔记、书信、游记中颇多隽秀的小品文。其中尤为突出的是苏轼,被公认为晚明小品文名家的不祧之祖。明代嘉靖年间的唐宋派唐顺之、归有光等人富有情韵的散文小品,可看做晚明小品文高潮的前导。之后,公安派"三袁",竟陵派钟惺以及稍后的张岱,则为晚明小品文作家群体的中坚,他们与同时或前后的徐渭、屠隆、汤显祖、张大复、江盈科、陈继儒、李日华、王思任、刘侗、祁彪佳、吴从先等人,创作和编选小品文蔚然成风,佳作迭现,异彩纷呈,共同创造出晚明小品文的繁荣局面。清代则是其余波,金圣叹、李渔、廖燕、郑燮、袁枚等人,在小品文创作上都有不少上乘之作。这就是古代小品文发展的大致轮廓。可见,小品文的创作由来已久,代不乏人,名家辈出,众星闪耀,形成了中国散文史上的亮丽景观。

　　古代小品文林林总总,千姿百态,不过就其内容风格而言,大致可分为两类。一类是金刚怒目、激昂奋发的,一类是闲适清雅、冲淡飘逸的,后者占了古代小品文的大部分，也是这套"闲雅小品丛书"收录的主要内容。此处所说的"闲雅"，是个比较宽泛的概念，或闲适，或清雅，或萧散，或简淡，或爽朗明快，或轻松活泼。

本丛书精选历代闲雅风格的小品文，按文体分为五册，即笔记小品、序跋小品、尺牍小品、游记小品、杂言小品。笔记小品收随笔、杂录、杂记等闲散小文。序跋小品收短篇序（叙）、引、题词和题跋、书后。尺牍小品收书信短文。游记小品除山水游记外，亦包括园亭台阁记和序跋、尺牍中记叙山水的短文。杂言小品收录富有哲理的杂感、杂说等议论短文和箴言式、格言式及语录体小文。每篇包括原文、注释和赏读三部分。注释简明准确，以帮助读者排除文字障碍。赏读是为了使读者更好地理解原文，文字活泼生动，优美流畅，与所选原文相得益彰，相映成趣。

工作之余，偶尔得半日闲暇时光，捧起一本装帧精美的小书，翻阅那些"闲暇自得，清美可口"，赏心悦目的美文，时而被其真挚缠绵的深情所感染，时而被其情趣盎然的叙事所吸引，时而为其精辟警策的议论所打动，体味淡泊宁静的平和心境，领略青山绿水的秀丽风光，感悟耐人寻味的人生哲理，收到娱耳目、益心智之功效，那么我们编纂这套丛书的目的也就达到了。是为序。

吴小林
2011 年 10 月于北京

前言

如果说书是精美绝伦的冠冕,那么序跋就是冠冕上最耀眼的一颗明珠。

序跋对于一部书具有重要的意义,是书不可分割的部分。一本书不管内容如何丰富精彩,只有具备前序后跋,才给人完备圆满的感觉。在源远流长的古代典籍发展历程中,序跋就是一支璀璨的心灵浩歌,在浩如烟海的序跋大家族中,除了那些精心结撰的长篇巨制,还有大量闪烁着灵光才情的小品。我们这部书所选录的这类小品文,既有精深细微的思想火花,又有旷远超逸的雅洁情怀,尽管作者即兴挥洒无意求工,但是流自心灵的才情又使他们的文章浑然天成。

序跋作为一种文体,是叙述一部书的著作宗旨、创作动机、写作背景及阅读感受的文字,主要运用记叙的表达方式，记述中往往包含精警的议论和精细的描写以及动人的抒情。一般来说，序重在记叙与议论，而跋则主要是抒发感慨。序与跋相同的一点是都必须对一部书或一件艺术品作出精确的鉴别和价值判断，都必须具有一段"千古不可磨灭的见解"。从文体源流演变来看，序体产生较早，从传说中的《叙卦传》起，可以说序体就伴随着经典一起诞生了，最迟到西汉司马迁的《太史公自序》已经宣告序体完全成熟，东汉出现的《毛诗序》则是完整的诗序。此后，赋序、诗序、文集序等如雨后春笋，层出不穷，从汉魏发源，历经四唐的孕育，在两宋及金元渐成气候，到明清时期推向高潮，终于由一条条涓涓细流汇成了波澜壮阔的大江大河。而跋体出现则相对较晚，唐代之前虽然文人也喜欢鉴赏文物、字画，但还未形成题跋的风气，像白居易、刘禹锡等人也只是偶一为之，到宋代欧阳修、苏轼、黄庭坚之后，题跋才广泛流行起来，蔚为大观。晚明时期，文人追求心性的闲适，远离尘嚣喧闹，因此小品文创作趋向繁荣，大量优秀的序跋小品也就应运而生。特别是这一时期文人画趋向精熟圆润的艺术老境，书法艺术也在大变唐宋的基础上朝文人个性化方向发展，鉴赏书籍、文物、字画成为文人生活的重要内容，也成为时代潮流，因此题跋繁盛于明清不是偶然的。

序跋常常是一部书的主旨与精神的体现，或者是对一幅字画的精到评价，所以它是人们畅游书山的捷径，横渡艺海的轻舟。而优秀的小品序跋除了短小精悍之外，还往往包含古人的"真见识"和"真性情"，读这些序跋，让人笑，让人哭，使人思，使人慰。既让你获得丰富的知识，又让你的心灵受到滋润，灵魂得到陶冶与升华。

序跋主要有自序（含跋）与他序（含跋）两种。其中自序类相对较少，他序则较为普遍，至明清时期千里跋涉请求名人作序是很普遍的事，因而常常一部书拥有数序。题跋则由于文人鉴赏的缘故，一部书或一幅字画辗转数代历经众手，也往往有众多的跋文。这些前后相继的序跋建构了对一部经典作品的阅读史和阐释史，其基本功能是帮助读者最大限度地还原创作的真实背景，重建和更新我们的阅读体验。古人的序跋会把我们带入原书作者及题跋者的心灵世界，带入到一个个由原著生发出来的生动故事之中。我们阅读这些序跋，可以很清晰地感受到古人心灵的悸动。如王羲之的《兰亭集序》描绘了优游山水、饮酒赋诗的闲雅情怀和兴尽悲来的人生萧瑟感受；苏轼的《〈南行前集〉序》记叙他们父子三人乘舟穿越长江三峡的独特经历和父子之间游赏对弈、赋诗唱和的快乐时光；黄庭坚的《题自书卷后》表达了自己身处逆境饱受打击的人生晚年淡定自若、处贫贱不忧的乐观精神；孟元老的《〈东京梦华录〉序》在反思中追怀故都曾经繁花似锦的盛世光景；张岱的《〈陶庵梦忆〉序》在忏悔中追忆已逝去的烈火烹油的富贵生活。读这些序跋，使我们对书里和书外的世界了然于心，并且与古书的作者们进行心灵的对话，我们为他们遭遇的不平而愤怒，也为他们的坚韧与执著而赞叹，更为他们的高尚情操而感动。

序跋反映出对原著的基本价值判断，体现着序跋作者的价值倾向，因此，立论精警、论断精准是优秀序跋的重要特征。同时，序跋还要对原著的缺点或瑕疵进行批评。优秀的文集序或选本序往往含有作序者深刻独到的文学见解。如卫宏的《毛诗序》提出"诗言志"这一中国古典诗歌的开山纲领；殷璠《〈河岳英灵集〉序》对盛唐诗坛进行描述，认为盛唐诗歌具有"神来、气来、情来"的特点，是"声律风骨"兼备的典范；韩愈《荆潭唱和诗序》提出"欢愉之辞难工，而穷苦之言易好"的深刻见解，对欧阳修提出"穷而后工"的理论影响深远；苏轼《书摩诘蓝田烟雨图后》得出"诗中有画，画中有诗"的经典判断，成为后世对王维诗画的定评；袁宏道《小修诗序》强调"独抒性灵，不拘格套"，对晚明诗歌乃至散文影响重大；王国维《〈宋元戏曲考〉序》则提出"一代之文学"的观点，深刻影响人们的文学发展史观念；等等,都具有重要的文学史价值。

孔子曾说:"言而无文,行之不远。"强调文采的重要性,具有诗歌的意境美和艺术美更是序跋小品重要的特征。如庾信《〈哀江南赋〉序》以典雅的文字写国破家亡的时代风雨,寄托对故乡亲人的思念,文笔优美,音韵和谐,千年来被公认为美文,序文甚至超越了赋文而倍受青睐;李流芳题在横塘、虎丘、断桥春望图和孤山夜月图等画册上的系列跋文及郑燮的题竹小跋,不仅意境优美,文笔潇洒,而且极显文人雅士的精神气质;廖燕的《自题竹籁小草》还原了创作的天籁环境,字字皆有清新明媚的青草雨露气息;张维屏的《〈听松园诗〉序》通过描写园内古松遒劲、活水环绕和园外江村烟树、四望空阔的景象,来烘托张氏晚年的悠然情怀。一篇篇序跋,都是字字珠玑、玲珑剔透的艺术珍品,它们不仅以深邃的思想和荡漾的情思感染着我们,还以优美的文字、巧妙的构思、隽永的意蕴,使我们吟诵不辍,爱不释手。

本书按照闲雅小品的要求,选择古代短小精美的序跋一百二十五篇。原本丛书要求选魏晋至清末的小品,考虑到《毛诗序》是文学史上最早最著名的完整诗序,且思想与艺术兼美,故而选入。另外有一些篇幅稍长的佳作,实在不忍割爱,也酌情选入若干篇,如《〈文心雕龙〉序志》《〈文选〉序》等。

目录

卫　宏	毛诗序	1
曹　植	《画赞》序	5
嵇　康	《琴赋》序	7
左　思	《三都赋》序	9
郭　象	《庄子》序	12
干　宝	《搜神记》序	15
王羲之	《兰亭集》序	18
陶渊明	《闲情赋》序	21
宗　炳	画山水序	23
沈　约	《棋品》序	26
谢　赫	《古画品录》序	29
刘　勰	《文心雕龙》序志	31
萧　统	《文选》序	37
郦道元	《水经注》序	43
庾　信	《哀江南赋》序	47
殷　璠	《河岳英灵集》序	55
韩　愈	荆潭唱和诗序	58
柳宗元	愚溪诗序	60

白居易	《荔枝图》序	64
李　翱	题《燕太子丹传》后	66
刘禹锡	《竹枝词》序	68
杜　牧	《李贺诗集》序	70
陆龟蒙	《笠泽丛书》序	74
皮日休	《酒箴》序	76
司空图	题《柳柳州集》后	79
欧阳炯	《花间集》序	82
欧阳修	《新五代史·伶官传》序	85
	《梅圣俞诗集》序	88
	题薛公期画	91
苏　轼	《南行前集》序	93
	书渊明《饮酒诗》后	95
	书《黄子思诗集》后	97
	书吴道子画后	100
	书摩诘蓝田烟雨图后	102
	跋文与可墨竹	104
	书蒲永升画后	106
黄庭坚	《小山词》序	109
	《胡宗元诗集》序	112
	题王荆公书后	115
	题自书卷后	117
	跋米元章书	119
	题东坡字后	120
秦　观	书《晋贤图》后	122
李格非	书《洛阳名园记》后	125

米　芾	跋自画《云山图》	128
杨万里	题曾无逸百帆图	130
孟元老	《东京梦华录》序	131
周　密	《武林旧事》序	135
吴自牧	《梦粱录》序	138
陆　游	跋《岑嘉州诗集》	140
	跋《花间集》	142
朱　熹	跋韩魏公与欧阳文忠公帖	145
元好问	跋东坡《和渊明饮酒诗》后	147
戴表元	题画	149
钟嗣成	《录鬼簿》序	151
宋　濂	跋《张孟兼文稿序》后	154
高　启	跋《眉庵记》后	157
徐　渭	《抄代集》小序	159
	《选古今南北剧》序	161
	书《草玄堂稿》后	165
	题青藤道士七十小像	167
	题自书杜拾遗诗后	169
陈继儒	《茶董》小序	171
	《酒颠》小序	174
	《牡丹亭》题词	176
	《花史》题词	180
袁宏道	小修诗序	182
	《会心集》序	186
	识伯修遗墨后	189
	识张幼于惠泉诗后	192

冯梦龙	《情史类略》序	195
	《笑府》序	198
钟　惺	自题诗后	200
倪元璐	王谑庵《悔谑钞》序	203
张　岱	《陶庵梦忆》序	206
	《西湖梦寻》序	210
	跋徐青藤小品画	213
	自题小像	215
卓人月	《新西厢》序	217
李流芳	江南卧游册题词·横塘	221
	江南卧游册题词·虎丘	223
	题断桥春望图	225
	题孤山夜月图	227
陈仁锡	题春湖词	228
董其昌	《苏黄题跋》序	230
幔亭过客	《西游记》题词	233
屠　隆	《青溪集》叙	236
毛　晋	跋《容斋题跋》	238
华　淑	题《闲情小品》序	241
汤显祖	《牡丹亭记》题词	244
钱谦益	《邵幼青诗草》序	247
	题张子石临兰亭卷	250
金圣叹	《水浒传》序	252
周亮工	题徐青藤《花卉手卷》后	256
归　庄	题墨竹为吴鹿友相公	258
余　怀	《板桥杂记》序	260

朱彝尊	书《花间集》后	263
黄百家	书《苇碧轩》诗稿后	265
廖　燕	选古文小品序	268
	自题竹籁小草	270
蒲松龄	《聊斋志异》自序	272
钱大昕	跋方望溪文	276
王士禛	《唐贤三昧集》序	278
郑　燮	题画·竹	281
金　农	题画（四则）	283
张惠言	《词选》序	286
	书《刘海峰文集》后	290
焦　循	《花部农谭》序	292
张维屏	《听松园诗》序	295
王　拯	《媭砧课诵图》序	298
龚自珍	书《汤海秋诗集》后	301
	书某帖后	303
王庆麟	书《魏叔子集》后	305
姚　鼐	袁香亭画册记	307
袁　枚	《随园随笔》序	309
洪　昇	《长生殿》自序	312
孔尚任	《桃花扇》小引	315
梅曾亮	《管异之文集》书后	318
曾国藩	书《归震川文集》后	320
施补华	题《登高图》	323
王闿运	《比竹余音》序	325

刘　鹗	《老残游记》序	328
吴汝纶	跋《蒋湘帆尺牍》	331
林　纾	书杜袭喻繁钦语后	333
王国维	《宋元戏曲考》序	335

毛诗序 卫 宏①

《关雎》，后妃之德也，风之始②也，所以风③天下而正夫妇也。故用之乡人焉，用之邦国焉。风，风也，教也；风以动之，教以化之④。

诗者，志⑤之所之⑥也，在心为志，发言为诗。情动于中而形于言，言之不足故嗟叹之，嗟叹之不足故永歌之⑦，永歌之不足不知手之舞之，足之蹈之也。

情发于声，声成文⑧谓之音。治世之音安以乐，其政和；乱世之音怨以怒，其政乖⑨；亡国之音哀以思⑩，其民困。故正得失，动天地，感鬼神，莫近于诗。先王以是经夫妇，成孝敬，厚人伦，美教化，移风俗。

故诗有六义焉：一曰风，二曰赋，三曰比，四曰兴，五曰雅，六曰颂。上以风化下，下以风刺上，主文而谲谏⑪，言之者无罪，闻之者足以戒，故曰风。至于王道衰，礼义废，政教失，国异政，家殊俗，而变风变雅⑫作矣。国史⑬明乎得失之迹，伤人伦之废，哀刑政之苛，吟咏情性，以风其上，达于事变而怀其旧俗者也。故变风发乎情，止乎礼义。发乎情，民之性也；止乎礼义，先王之泽也。是以一国之事，系一人之本，谓之风；言天下之事，形四方之风，谓之雅。雅者，正也，言王政之所由废兴也。政有大小，故有小雅焉，有大雅焉。颂者，美盛德之形容，以其成功告于神明者也。是谓四始⑭，诗之至也。

然则《关雎》《麟趾》⑮之化，王者之风，故系之周公。南，言化自北而南也。《鹊巢》《驺虞》⑯之德，诸侯之风也，先王之命以教，故系之召公。《周南》《召南》⑰，正始之道，王化之基。是以《关雎》乐得淑女，以配君子，忧在进贤，不淫其色，哀窈窕，思贤才，而无伤善之心焉。是《关雎》之义也。

《文选》

【注释】

①卫宏（生卒年不详）：字敬仲，东汉东海（今山东郯城西）人。从谢曼卿学《毛诗》，作《毛诗序》；从杜林学《尚书》，作《尚书训旨》。又有《汉旧仪》四篇，载西汉杂事。原书大部分散佚，今有清人孙星衍校辑本。

②风之始：指《关雎》是《诗经》十五国风的第一篇。

③风（fèng）：教化。

④动：感动。化：感化。

⑤志：旨意，怀抱。

⑥之：到，往。

⑦"言之不足"二句：发言之后意犹未尽，以叹息来延续它；嗟叹仍未尽兴，就要引声长歌。永，长。

⑧文：歌曲。

⑨乖：乖戾，背离。

⑩哀以思：哀伤并思慕太平盛世。

⑪谲（jué）谏：指对统治者谏劝时不直言过失，隐约其词，使之自己省悟。

⑫变风变雅：一般说来指《诗经》的《国风》和《大雅》《小雅》里一部分反映周朝政治衰乱时的诗篇。

⑬国史：这里指周王室的史官。古代有学者认为《诗》三百篇是由国史采集的。

⑭四始：从《毛诗序》看，当指《风》《小雅》《大雅》《颂》。又，《史记·孔子世家》："《关雎》之乱以为《风》始，《鹿鸣》为《小雅》始，《文王》为《大雅》始，《清庙》为《颂》始。"

⑮《麟趾》：《诗·周南》最后一篇。

⑯《鹊巢》《驺虞》：前者为《诗·召南》首篇，后者为末篇。

⑰《周南》《召南》：南是商代诸侯国名，后封为周公、召公的采邑。这两个地方的诗被收进《周南》《召南》。

【赏读】

《毛诗序》是汉代学者对先秦诗歌创作的理论概括，可以视为先秦儒家诗论的总结。

首先，它阐明了诗歌的特征及诗、乐、舞之间的关系。"诗言志"是儒家诗歌的开山纲领，诗序继承了这种观点，并融入了"情"的因素，说"情动于中而形于言"，这是对先秦诗歌创作经验的又一总结。将符合社会伦理道德的"志"与抒发个性需求的"情"相结合，是对先秦"百家争鸣"时张扬个性的继承。对诗歌与音乐、舞蹈关系的认识也是符合当时诗、乐、舞三位一体的实际的。诗序还特别强调诗歌的社会功能，"经夫妇，成孝敬，厚人伦，美教化，移风俗"，对社会生活起到调和美化的作用。认为可以通过赞美或讽刺达到上述效果，指出了诗歌与社会生活和政治的关系。

其次，关于诗歌分类及艺术手法的探索，提出"六义"说。朱熹认为，风雅颂是三经，是作诗之骨；赋比兴是里面横串的，是三纬。风，指产生于各诸侯国的地方民歌；雅，是产生于周朝王都附近的诗歌；颂，是祭祀时赞美祖先的诗歌。对赋比兴，朱熹说："赋者，铺陈其事而直言之也；比者，以彼物比此物也；兴者，先言它物以引起所咏之词也。"是对诗歌创作手法和创作规律的总结，表明诗歌要通过生动的形象表现生活、抒发情感，奠定了后代诗歌理论发展的大方向。

《毛诗序》过分强调讽刺时要注意适度和婉转的技巧，追求"温柔敦厚"的中和之美，虽然可以提高诗歌的审美效果，但是排斥炽烈的情感倾诉，又限制了诗歌的发展，后代诗学理论对它的缺陷有不断的突破。

《画赞》序 曹 植①

善画者，鸟书②之流也。昔明德马后③美于色、厚于德，帝用④嘉之。尝从观画，过虞舜庙，见娥皇女英，帝指之戏后曰："恨不得如此人为妃。"又前，见陶唐⑤之像，后指尧曰："嗟乎！群臣百僚，恨不得戴君如是。"帝顾而笑。故夫画所见多矣，上形太极混元之前⑥，却列⑦将来未萌之事。

观画者见三皇五帝，莫不仰戴；见三季暴主⑧，莫不悲惋；见篡臣贼嗣，莫不切齿；见高节妙士，莫不忘食；见忠节死难，莫不抗首；见放臣斥子，莫不叹息；见淫夫妒妇，莫不侧目；见令妃顺后，莫不嘉贵。是知存乎鉴者何如⑨也。

《曹子建集》

【注释】

①曹植（192~232）：字子建，沛国谯（今安徽亳州）人，曹操第三子。少有文才，善为诗文，能"定大事"，为曹操所宠爱。后因"任性而行"，失去信任。曹丕称帝后，备受猜忌和打击，屡次贬爵，改换封地。曹叡即位，处境没有改善，郁郁而死。因曾封陈王，死后谥思，故称陈思王。宋人辑有《曹子建集》。

②鸟书：指古代象形文字。

③明德马后：东汉明帝刘庄之后，马援之女。

④用：因此。

⑤陶唐：即尧。尧初居于陶，后封于唐，为唐侯。

⑥上形:前面画着。太极混元:远古时代。

⑦却列:后列。

⑧三季暴主:指夏、商、周末代君主夏桀、殷纣、周幽王。

⑨鉴者何如:鉴,鉴戒。何如,疑为"图画"二字。

【赏读】

　　曹植被称为建安诗王,是建安文学的杰出代表。他的这篇短序体现出他还具有绘画方面的深厚修养。首先,他指出绘画与文字本源相通,认为绘画是书法一类的艺术。因为汉字是一种象形兼表意的文字,古人从结绳记事时代走进文字时代,最初的文字也是图画性质的符号,通过文字记录过去、安排现在、设计未来,符号具有了意义。正是在此基础上,渐渐产生了绘画。接着,曹植以汉明帝与明德皇后观画的事例阐释了绘画的社会功能,认为绘画具有使观者产生鉴戒的作用。汉明帝与明德皇后观赏虞舜庙里的壁画时,明帝希望自己的后妃就是娥皇和女英,而明后却说百官臣僚都希望拥戴唐尧一样的圣君。简短的对话中寓托了君臣的理想。说明这些人像画的旨意在于劝勉、鉴戒观画者,使之获得精神境界的提升。

　　两汉三国时期,王公贵族在室内悬挂人像用以鉴戒是一种社会风气。人们通过观赏不同的人物画,会产生不同的情感。圣君让人景仰,暴君使人悲惋,乱臣贼子让人切齿痛恨,高节妙士使人神往忘食,忠节遇难让人抗首振奋,放臣斥子使人悲伤叹息,淫夫妒妇让人侧目鄙夷,贤妃顺后则使人心生嘉贵爱慕。总之,观者在潜移默化中受到教益,绘画艺术具有润物细无声的教诲功能。三国时代已经掀开了"人的觉醒"的大幕,开始了人格境界的自我建构,无论是绘画、音乐还是文学,都要求具有强烈的社会功利价值,曹植的这一看法正反映了当时的这种文化潮流。

《琴赋》序 嵇 康①

余少好音声，长而玩之。以为物有盛衰，而此无变；滋味有厌②，而此不倦。可以导养③神气，宣和情志，处穷独而不闷者，莫近于音声也。是故复之④而不足，则吟咏以肆志⑤；吟咏之不足，则寄言以广意。然八音⑥之器，歌舞之象，历世才士，并为之赋颂。其体制风流⑦，莫不相袭。称其材干，则以危苦为上；赋其声音，则以悲哀为主；美其感化，则以垂涕为贵。丽则丽矣，然未尽其理也。推其所由，似元⑧不解音声；览其旨趣，亦未达礼乐之情也。众器之中，琴德最优，故缀叙所怀，以为之赋。

《嵇康集》

【注释】

①嵇康（224~263）：字叔夜，谯郡铚（今安徽淮北）人。著名的思想家、文学家，魏正始时期"竹林七贤"之一。他崇尚老庄之学，蔑视虚伪的礼教，提出"越名教而任自然"。由于拒绝与把持朝政的司马氏集团合作，被司马昭杀害。嵇康曾任中散大夫，有《嵇中散集》传世。

②厌：满足。

③导养：引导培养。

④复之：反复玩味，欣赏音乐。

⑤肆志：纵情。

⑥八音：古代称金、石、丝、竹、匏、土、革、木为八音。
⑦体制风流：指作品的形式和内容。风流，精神。
⑧元：通"原"。

【赏读】

  嵇康这位具有叛逆精神的思想家、文学家，也具有很高的音乐艺术造诣，音乐成为他生命的一部分。他的《声无哀乐论》全面阐述了自己的音乐美学理想；"目送飞鸿，手挥五弦"的诗句描写了他向往的人生境界；临刑之前从容弹奏的绝唱《广陵散》则是他生命最后的壮美乐章。这位具有卓越音乐才能的文人创作琴赋，自然别有境界。

  《琴赋》是嵇康现存作品中唯一的辞赋，文中铺陈琴的选料、制作、演奏情状，表达了自己的音乐见解，结尾慨叹"识音者稀"，借赋琴传达出内心深深的孤独与惆怅。而序文却简明平实，先说音乐具有强大的生命力，它不随外物的盛衰而变化，又含有让人回味无尽的魅力，同时还是颐养精神、宣泄情感、排遣寂寞的工具。因此他要写作《琴赋》来表达对琴的精神的理解。接着，嵇康分析了历代描写音乐艺术作品的缺陷，认为无非是从音乐的作用、旋律、感染力等方面着眼，大都陈陈相因，少有创新，尽管辞藻华美，但未尽其理。他认为尽理达情最为关键。最后，嵇康指出琴是所有乐器中最有德操的乐器，以琴为媒，可以展现自己的襟怀，便于抒发对音乐的见解。

《三都赋》序 左 思①

　　盖诗有六义②焉，其二曰赋。扬雄曰："诗人之赋丽以则。"③班固曰："赋者，古诗之流也。"④先王采焉，以观土风⑤。见"绿竹猗猗"，则知卫地淇澳之产⑥；见"在其版屋"，则知秦野西戎之宅⑦。故能居然而辨八方。然相如赋上林，而引"卢橘夏熟"⑧；扬雄赋甘泉，而陈"玉树青葱"⑨；班固赋两都，而叹以出比目；张衡赋西京，而述以游海若⑩。假称珍怪，以为润色，若斯之类，匪啻⑪于兹。考之果木，则生非其壤；校之神物，则出非其所。于辞则易为藻饰，于义则虚而无征。且夫玉卮无当⑫，虽宝非用；侈言无验，虽丽非经⑬。而论者莫不诋訐⑭其研精，作者大氏举为宪章⑮。积习生常，有自来矣。

　　余既思摹二京而赋二都。其山川城邑，则稽⑯之地图；其鸟兽草木，则验之方志；风谣歌舞，各附其俗；魁梧长者⑰，莫非其旧。何则？发言为诗者，咏其所志也；升高能赋者，颂其所见也。美物者，贵依其本；赞事者，宜本其实。匪本匪实，览者奚信？且夫任土作贡，虞书所著⑱；辩物居方⑲，周易所慎。聊举其一隅，摄其体统⑳，归诸诂训㉑焉。

《文选》

【注释】

　　①左思（250？～305？）：字太冲，临淄（今属山东）人。西晋太康时期杰出的文学家。他出身寒微而以诗赋闻名。代表作《咏

史》八首,托古讽今,抒发内心的愤懑不平,气势豪迈,笔力雄健,有"左思风力"之誉。他的《三都赋》轰动一时,有"洛阳纸贵"的佳话。后人辑有《左太冲集》。

②六义:《毛诗序》云:"故诗有六义焉:一曰风,二曰赋,三曰比,四曰兴,五曰雅,六曰颂。"后来"赋"演变成一种文体。

③语出扬雄《法言·吾子》。丽,指语言华美;则,合乎《诗》的准则。

④语出班固《两都赋序》。认为赋是古诗一类的作品,具有诗的品质。

⑤观土风:考察风土人情。

⑥"绿竹猗猗":语出《诗经·卫风·淇奥》。猗猗,茂美的样子。淇隩(yù):淇水深曲之处。

⑦"在其版屋":语出《诗经·秦风·小戎》。版屋,用两版相夹中间置土的方法造屋。西戎,先秦时秦国西部的少数民族。

⑧"卢橘夏熟":语出司马相如《上林赋》。

⑨"玉树青葱":语出扬雄《甘泉赋》。

⑩海若:海神名若。

⑪匪啻(chì):不止。

⑫玉卮:玉制的酒杯。无当:无底。

⑬非经:不合常理。

⑭诋訐(dǐ jié):指责,批评。

⑮大氐举为宪章:大都奉为典范。

⑯稽:考核,查阅。

⑰魁梧长者:杰出的大人物。

⑱任土作贡:根据土地所产而定贡赋的品种和数量。虞书:《尚书》的一部分。

⑲辩物居方:语出《周易》:"君子以慎,辩物居方。"意思是

辨别物产所宜之地。

⑳摄其体统：抓住纲要总领。

㉑诂训：即故训，古人的言语。

【赏读】

左思倾注十年精力创作《三都赋》，引起巨大的轰动，一时竞相传抄，以致洛阳纸贵。其内容包括《蜀都赋》《吴都赋》《魏都赋》三篇，借西蜀公子、东吴王孙、魏国先生之口，夸说三都疆域之广、历史人物之盛、典章制度之美。

这篇序文体现了左思的创作意图与审美追求。在对赋的文体特征认识方面，他认为赋本是《诗》六义之一，是诗的一种表现手法，后来演变成一种文体，因此赋应该具备诗的某些特征与功能。左思举两个例子说明《诗经》具有观风博物的功能，而汉赋状物，无论是司马相如还是扬雄、班固、张衡之作，都有"虚而无征"的弊病，并且列举他们相关的词句，说明他们假借珍怪，进行夸饰，既背离了生活常识，使赋的认识功能丧失了，又偏离了《诗经》的大方向。因此，他自己创作《三都赋》，要坚决贯彻求真务实的原则，所写的山川城邑都可以在地图上找到，鸟兽草木又能从地方志上得到验证，民间歌谣与本地风俗相合，所列举的杰出人物决非虚构杜撰。尽管左思《三都赋》是模仿班固的《两都赋》和张衡的《二京赋》，但是他取象用事务求真实信核，却是他的创新，既恢复了大赋观风博物的功能，又继承了《诗经》的信实精神。当然，在艺术作品中追求完全的真实也是一种难以实现的目标，因为艺术真实来自生活真实远高于生活真实，所以，用科学的真来排斥艺术的真，否定虚构与夸张，实际上也就取消了艺术。左思的创新虽然克服了汉大赋侈丽浮华的某些弊端，但是过分求真又使他的观点变得狭隘，他对文学的认识远远没有达到刘勰"酌奇而不失其真，玩华而不坠其实"的高度。

《庄子》序 郭　象[①]

夫庄子者，可谓知本[②]矣。故未始藏其狂言，言虽无会而独应者也[③]。夫应而非会，则虽当无用[④]；言非物事[⑤]，则虽高不行；与夫寂然不动[⑥]，不得已而后起者，固有间[⑦]矣，斯可谓知无心者[⑧]也。夫心无为，则随感而应，应随其时，言惟谨尔[⑨]，故与化为体[⑩]，流万代而冥物[⑪]，岂曾设对独遘而游谈乎方外哉[⑫]！此其所以不经[⑬]而为百家之冠也。

然庄生虽未体之，言则至矣。通天地之统[⑭]，序万物之性，达生死之变，而明内圣外王[⑮]之道，上知造物无物[⑯]，下知有物之自造[⑰]也。其言宏绰，其质玄妙。至至[⑱]之道，融微旨雅[⑲]，泰然遣放，放而不敖[⑳]。故曰，不知义之所适，猖狂妄行而蹈其大方[㉑]；含哺而熙乎澹泊[㉒]，鼓腹而游乎混茫[㉓]。至人极乎无亲，孝慈终于兼忘，礼乐复乎已能，忠信发乎天光。用其光则其朴自成。是以神器独化[㉔]于玄冥之境而源流深长也。

故其长波之所荡，高风之所扇，畅乎物宜，适乎民愿，弘其鄙[㉕]，解其悬[㉖]，洒落之功未加，而矜夸所以散。故观其书，超然自以为已当，经昆仑[㉗]，涉太虚，而游惚恍之庭[㉘]矣。虽复贪婪之人，进躁之士，暂而揽其余芳，味其溢流，仿佛其音影，犹足旷然有忘形自得之怀，况探其远情而玩永年者乎？遂绵邈清暇[㉙]，去离尘埃而返冥极[㉚]者也。

《庄子注》

【注释】

①郭象（252~312）：西晋玄学名士。字子玄，河南（今河南洛阳）人。西晋末，为东海王司马越所器重，引为太傅主簿。好老庄，善谈玄，主张万物"自生""独化"，自足其"性"，自留其"迹"，"无"不能生"有"。向秀注《庄子》后，他述而广之，申论名教与自然合一，使道家思想进一步渗入儒家哲学。

②知本：懂得事物的根本、本原。

③无会：无人相合。独应：独自应答。

④虽当无用：虽然正确而不被采用。

⑤言非物事：言论超乎事物之外。

⑥寂然不动：指静默无为的人。

⑦间：间隔，距离。

⑧知无心者：是庄子最高的理想人物。无心，无心所指。

⑨言惟谨尔：说话惟独谨慎。

⑩与化为体：与外物的变化合为一体。

⑪冥物：与物冥然契合。

⑫设对独遣：自设自答。游谈乎方外：谈论于世俗之外。

⑬不经：不合常理。

⑭统：总会。

⑮内圣外王：内圣，内心达到圣人的境界。外王，王业外在的作为。

⑯造物无物：没有造物主。

⑰有物之自造：万物都是自己造成的。

⑱至至：至极。

⑲融微旨雅：融会精微，旨意纯正。

⑳敖：游玩，散漫。

㉑蹈其大方：合其大道。

㉒含哺而熙：口中含着食物而嬉戏。澹泊：恬静无为。
㉓混茫：混沌蒙昧，指人类未开化的状态。
㉔神器独化：天下独自变化。神器，指天下，国家。
㉕弘其鄙：从低下的水平提高起来。鄙，低下，粗俗。
㉖解其悬：解开倒悬，即消除苦闷。
㉗昆仑：古人以为是得道之人所居之地。
㉘惚恍之庭：似有似无的处所。
㉙绵邈清暇：长久高远，开阔超脱。
㉚冥极：幽远的极处。

【赏读】

　　郭象是晋代以"玄冥""独化"的观点认识和解释世界的思想家，他的《庄子注》是庄子思想研究的里程碑，也是研究中国古代思想史的重要文献。这篇序文，反映了郭象对庄子学说的基本认识和评价。在郭象看来，庄子学说最为"知本"，也就是懂得"无心"，因为只有"知无心"，才能够使"心无为"，才能"随感而应，应随其时"，因此，庄子学说虽然不合常理，却能成为"百家之冠"。接着，郭象具体论述庄子学说的好处："通天地之统，序万物之性，达生死之变，而明内圣外王之道，上知造物无物，下知有物之自造也。"可以说庄子学说达到了神妙莫测的精神境界。最后，郭象阐述庄子学说的社会作用，认为它是浩荡的"长波"和清爽的"高风"，可以净化人的心灵，排解尘世的忧烦。即使是贪婪、躁进的人，也可以受到庄子的影响，达到超脱凡尘进入幽冥的境地。

　　这篇序文简约明晰，又极具文采，虽运用骈体文字，却能够辨析精微，见微知著，既有宏观的概括，也有细致的具体描述，对整部《庄子》作了提纲挈领的提示，能够引起阅读的强烈兴趣，序文本身也闪烁着思想的光芒，具有耐人咀嚼的韵味。

《搜神记》序   干 宝①

  虽考先志于载籍，收遗逸于当时，盖非一耳一目之所亲闻睹也，亦安敢谓无失实者哉！卫朔②失国，二《传》互其所闻；吕望事周，子长存其两说③，若此比类，往往有焉。从此观之，闻见之难，由来尚矣。夫书赴告④之定辞，据国史之方策⑤，犹尚若兹，况仰述千载之前，记殊俗之表，缀片言于残阙，访行事于故老，将使事不二迹，言无异途，然后为信者，固亦前史之所病。然而国家不废注记之官⑥，学士不绝诵览之业，岂不以其所失者小，所存者大乎！

  今之所集，设有承于前载者，则非余之罪也。若使采访近世之事，苟有虚错，愿与先贤前儒分其讥谤。及其著述，亦足以明神道之不诬⑦也。群言百家不可胜览，耳目所受不可胜载，今粗取足以演八略⑧之旨，成其微说而已。幸将来好事之士录其根体，有以游心寓目而无尤⑨焉。

《搜神记》

【注释】

  ①干宝（生卒年未详）：字令升，新蔡（今属河南）人。东晋史学家、文学家，元帝时以佐著作郎领修国史，著《晋纪》，时称"良史"。又好阴阳术数，撰集神怪灵异之事为志怪小说《搜神记》。

  ②卫朔：春秋时期卫国国君卫惠公。他以不正当手段夺取了王位，引起了左公子洩、右公子职的怨恨。他们立公子黔牟为国君，

卫惠公就逃亡到了齐国。事见《左传·桓公十六年》。关于此事，《春秋公羊传》《春秋穀梁传》两书的记载与《左传》不同。

③吕望：即姜太公。曾辅佐周文王、武王灭商。子长：司马迁字子长。《史记》中记录了关于姜太公的几种传说。

④赴告：报丧，亦作"讣告"。

⑤方策：典籍。

⑥注记之官：负责记录国家重大历史事件及国君主要言行的官。

⑦神道：神仙鬼怪之术。诬：不真实。

⑧八略：西汉刘歆编成我国第一部目录书《七略》，其中有辑略、六艺略、诸子略、诗赋略、兵书略、术数略、方技略。干宝想把《搜神记》等志怪小说也作为一略，增成八略。

⑨尤：责怪，指责。

【赏读】

干宝的这篇序文阐述了《搜神记》撰述的目的在于"明神道之不诬"，证明鬼神确实是存在的，而非虚妄骗人的。这与当时的社会风气和干宝的个人修养有关。中国本是一个迷信巫鬼的国家，秦汉以来神仙之说盛行，汉末巫风鬼道大炽，加上佛教传入更加推波助澜，所以产生了大量的志怪小说。受社会风气的影响，当时的士大夫在思想上崇尚虚无、行为上追求隐逸，干宝"性好阴阳术数"，这就奠定了他作为志怪小说家的思想基础。而他的另一部著作《晋纪》获得了"良史"的赞誉，说明他也具备史学家的才华，而这种史学的眼光，又使他在志怪创作中以"信实"为出发点，采访史实，强调耳闻目睹，从而使《搜神记》具有了超出一般纯粹志怪小说的价值，保留了一些优秀的民间传说，如《李寄斩蛇》《嫦娥奔月》等。同时，一些作品从"实"出发，也使某些神怪之事折射出一定的现实感，像"无颜帢"从侧面反映了"永嘉之乱"给社会带来的极大破坏。当然，作者超常的想象力和文学才华都是为了证明鬼神的真实存在，在干宝看来，志怪小说具有与史书同等的价值，这一观点具有一定的道理。唐代传奇、宋以后的志怪小说及元代戏剧都受到其影响，其中《聊斋志异》成就尤为突出。

然而，为求实而"博采异同"，就难免虚实不分。干宝认为史书都难免有这样的错误，所以搜神志怪当然更是在所难免。当然，他对"虚"的理解与后来人们理解的艺术的"虚"有很大距离。但他在小说的创作和理论上对"遂混虚实"作了初步探索，这一艺术经验值得珍视。

《兰亭集》[①]序　王羲之[②]

　　永和九年，岁在癸丑，暮春之初，会于会稽山阴之兰亭，修禊[③]事也。群贤毕至，少长咸集。此地有崇山峻岭，茂林修竹；又有清流激湍[④]，映带左右，引以为流觞[⑤]曲水，列坐其次，虽无丝竹管弦之盛，一觞一咏，亦足以畅叙幽情。

　　是日也，天朗气清，惠风和畅。仰观宇宙之大，俯察品类[⑥]之盛。所以游目骋怀[⑦]，足以极视听之娱，信可乐也。夫人之相与，俯仰一世，或取诸怀抱，晤言[⑧]一室之内；或因寄所托，放浪形骸[⑨]之外。虽取舍万殊，静躁不同，当其欣于所遇，暂得于己，快然自足，曾不知老之将至。及其所之既倦[⑩]，情随事迁，感慨系之矣。向之所欣，俯仰之间，已为陈迹，犹不能不以之兴怀[⑪]。况修短随化[⑫]，终期于尽。古人云，死生亦大矣[⑬]，岂不痛哉。

　　每览昔人兴感之由，若合一契[⑭]，未尝不临文嗟悼，不能喻之于怀[⑮]。固知一死生为虚诞，齐彭殇[⑯]为妄作。后之视今，亦犹今之视昔，悲夫！故列叙时人，录其所述。虽世殊事异，所以兴怀，其致[⑰]一也。后之览者，亦将有感于斯文[⑱]。

《古文观止》

【注释】

　　①《兰亭集》：东晋穆帝永和九年（353）三月三日，三十二岁的王羲之和孙统、孙绰、谢安、支遁等四十一位名士，在会稽山阴

的兰亭修禊,与会者临流赋诗,各抒怀抱,抄录成集,命名《兰亭集》。王羲之所作的集序,既是一篇美文,又是千古传诵的书法精品。

②王羲之(321~379):字逸少,会稽(今浙江绍兴)人,东晋著名书法家,被后人称为"书圣"。他的散文疏朗简净,韵味悠长。

③修禊(xì):古代民间习俗,三月三日上巳日,到水边嬉戏,以消除灾祸。禊,古人消除不祥的祭礼。

④激湍:流势迅疾的水。

⑤流觞:把盛满酒的酒杯放在细流中,循流而下,杯子停在谁的面前,谁就取杯饮酒,称为流觞。

⑥品类:指天地万物。

⑦游目:目光由远及近,随意观望。骋怀:开畅胸怀。

⑧晤言:对面谈话。

⑨放浪:放纵,无拘束。形骸:身体,形体。

⑩所之既倦:对于所得到的事物已经厌倦。

⑪以之兴怀:因它而引起心中的感触。

⑫修短随化:寿命长短,听凭造化。

⑬死生亦大矣:死生也是件大事情。语见《庄子·德充符》。

⑭契:符契,古代的一种信物。

⑮喻之于怀:从心里明白理解。

⑯齐彭殇:彭,指彭祖,传说他活了八百岁。殇,未成年而死。庄子认为彭祖和殇儿是一样的,没有寿命长短的差别。

⑰致:情致。

⑱斯文:指这篇序文。

【赏读】

兰亭,是浙江山阴一个颇富诗意的地名,因为东晋穆帝永和九年（353）三月三日，王羲之、谢安、孙绰等四十余位名士，在兰亭曲水边修禊、饮酒、赋诗，兰亭成为中国文化史上魏晋风流的一个永恒的标志，更因为书圣王羲之的名帖《兰亭集序》而闻名遐迩。名帖的真迹可能已不在了，但是这篇序文却千古流芳。

  序文前半部分记叙游览和宴会场景，交代时间、地点、人物、情事之后，王羲之用轻松愉快的笔调描绘了兰亭的美丽春景："此地有崇山峻岭，茂林修竹；又有清流激湍，映带左右。"用词简洁疏峻，意境空灵飞动，真可谓人贤景美，赏心悦目。接着叙写曲水流觞的宴饮，虽然没有金谷园宴会的金碧辉煌，也缺少精烹细作的山珍海味，但是群贤列坐，把酒临风，畅叙幽情，加上天朗气清、惠风和畅，可谓良辰、美景、赏心、乐事四美齐备，名士们那长带舞春风、酒香染诗韵的仙姿逸态，怎不叫人无限神往！

  序文后半部分写宴会后的感慨。情绪突然由乐转悲，那是因为盛极而衰，乐极悲来，人生短暂而宇宙无穷，分别长久却欢会难再，不仅向之所欣，转眼已成陈迹，而且生命无论短长都会走向尽头，总是悲伤多于欢乐，"后之视今，亦犹今之视昔"，怎不让人深感悲痛！王羲之以颇富哲理的清淡语言写出了尽兴后的萧瑟悲凉，感叹人生苦短，生命不居，表达他对生与死、瞬间与永恒的思考与感悟。

  本文写出了人生的苍凉意味，但他又企图以一种潇洒旷达的态度对待人生，珍惜时光，以求精神的永恒，流露出一腔对生命的向往和执著的热情，这是魏晋时代关注生命的表现，可见魏晋风流的本质就是尊重个体生命以寻求精神上的无限超越。

《闲情赋》①序 陶渊明②

初,张衡作《定情赋》,蔡邕作《静情赋》,检逸辞③而宗淡泊④,始则荡⑤以思虑,而终归闲正⑥。将以抑流宕之邪心,谅⑦有助于讽谏。缀文之士,奕代⑧继作,并因触类,广其辞义。余园间多暇,复染翰⑨为之。虽文妙不足,庶不谬⑩作者之意乎?

《陶渊明集》

【注释】

①《闲情赋》:陶渊明的一篇写追求爱情的赋,一般认为是有所寄托的。但萧统却认为是陶渊明文集中的"白璧微瑕"。

② 陶渊明(365?~427):一名潜,字元亮,私谥靖节。浔阳柴桑(今江西九江)人,东晋大诗人,曾任江州祭酒、镇军参军、彭泽令等职。因不满当时社会现实,辞官归隐。长于诗文辞赋,多田园诗。语言质朴自然,风格冲淡平易。有《陶渊明集》。

③检逸辞:约束放荡淫逸的言辞。

④宗淡泊:崇尚恬静寡欲,清新淡雅。

⑤荡:洗涤。

⑥闲正:纯正无邪。

⑦谅:推想,料想。

⑧奕代:累代,一代接一代。

⑨染翰:以笔蘸墨。

⑩不谬:不违背。

【赏读】

　　爱情可以说是人类永恒的主题，从《诗经·关雎》到汉乐府的《上邪》，再到张衡《定情赋》、蔡邕《静情赋》、曹植《洛神赋》等诗赋，都是歌咏爱情的名作，并形成了美人香草的比兴寄托传统，但是一般论家却认为，像陶渊明这样飘然淡雅的高人逸士不应该也写言情说爱的作品，因此，萧统不无惋惜地说"白璧微瑕者，惟在《闲情》一赋"。

　　陶渊明的这篇短序，认为表达情感应该检束放荡之辞而归于雅正，即不能任凭情感的泛滥，要以淡雅寡欲来抑制放荡的邪心，"有助于讽谏"。题目"闲情"之"闲"，非闲情逸致之"闲"，而是防闲之"闲"、"大德不逾闲"之"闲"。那么，陶渊明的这篇作品到底写了一些什么内容呢？原来文中刻画了一个姿态闲雅、品性高洁、遵礼自重、高贵端庄的美人，并表达了对她的无限爱慕与追求。他是如此地依恋她：愿变成衣领、成为罗带、变为发膏、成为眉黛、变成凉席、成为丝履、成为影子、成为蜡烛、变成羽扇、成为琴木，承受她的芬芳香泽，感受她的肌肤玉趾的温润纤柔，永远跟随在她的身边，照耀她的容颜，聆听她弹奏的美妙音符。可以说将一个个热辣辣的爱情誓言，表白得纯洁无邪、天真无饰、大胆无忌。由于古代文学中存在以"求女"来暗喻追求政治理想的传统，因此，我们认为这是一篇富有象征意义的抒情小赋，正如作者所说，他的写作动机是因"园间多暇"，"并因触类，广其辞义"，要"不谬作者之意"。但是，辞赋劝百讽一的艺术效果，导致后人对这篇《闲情赋》的接受，一般限定在爱情描写方面。当然，从描写的细腻、抒情的浓烈、格调的新奇，可以看出陶渊明有意识地变辞赋的瑰丽繁复为清新简洁，在他的整个创作乃至辞赋的发展中都具有重要意义。

画山水序　宗　炳①

圣人含道映物，贤者澄怀味象②。至于山水，质有而趣灵。是以轩辕、尧、孔、广成、大隗、许由、孤竹③之流，必有崆峒、具茨、藐姑、箕、首、大蒙④之游焉。又称仁智之乐⑤焉。夫圣人以神法道，而贤者通；山水以形媚道，而仁者乐。不亦几乎？

余眷恋庐、衡⑥，契阔荆、巫⑦，不知老之将至。愧不能凝气怡身，伤跕石门之流⑧，于是画象布色，构兹云岭。

夫理绝于中古之上者，可意求于千载之下；旨微于言象之外者，可心取于书策之内。况乎身所盘桓，目所绸缪⑨，以形写形，以色貌色⑩也。

且夫昆仑山之大，瞳子之小，迫目以寸，则其形莫睹。迥以数里，则可围于寸眸。诚由去之稍阔，则其见弥小。今张绡素⑪以远映，则昆、阆之形，可围于方寸之内。竖划三寸，当千仞之高；横墨数尺，体百里之迥。是以观画图者，徒患类之不巧，不以制小而累其似，此自然之势。如是，则嵩、华之秀，玄牝⑫之灵，皆可得之于一图矣。

夫以应目会心为理者，类之成巧，则目亦同应，心亦俱会，应会感神，神超理得，虽复虚求幽岩，何以加焉？又神本亡端⑬，栖形感类，理入影迹，诚能妙写，亦诚尽焉。

于是闲居理气，拂觞鸣琴⑭，披图幽对，坐究四荒，不违天励之藂⑮，独应无人之野。峰岫峣嶷⑯，云林森眇，圣贤映于绝代,万趣融其神思,余复何为哉,畅神而已;神之所畅,孰有先焉!

《历代论画名著汇编》

【注释】

①宗炳(375~443):字少文,南阳涅阳(今河南镇平)人,妙善琴书,精于言理;笃信佛陀,雅好黄老。殷仲、桓玄、刘裕曾辟其为主簿,均未应职。一生多在江陵闲居。他在文学、绘画、音乐等方面都有很高的造诣。原著文集已经散佚,现存文七篇。

②含道映物:能依据道的精神来反映物象。澄怀味象:能心思平静地体味事物。

③轩辕、尧等:除孔子之外,都是传说中的人物。

④崆峒、具茨等:都是神话传说中的神山名。

⑤仁智之乐:《论语·雍也》:"知者乐水,仁者乐山。知者动,仁者静。"

⑥庐、衡:庐山和衡山。

⑦契阔:生死相约,义同"眷恋"。荆、巫:长江三峡一带。

⑧伤跌(diē):跌伤。石门:庐山的一个著名景点,下有涧流瀑布。

⑨绸缪:情意深厚,这里是深深注目的意思。

⑩以形写形,以色貌色:根据景物的特点如实描绘。写、貌,均作描绘解。

⑪张绡素:铺开白色的丝绢。

⑫玄牝:衍生万物的本源。指"道"。《老子》:玄牝之门,是为天地根。

⑬亡端:没有端绪。亡,通"无"。

⑭拂觞鸣琴：一边喝酒，一边弹琴。

⑮天励之蓁：天道的运行。蓁，通"聚"。

⑯峣嶷：形容山峰高峻。

【赏读】

  宗炳一生酷爱游览山水，大半生盘桓优游在庐衡、荆巫一带，晚年老病缠身，不能亲历山水，于是就施展他的画技，将曾经游历过的名山大川画在墙上，躺着进行卧游，并说"抚琴动操，欲令众山皆响"。在宗炳眼中，山水是有生命有灵魂的，可以说山水已经融入了他的生命之中。这就是他写作此序的理由。

  山水的美令人陶醉，还让人精神境界有所提升，因为山水的灵趣与人的精神相通。道家向来主张"神与物游""天人合一"，认为从山水中可以体悟自然之道，并进而认识整个世界发展变化的"天道"。正是在道家自然观念的影响下，人们对内发现了自己的心灵世界，对外发现了山水自然之美，山水画迅速发展起来，宗炳就是山水画大师，也是山水画理论名家。他认为山水画就是对大自然的写生，即"以形写形，以色貌色"。首先追求形似，展现山水真实的状态。其次就是要包含画家对山水的情感，对"自然之道"的独特理解和画家的胸襟气度。观画可以知人，知人可以求旨，求旨可以悟道。第三，宗炳提出了"澄怀味象"的重要观点。认为欣赏山水或者山水画时需要心定神闲、静心凝虑地去体味山水中包含的自然真趣，从而使自己身心舒畅。当此之时，才能进入人与山水合一的"畅神"境界。第四，宗炳还特别总结出画山水的技法，就是"竖划三寸，当千仞之高；横墨数尺，体百里之迥"的"远小近大"的透视法。

  总之，这篇小序，既是宗炳一生意趣的寄托，更是对山水画艺术的高度概括，他提出的创作原则和方法对后代影响深远，此序被誉为文苑《南华》，画坛《典论》。

《棋品》序 沈 约①

弈之时义②大矣哉！体希微之趣，含奇正③之情，静则合道，动则适变。若夫入神造极④之灵，经武纬文⑤之德，故可与和乐等妙，上艺齐工。支公以为手谈⑥，王生谓之坐隐⑦。是以汉魏名贤，高品间出；晋宋盛士，逸思争流。虽复理生于数⑧，研求之所不能涉；义出乎几⑨，爻象⑩未之或尽。圣上听朝之余，因日之暇，回景纡情，降临小道⑪，以为凝神之性难限，入玄之致⑫不穷。今操录名氏，随品详书，俾⑬粹理深情，永垂芳于来叶。

《沈隐侯集》

【注释】

①沈约（441～513）：字休文，南朝梁文学家、史学家。吴兴武康（今浙江德清）人。少孤贫，笃志好学。宋、齐间任尚书度支郎、国子祭酒等职，曾在萧子良"西邸"与诸文士交游，为"竟陵八友"之一。武帝萧衍时期，官至侍中、中书令。后因触怒武帝遭到谴责，忧惧而死。他首创"四声八病"之说，曾与谢朓等人开创"永明体"，讲求声律对仗，推动了诗歌走向格律化。撰有《宋书》一百卷，体例齐备。今存《沈隐侯集》。

②时义：本指时政的见解，这里泛指其中的意义。

③奇正：奇，变化，出人意料；正，常规。《孙子·势》："战势不过奇正，奇正之变，不可胜穷也。"

④入神造极：调养心神，锻炼智力。造极，达到高超的境界。
⑤经武纬文：研习文道武略。经纬，治理。
⑥支公：东晋高僧支遁。手谈：称下棋为"手谈"。
⑦王生：东晋名士王坦之。坐隐：也指下棋。
⑧理生于数：理，义理，即条理、准则、规律。数，气数，即命运。
⑨义出乎几：义，即义理。几，隐微，多指事物的迹象、先兆。
⑩爻象：爻，构成《易》的基本符号，分阳爻和阴爻，每三爻合成一卦，可得八卦。象，即"象传"，亦称"象辞"，对各卦意义的断语。
⑪小道：指围棋。
⑫入玄之致：进入玄境的情致。玄，指精神性的宇宙本体。扬雄《太玄·玄摛》："玄者，幽摛不类而不见形者也。"
⑬俾：使。

【赏读】

　　围棋在我国历史悠久，汉魏六朝玄风大盛，围棋与谈玄相合，棋艺精湛，棋品高雅，妙手如云，梁武帝因而特著《围棋品》一书，沈约此文就是为武帝书所作的序。序中沈约论述了围棋的特点，阐明了名士以之为"手谈"、"坐隐"的原因，并高度评价了《围棋品》一书的价值。

　　围棋是一种古老的智力游戏，对弈时棋局变化十分微妙。有时静如春山含笑，令人沉思默想；有时则动如骏马奔驰，使人目不暇接；有时看似形势大好胜券在握，可是转瞬间却山崩地陷，溃不成军；有时看似陷入绝境即将全军覆没，但是一招妙手回春，却绝地逢生，实现惊天逆转。总之，一动一静都体现出矛盾双方彼此对立又互相转化的"道"。在生生死死的劫难中能够体会到人生的变化，并能够显示弈者的胸襟气度、情趣志向。高手过招,就如两人促膝谈心,棋子攻防转换就像音乐一样令人凝神静思,尽管内心波澜起伏,表面上依然静如泰山,所以围棋"与和乐等妙,上艺齐工"。

围棋深蕴自然之道,对弈又能驰神悟道。魏晋时期棋风大盛,支遁、王坦之等名士均沉迷其中,齐梁时代更是"逸思争流"。武帝虽然日理万机,但是闲暇时候还是精研棋艺,体悟棋理棋趣,从而获得心灵上的安详与宁静,精神上的超脱与自由。为了嘉惠同道,他撰写了《围棋品》,将棋手按棋艺分出等级,随品著录,详细记述了棋手们的风姿雅韵。沈约认为书中精妙的道理与深远的情愫将会流芳百世。

这篇小序,围绕围棋的特性提出了"合道""雅趣"的观点,并论及武帝其书的价值,尽管有吹嘘的嫌疑,但对围棋的理解确实具有真知灼见,能够给人以启迪。

《古画品录》序 谢 赫①

夫画品者，盖众画之优劣也。图绘者，莫不明劝戒、著升沉，千载寂寥，披图可鉴。虽画有六法，罕能尽该②。而自古及今，各善一节。六法者何？一气韵生动是也；二骨法用笔是也；三应物象形③是也；四随类赋彩是也；五经营位置④是也；六传移模写是也。唯陆探微、卫协⑤备该之矣。然迹有巧拙，艺无古今，谨依远近，随其品第，裁成序引⑥。故此所述，不广其源⑦，但传出自神仙，莫之闻见也。

《古画品录》

【注释】

①谢赫（生卒年不详）：南朝齐人。工画人物，尤其擅长肖像。精研画理，创绘画"六法"论。有《古画品录》。

②罕能尽该：很少有人全部具备。该，通"赅"，包括。

③应物象形：按照事物不同变化，去描绘其形状。应物，与后面"随类"同义。

④经营位置：构思安排画面景物的具体位置，也就是具体构图。

⑤陆探微：南朝宋画家，宋明帝时为侍从，最善丹青。卫协：晋代画家。

⑥序引：指每一位画家名下所作的评论。

⑦不广其源：不追溯源头。

【赏读】

《古画品录》是南朝齐梁时期著名画家谢赫所著品评画家等级

的一部名著，全书共分六品，品评历代画家共二十七人，其中最受推崇的是陆探微，排在第一品的第一位，紧随其后的是曹不兴和卫协。谢赫与钟嵘大致同时，他的书很可能是仿照《诗品》所作。对一些画家的品第排名可能不是很准确，例如将顾恺之排在第三品的第二位，显然就不妥当。尽管该书存在一些缺陷，但是这篇序文却提出了对后代影响深远的"绘画六法"。

六法排在首位的是"气韵生动"，这就抓住了中国绘画乃至整个古代艺术最本质最根本的问题。追求艺术形象在形似基础上的精神意韵、风貌神采，那种只可意会不可言传的美，是中国古代所有写意艺术的最高准则。像人物画的"颊上添加三毫"顿显精神，像蒙娜丽莎的微笑那样，都是讲究神韵的。其次是用笔刻画、随类赋彩，根据事物的具体形态作精细准确的描绘，最后才是考虑画面的构图和结构安排。谢赫的六法主要是对人物画的要求，但是也可以适用指导后来的山水花鸟画。可以说这篇短序揭示了中国绘画艺术的全部秘密，具有重大的理论价值。

《文心雕龙》①序志 刘 勰②

夫文心者,言为文之用心也。昔涓子③《琴心》,王孙《巧心》,"心"哉美矣,故用之焉。古来文章,以雕缛成体,岂取驺奭④之群言"雕龙"也。夫宇宙绵邈,黎献纷杂,拔萃出类,智术而已。岁月飘忽,性灵不居,腾声飞实⑤,制作⑥而已。夫肖貌天地,禀性五才⑦,拟耳目于日月,方声气乎风雷,其超出万物,亦已灵矣。形同草木之脆,名逾金石之坚,是以君子处世,树德建言,岂好辩哉?不得已也!

予生七龄,乃梦彩云若锦,则攀而采之。齿在逾立⑧,则尝夜梦执丹漆之礼器,随仲尼而南行。旦而寤,乃怡然而喜,大哉!圣人之难见哉,乃小子之垂梦欤!自生人以来,未有如夫子者也。敷赞圣旨⑨,莫若注经,而马、郑诸儒⑩,弘之已精,就有深解,未足立家。唯文章之用,实经典枝条,"五礼"资之以成,"六典"因之致用⑪,君臣所以炳焕⑫,军国所以昭明,详其本源,莫非经典。而去圣久远,文体解散,辞人爱奇,言贵浮诡,饰羽尚画⑬,文绣鞶帨⑭,离本弥甚,将遂讹滥。盖《周书》论辞,贵乎体要;尼父陈训,恶乎异端;辞训之奥,宜体于要。于是搦笔⑮和墨,乃始论文。

详观近代之论文者多矣,至于魏文述《典》⑯,陈思序《书》⑰,应玚《文论》⑱,陆机《文赋》⑲,仲洽《流别》⑳,弘范《翰林》㉑,各照隅隙,鲜观衢路㉒;或臧否当时之才,或铨品前修之文，或泛举雅俗之旨，或撮题篇章之意。魏《典》密而不周，陈《书》辩而无当，应《论》华而疏略，陆《赋》巧而碎乱，《流别》精而少功，《翰林》浅而寡要。又君山、公幹之徒[23]，吉甫、士龙之辈[24]，泛议文意，往往间出，并未能振叶以寻根，观澜而索源。不述先哲之诰，无益后生之虑。

盖《文心》之作也，本乎道，师乎圣，体乎经，酌乎纬，变乎骚，文之枢纽，亦云极矣。若乃论"文"叙"笔"[25]，则囿别区分，原始以表末[26]，释名以章义，选文以定篇，敷理[27]以举统。上篇以上，纲领明矣。至于剖情析采，笼圈[28]条贯，摛《神》《性》，图《风》《势》，苞《会》《通》，阅《声》《字》[29]，崇替于《时序》，褒贬于《才略》，怊怅于《知音》，耿介于《程器》[30]，长怀《序志》，以驭群篇。下篇以下，毛目显矣。位理定名，彰乎大衍[31]之数，其为文用，四十九篇而已。

夫铨序一文为易，弥纶[32]群言为难，虽复轻采毛发，深极骨髓；或有曲意密源，似近而远，辞所不载，亦不可胜数矣。及其品列成文，有同乎旧谈者，非雷同也，势自不可异也；有异乎前论者，非苟异也，理自不可同也。同之与异，不屑古今，擘肌分理[33]，唯务折衷。按辔文雅之场，环络藻绘之府[34]，亦几乎备矣。但"言不尽意"，圣人所难；识在瓶管，何能矩矱[35]。茫茫往代，既沉予闻；眇眇来世，倘尘彼观也。

赞曰：生也有涯，无涯惟智。逐物实难，凭性良易。傲岸泉石，咀嚼文义。文果载心，余心有寄。

《文心雕龙》

【注释】

①《文心雕龙》：是我国第一部系统阐述文学理论的专著，体

例周详，论旨精深，全用骈文写成，共五十篇。本篇为最后一篇，是全书的序，除对书名作了解释外，还阐述了全书写作的动机、目的以及全书的体例和主要内容，还谈到了理论著作的艰苦和写作的基本态度。

②刘勰（465～532）：字彦和，原籍莒县（今山东莒县），南渡后几代居京口。早年笃志好学，家贫不婚娶，依沙门僧佑。精通佛教经论。梁武帝时，任东宫通事舍人，深为萧统所重。晚年出家为僧，改名慧地。南齐末年，写成《文心雕龙》。

③涓子：即环渊，楚国人，著有《琴心》上下篇。

④驺奭：齐国人，据说他的文章像雕刻龙纹一样细致。

⑤实：成就事业。

⑥制作：文章写作，文学创作。

⑦五才：即五常，仁、义、礼、智、信。

⑧齿在逾立：年过三十。齿，年。

⑨敷赞圣旨：陈述赞颂圣人的学说旨意。

⑩马：马融。郑：郑玄。郑玄是马融的学生，二人都是东汉时期著名的经学大师。

⑪五礼：吉、凶、宾、军、嘉等五礼。六典：治、教、礼、政、刑、事等六典。

⑫炳焕：焕发光彩，显耀。

⑬饰羽尚画：语本《庄子·列御寇》，意为在华丽的羽毛上再涂色作画加以装饰，指文采过度。

⑭鞶帨（pán shuì）：大带和佩巾，形容文采修饰过度。

⑮搦（nuò）笔：握笔，提笔。

⑯魏文述《典》：指魏文帝曹丕的《典论·论文》。

⑰陈思序《书》：指陈思王曹植的《与杨德祖书》。

⑱应场《文论》：应场的《文质论》，讨论文与质的关系。

⑲陆机《文赋》：描述为文用心的赋。

⑳仲洽《流别》：挚虞，字仲洽，有《文章流别论》。

㉑弘范《翰林》：晋代李充，字弘范，著《翰林论》。

㉒隅隙：角落，这里指次要方面。衢路：通途大道，指文章主要方面。

㉓君山：桓谭，字君山。公干：刘桢，字公干。

㉔吉甫：西晋学者应贞，字吉甫。士龙：陆机的弟弟陆云，字士龙。

㉕论"文"叙"笔"：六朝人对文章体制的辨析，有韵为"文"，无韵为"笔"。

㉖原始：追溯文章的起源。表末：论述文体的演变。

㉗敷理：阐述各种文章的写作要求。

㉘笼圈：包举的意思。

㉙摛（chī）：陈述。图：描绘，说明。苞：通"包"，包括。阅：检查。

㉚怊怅：感叹。耿介：感慨。

㉛大衍：推衍天地之数，指五十。

㉜弥纶：综合。

㉝擘肌分理：分析文章的文理。

㉞按辔：握住马缰绳。环络：环绕。按辔、环络，都用来比喻在文坛上活动。

㉟瓶管：比喻见识浅薄。矩矱：规矩，法度。

【赏读】

《文心雕龙》是刘勰殚精竭虑撰写的一部体大虑周的文学批评巨著。全书共五十篇，这篇《序志》位于最后，是全书的总序，说明了著述的要旨，概括了全书的内容，抒发了作者的感想和情怀。

理解这篇序对把握全书有至关重要的意义。

首先，刘勰阐述了文章的社会意义，认为文章要用心写作，并且要讲究文采。因为人生有限而宇宙无穷，通过文章可以将声名传到后世，显然他继承了曹丕"文章乃经国之大业，不朽之盛事"的观点，强调"君子处世，树德建言"对人生的价值。接着，刘勰描述了自己七岁和三十岁时做的两个离奇而美丽的梦，小时候梦中攀援采摘五彩云锦，中年时梦里竟然捧着漆器随孔子南行。这是预兆也是暗示，前者预兆他将要喜爱文学和写作，后者暗示他将要成为儒家圣人的信徒，因而"宗经""征圣"的儒家思想也就成为《文心雕龙》的主导思想。"《周书》论辞，贵乎体要；尼父陈训，恶乎异端；辞训之奥，宜体于要"是贯穿全书的主题，是刘勰用来纠正当时奢靡文风的武器，也是全书从各个方面、各个角度进行论述的核心内容。

刘勰撰写《文心雕龙》是对前人思想理论成就的继承和发扬，通过列举大量文献，指出他们虽然都从各自的视角提出了独到的见解，能够"各照隅隙"，但是又都存在严重的局限，未能从宏观上把握，即"鲜观衢路"。因此，他要扬长避短、取精用弘、高屋建瓴地展开论述。接下来，刘勰介绍了全书的内容分为"文之枢纽"、"论'文'叙'笔'"、"剖情析采"、"《时序》《才略》《知音》《程器》"、"长怀《序志》"等五个部分，即总论、文体论、创作论、文学评论、全书序言。然后，刘勰进一步抒发了写作感受，一方面评价一篇文章容易，纵论天下文章则非常难，因为文章的精义往往很难用语言来表达；另一方面，自己的见解难免与人同异，同者并非人云亦云，是不得不同，异者也不是故意标新，而是按照道理不能和前人相同，因为追求切当是论文的准绳。

最后，刘勰抒发了自己远大的志向。他认为人生有穷尽，而知识无边际。以有限的生命追逐外物是困难的，因此只好凭借天性做一些力所能及的事情。将傲岸的人格，寄情于泉石之间，咀嚼文章要义，让自己的心灵有所寄托。

全篇《序志》视野开阔，意蕴深邃，情真意切，极耐咀嚼，不失为一篇骈体序跋精品。

《文选》序 萧 统[1]

式观元始，眇觌玄风[2]，冬穴夏巢之时，茹毛饮血之世，世质民淳，斯文未作。逮乎伏羲氏之王天下也，始画八卦，造书契，以代结绳之政，由是文籍生焉。《易》曰："观乎天文，以察时变；观乎人文，以化成天下。"文之时义远矣哉！若夫椎轮为大辂之始[3]，大辂宁有椎轮之质？增冰为积水所成，积水曾微增冰之凛，何哉？盖踵其事而增华[4]，变其本而加厉。物既有之，文亦宜然，随时变改[5]，难可详悉。

尝试论之曰：《诗序》云："诗有六义焉：一曰风，二曰赋，三曰比，四曰兴，五曰雅，六曰颂。"至于今之作者，异乎古昔。古诗之体，今则全取赋名。荀、宋表之于前，贾、马继之于末[6]。自兹以降，源流实繁。述邑居则有"凭虚""亡是"之作[7]，戒畋游则有《长杨》《羽猎》之制。若其纪一事，咏一物，风云草木之兴，鱼虫禽兽之流，推而广之，不可胜载矣。

又楚人屈原，含忠履洁，君匪从流，臣进逆耳，深思远虑，遂放湘南。耿介之意既伤，壹郁之怀靡诉。临渊有怀沙之志[8]，吟泽有憔悴之容。骚人之文[9]，自兹而作。

诗者，盖志之所之也，情动于中而形于言。《关雎》《麟趾》，正始之道[10]著；桑间、濮上，亡国之音表。故风雅之道，粲然可观。自炎汉[11]中叶，厥涂渐异。退傅有"在邹"之作，降将著"河梁"之篇[12]。四言五言，区以别矣。又少则三字，多则九言,各体互兴,分镳并驱。颂者,所以游扬德业,褒赞成功。吉甫有"穆若"之谈,季子有"至矣"之叹⑬。舒布⑭为诗,既言如彼;总成⑮为颂,又亦若此。次则箴兴于补阙,戒出于弼匡⑯。论则析理精微,铭则序事清润。美终则诔发⑰,图像则赞兴。又诏诰教令之流,表奏笺记之列,书誓符檄之品,吊祭悲哀之作,答客指事之制,三言八字之文,篇辞引序,碑碣志状,众制锋起,源流间出。譬陶匏异器⑱,并为入耳之娱;黼黻⑲不同,俱为悦目之玩。作者之致,盖云备矣!

余监抚余闲,居多暇日,历观文囿,泛览辞林,未尝不心游目想,移晷⑳忘倦。自姬汉㉑以来,眇焉悠邈,时更七代,数逾千祀。词人才子,则名溢于缥囊㉒;飞文染翰,则卷盈乎缃帙㉓。自非略其芜秽,集其菁英,盖欲兼功,太半难矣!若夫姬公之籍,孔父之书,与日月俱悬,鬼神争奥,孝敬之准式,人伦之师友,岂可重以芟夷㉔,加之剪截?老庄之作,管孟之流,盖以立意为宗,不以能文为本,今之所撰,又以略诸。若贤人之美辞,忠臣之抗直,谋夫之话,辨士之端,冰释泉涌,金相玉振。所谓坐狙丘,议稷下,仲连之却秦军,食其之下齐国,留侯之发八难,曲逆之吐六奇㉕,盖乃事美一时,语流千载。概见坟籍㉖,旁出子史,若斯之流,又亦繁博,虽传之简牍,而事异篇章,今之所集,亦所不取。至于记事之史,系年之书,所以褒贬是非,纪别同异,方之篇翰,亦已不同。若其赞论之综辑辞采,序述之错比㉗文华,事出于沈思,义归乎翰藻㉘,故与夫篇什杂而集之。远自周室,迄于圣代,都为三十卷,名曰《文选》云耳。

凡次文之体,各以汇聚。诗赋体既不一,又以类分;类分之中，各以时代相次。

《文选》

【注释】

①萧统（501~531）：字德施，南兰陵（今江苏常州）人，南朝梁武帝长子，天监元年（502）立为太子。梁武帝为他精选官属，左右多文学侍从，包括刘勰。萧统爱好文学，博览群书，编辑我国最早的诗文总集《文选》，选战国、秦、汉至南朝齐、梁时一百二十多位作家的各体文七百多篇，分三十卷。唐高宗时李善作注，分为六十卷。

②式：语助词。元始：原始。眇觌（dí）：远看。玄风：悠远的风习。

③椎轮：粗糙的古代木车。大辂：古代帝王乘坐的精美华丽的车子。

④踵其事而增华：指一项传统或艺术，后代在继承前代遗产及经验的基础上，做出更加进步或精细的创造。

⑤随时变改：文章体式随着时代推进而不断发生改变。

⑥荀、宋：荀指荀卿，即荀子，战国时思想家，著有《赋篇》。宋指宋玉，著有《风赋》。贾、马：贾指贾谊，汉代著名政治家，有《鹏鸟赋》。马指司马迁，汉代历史学家，有《感士不遇赋》。

⑦"凭虚"：指张衡的《西京赋》。"亡是"：指司马相如的《上林赋》。

⑧怀沙之志：屈原因忠而遭流放，美政理想不能实现，故站在河边就想抱沙石自沉来殉志。

⑨骚人之文：指以屈原《楚辞》为代表的抒发人生忧愤的诗文。骚人，后来成为诗人的代名词。

⑩正始之道：端正人伦教化的初始大道，指儒家思想。

⑪炎汉：汉自称以火德王，故称炎汉。

⑫退傅：指韦孟，西汉彭城人，做过汉楚王太傅，后获罪降职，有《在邹诗》。降将：指西汉李陵，因战斗失败投降匈奴，有《携手上河梁》一诗。

⑬吉甫：指尹吉甫，周人。有颂云："穆若清风。"季子：吴公子季札，曾观乐于中原周王室，叹曰"至矣哉"。

⑭舒布：展示，铺陈。

⑮总成：总括而成。

⑯箴：一种文体，其源于为朝政补阙。戒：一种文体，源于匡正帝王的过失，辅弼时政。

⑰美终：赞美有功业、有德行的死者。诔：一种赞美死者功业德行的文体。

⑱陶：用土做的乐器。匏：竹类乐器。

⑲黼黻：锦缎的各种不同图案。

⑳移晷（guǐ）：日影移动，形容经过了很长一段时间。

㉑姬汉：周朝、汉代。

㉒缥囊：青白色帛做的书囊。

㉓缃帙：浅黄色的书套。

㉔芟夷：删节。

㉕狙丘、稷下：都是齐国地名，是文人荟萃讲学的地方。仲连：赵孝成王时，秦兵围赵国首都邯郸，魏王派人劝赵王投降，鲁仲连当时正在赵国，他以利害驳斥投降主张，使赵王打消降意，秦军得到消息，后退五十里。食其：郦食其在楚汉战争中，说服齐王田广降汉。留侯：张良列举"八难"力阻汉高祖重新封六国。曲逆：陈平曾封曲逆侯，他六出奇计辅佐汉高祖。

㉖坟籍：指圣贤所传的古书。

㉗错比：错综排比。

㉘沈思：深思熟虑。翰藻：文采华美。

【赏读】

梁昭明太子萧统主持编纂的《文选》是我国现存最早的诗文总集，从浩繁的作品中经过"略其芜秽，集其菁英"的反复筛选，选录从先秦到齐梁时期120多位作家的700多篇精品。这篇序文就是萧统对选录目的与取舍标准的说明，集中体现了选录者的文学观念。

首先，《文选》体现了文学进化发展的观念。序文指出，文字、书籍都是历史的产物，天文可察时变，人文则能化成天下。然后举两个日常生活的例子，由粗糙的"椎轮"到华美的"大辂"，由积水变成凛冽的坚冰，都经过了一个不断积累变化的过程。以此类推，文章发展也是如此，同样经历了一个"踵事增华""变本加厉"的发展历程。赋体的演变就是典型的代表，从荀况、宋玉到贾谊、司马相如，赋体从题材内容到表现手法都不断完善、丰富，趋向成熟境地。诗歌也是如此，其体制从《诗经》之后，由三言发展到五、七、九言，各种诗体并驾齐驱。接着萧统再列举箴、戒、论、铭、赞等十种文体的产生原因和文体特征，说明文体繁荣发展的景象。由简趋繁，由粗到精，由单纯走向复杂，由浑朴趋向藻饰，是一切文体发展的基本规律。

其次，萧统指出了具体的选录标准，就是"事出于沈思，义归乎翰藻"，即用事用典要经过深思熟虑的艺术构思，作品内容要用华美的辞采来表现。《文选》不选经史、诸子著作，但选录史书中的"赞""论""序""述"，因为它们具备了"文"的特征："综辑辞采，错比文华。"这实际上是确立了一条文学与非文学的标界，有了这个标准，才能够荟萃千年文章佳作于一书。

第三，萧统的文学观及其关于"文"的标准，反映了魏晋南北朝时期人们的共识。诗歌的日益精致，骈文的长足发展，使人们认识到文章不仅仅具有经国大业的政治实用价值，还应该具有藻饰华丽的审美娱乐价值。从曹丕的"诗赋欲丽"，到陆机的"缘情绮靡"，再到钟嵘的"滋味"说，直到萧统强调的"辞采""文华""沈思""翰藻"，可以清晰地看到美文观念建立的过程，而这恰恰是文学走向独立、走向自觉的表征。

这篇序言，虽然运用的是骈体，但是并无堆砌生涩的弊端，而是清词丽句，流畅舒展，读起来情韵兼美。

《水经注》序　郦道元①

《易》称天以一生水②，故气微于北方，而为物之先也。《玄中记》③曰：天下之多者水也，浮天载地，高下无所不至，万物无所不润。及其气流届石，精薄肤寸，不崇朝而泽合灵宇者④，神莫与并矣。是以达者不能测其渊冲而尽其鸿深也。昔《大禹记》⑤著山海，周而不备；《地理志》⑥其所录，简而不周；《尚书》《本纪》与《职方》俱略⑦；都赋所述，裁不宣意⑧；《水经》⑨虽粗缀津绪，又阙旁通。所谓各言其志，而罕能备其宣导者矣。今寻图访赜者，极聆州域之说，而涉土游方者，寡能达其津照⑩，纵仿佛前闻，不能不犹深屏营也⑪。

余少无寻山之趣，长违问津之情，识绝深经⑫，道沦要博⑬，进无访一知二之机，退无观隅三反之慧⑭。独学无闻⑮，古人伤其孤陋；捐丧辞书，达士嗟其面墙⑯。默室求深⑰，闭舟问远，故亦难矣。然毫管窥天，历筲时昭⑱；饮河酌海，从性斯毕。窃以多暇，空倾岁月，辄述《水经》，布广前文。《大传》⑲曰："大川相间，小川相属，东归于海。"脉其枝流之吐纳，诊其沿路之所踵⑳，访渎搜渠，缉而缀之。《经》有谬误者，考以附；正文所不载，非《经》水常源者㉑，不在记注之限。

但绵古芒昧，华戎代袭㉒，郭邑空倾㉓，川流戕改，殊名异目，世乃不同。川渠隐显，书图自负㉔，或乱流而摄诡号，或直绝而生通称㉕，枉渚交奇，洄湍决澓㉖，躔络枝烦，条贯系夥㉗。

《十二经》通,尚或难言,轻流细漾,固难辨究,正可自献迳见[28]之心,备陈舆徒之说,其所不知,盖阙如也。所以撰证本《经》,附其枝要者,庶备忘误之私,求其寻省之易。

《水经注疏》

【注释】

①郦道元(约470~527):字善长,北魏范阳(今河北涿州)人,水文地理学家。曾任尚书主客郎、御史中尉。后出任关右大使,被企图反叛的雍州刺史萧宝夤所杀。郦道元广泛收集前人有关水道的著作,加上自己的游历见闻,写成《水经注》。文笔深峭,描写生动,既是一部内容丰富的地理学著作,也是一部优美的山水散文集。

②天以一生水:天以道化生水。一,指宇宙万物的原始状态。郑玄所注《易经》有:天一生水,地六成之。

③《玄中记》:地理博物类志怪小说。

④届:触动。崇朝:终朝,早晨。灵宇:天地。

⑤《大禹记》:旧传《山海经》为大禹所撰,故有"禹书"之称。

⑥《地理志》:指《汉书·地理志》,是我国第一部以疆域政区为主体的地理著作。

⑦《尚书》:指《尚书·夏书·禹贡》,分中国为九州并记述各区域的山川、交通、物产及贡赋等级等。《本纪》:指《史记·夏本纪》,划分华夏为九州,并言及山川、河道、贡赋等地理情况。《职方》:《周礼·夏官·大司马》一篇,记载职方氏职务,分天下为九州并记述境内重要山镇、泽薮、物产等资料。

⑧都赋:指班固《两都赋》,描绘了长安和洛阳的盛况。裁不

宣意：限于体裁，不能发挥思想。

⑨《水经》：旧题桑钦撰，记载河流水道一百三十七条，大略现出河川的头绪，却很少触及它们的联系。

⑩"涉土游方者"二句：足迹遍及四方的游历者，很少能做到把河流对照来看。

⑪仿佛前闻：与先前所闻依稀相似。屏营：惶恐。

⑫识绝深经：论学识，没有读过深奥的经典。

⑬道沦要博：论修养，缺乏渊博的学问。

⑭"进无"二句：欲进，没有见一知二的心机；思退，没有举一反三的智慧。

⑮独学无闻：所学单一，见闻贫乏。

⑯面墙：面向墙壁一无所见。比喻不学习。

⑰默室求深：独坐静室梦想求得高深学识。

⑱毫管窥天，历筩（tǒng）时昭：用细管窥天，从管中反而看得更为清楚。筩，竹管。

⑲《大传》：《礼记》篇名。

⑳"脉其枝流"二句：探寻支流水脉的出入，观察河川流经的路线。

㉑非《经》水常源者：经文没有记载，不是长流不断的水源。

㉒华戎代袭：华夏与戎狄民族王朝相继更替。

㉓郭邑空倾：城邑荒芜、颓坏。

㉔川渠隐显，书图自负：河渠有隐有显，地理书和地图互不一致。

㉕"或乱流"二句：有的河流因产生支流而有了别名，有的因合流疏通而有了通称之名。

㉖洑（fú）：回旋的流水。

㉗躔络枝烦，条贯系夥（huǒ）：河网错综复杂，头绪纷乱

繁多。

㉘迳见：直叙所见。

【赏读】

  《水经》是一部记述全国水道的地理书籍。其作者有汉代桑钦和晋代郭璞两种说法，据清代人考证当是三国时人所著。北魏杰出的地理学家郦道元对其作注，资料超过原书二十倍，记载河流1252条，征引文献477种，金石碑碣357种。郦道元不满原书的简略，因此积毕生之功对每条河流的发源及其支流和流域情况都作了详细考察。他针对古代地理著作的各种缺陷，在广泛搜集前人著作的基础上，又经过实地考察，"脉其枝流之吐纳，诊其沿路之所踵，访渎搜渠，缉而缀之"。但当时南北分裂，限制了他对南方河流的考察，因此南方河流记载错误较多。清代学者黄宗羲就纠正其中不少的错误。

  郦道元还重视地图的应用，他把"涉土游方"与"寻图访赜"两种方法结合起来。但当时科学水平极低，没有一种准确的地图，除非亲自考察，否则错误不可避免。由于各种条件的限制，郦道元虽然解决了前人遗留的一些问题，但又产生了新的问题。尽管如此，前人仍然称赞它是"《禹贡》之忠臣，班志之畏友"，被认为是我国最好的水文地理著作，也是一部以河流为基础的区域自然地理名著。

  《水经注》不只是一部地理书，它已经超出了"水"和地理书的范围。在记载河流的同时，也记下了流域内的风土人情、历史传说和神话故事，对自然风光、山川景象作了生动形象的描绘，辞采清拔，文笔优美。既有骈文的凝练精粹，又有散文的奔放自如，还融入诗赋的技巧，形成峭丽峻洁的独特风格。因此，它被推崇为游记散文的先导，后代柳宗元、欧阳修、苏轼、徐霞客、姚鼐等都深受其影响。

《哀江南赋》序   庾 信①

粤以戊辰之年，建亥之月②，大盗移国，金陵瓦解③。

余乃窜身荒谷④，公私涂炭。华阳奔命⑤，有去无归。中兴道销，穷于甲戌⑥。三日哭于都亭，三年囚于别馆⑦。天道周星，物极不反⑧。

傅燮⑨之但悲身世，无处求生；袁安之每念王室，自然流涕⑩。昔桓君山⑪之志事，杜元凯之平生⑫，并有著书，咸能自序⑬。潘岳之文采，始述家风⑭；陆机之辞赋，先陈世德⑮。信年始二毛，即逢丧乱⑯，藐是流离，至于暮齿⑰。《燕歌》⑱远别，悲不自胜；楚老⑲相逢，泣将何及！畏南山之雨，忽践秦庭⑳；让东海之滨，遂餐周粟㉑。下亭漂泊，高桥羁旅㉒。楚歌非取乐之方，鲁酒无忘忧之用。追为此赋，聊以记言㉓，不无危苦之辞，惟以悲哀为主㉔。

日暮途远㉕，人间何世！将军一去，大树飘零㉖。壮士不还，寒风萧瑟㉗。荆璧睨柱，受连城而见欺㉘；载书横阶，捧珠盘而不定㉙。钟仪君子，入就南冠之囚㉚；季孙行人，留守西河之馆㉛。申包胥之顿地，碎之以首㉜；蔡威公之泪尽，加之以血㉝。钓台移柳，非玉关之可望㉞；华亭鹤唳，岂河桥之可闻㉟！

孙策以天下为三分，众才一旅㊱；项籍用江东之子弟㊲，人惟八千。遂乃分裂山河，宰割天下㊳。岂有百万义师，一朝卷甲㊴，芟夷斩伐，如草木焉！江淮无涯岸之阻，亭壁无藩篱之固。头会箕敛者，合从缔交⑩；锄耰棘矜者，因利乘便㊶。将非江表王气，终于三百年乎㊷？是知并吞六合，不免轵道之灾㊸；混一车书，无救平阳之祸㊹。呜呼！山岳崩颓，既履危亡之运㊺；春秋迭代㊻，必有去故之悲。天意人事，可以凄怆伤心㊼者矣！况复舟楫路穷，星汉非乘槎可上；风飙道阻，蓬莱无可到之期。穷者欲达其言，劳者须歌其事㊽。陆士衡闻而抚掌，是所甘心㊾；张平子见而陋之，固其宜矣㊿。

《庾子山集注》

【注释】

①庾信（513～581）：字子山，南阳新野（今河南新野）人。少聪敏好学，有才名。初仕梁，为昭明太子伴读，曾任尚书度支郎中、东宫领直等官。历仕西魏、北周，官至骠骑大将军、开府仪同三司，故世称庾开府。在梁时出入宫禁，为文绮艳，与徐陵并为官廷文学代表，时称"徐庾体"。留北后虽居高位，却常怀故国之思，作品风格亦由早期的轻靡华丽变为苍劲沉郁。他的《哀江南赋》和《拟咏怀》诗可为代表，虽有堆砌典故、用意曲深之弊，总的来说，可谓集六朝诗、赋、文创作之大成，对唐代文学影响很大。有《庾子山集》。

②戊辰：梁武帝太清二年（548）岁在戊辰。建亥之月：阴历十月。

③大盗：窃国篡位者，此指侯景。移国：篡国。金陵：即建邺，今南京市，梁国都。《南史·梁武帝纪》："太清二年八月戊戌，侯景举兵反。十月……至建邺。"

④荒谷：《左传》杜预注："荒谷，楚地。"此指江陵。

⑤华阳：华山之南，此指江陵。奔命：奉命奔走。梁元帝承圣

二年（553），庾信奉命由江陵出使西魏，十一月，江陵被西魏攻陷，信遂留长安未得归。

⑥中兴：指梁元帝于承圣元年（552）平侯景之乱，即位江陵。道销：中兴之道销亡。甲戌：承圣三年岁在甲戌。

⑦"三日"二句：《晋书·罗宪传》："魏之伐蜀，宪守永安城。及成都败，知刘禅降，乃率所部临于都亭三日。"临，《左传》杜注："哭也。"都亭，都城亭阁。《左传·昭公二十三年》："晋人来讨，叔孙婼如晋，晋人执之……乃馆诸于箕。""三年"，不知所指，或庾信作此赋耗费三年时间。待考。

⑧周星：即岁星，也称太岁，木星，因其十二年绕天一周，故名。物极不反：指梁朝就此一蹶不振、再难恢复。

⑨傅燮：字南容，东汉末年人。《后汉书·傅燮传》载，燮为汉阳太守，时王国、韩遂等攻城，城中兵少粮乏，其子劝燮弃城归乡，燮叹曰："汝知吾必死耶！……世乱不能养浩然之志，食禄又欲避其难乎？吾行何之必死于此！"遂令左右进兵，临阵战死。

⑩袁安：字邵公，后汉时人。自然流涕：《后汉书·袁安传》："安为司徒，以天子幼弱，外戚擅权，每朝会进见及与公卿言国家事，未尝不噫呜流涕。"

⑪桓君山：即桓谭，字君山，后汉时人。著《新论》二十九篇。

⑫杜元凯：即杜预，晋代人，有《春秋经传集解》。

⑬自序：古人著书往往有自序记述身世和写作旨意。

⑭潘岳：字安仁，晋代诗人。始述家风：潘岳有《家风诗》，自述家族风尚。

⑮陆机：字士衡，晋代诗人。先陈世德：陆机有《祖德赋》《述先赋》。

⑯二毛：指头发有黑白二色，形容刚进入中年。丧乱：指侯景

之乱和江陵沦陷被留西魏。时庾信年四十左右。

⑰藐：远。暮齿：暮年。

⑱《燕歌》：指乐府《燕歌行》，其内容多写别离之情。

⑲楚老：代指故国父老。《汉书·龚舍传》谓楚人龚胜于王莽时不愿"一身事二姓"，"遂不复开口饮食，积十四日死"，信世居楚地，引此事深惭自己身事二姓。

⑳南山之雨：此用《列女传·贤明传》典。指迫于君命不敢不使魏。践秦庭：此用《左传》申包胥典。《左传·定公四年》："申包胥如秦乞师……依于庭墙而哭，日夜不绝声……七日……秦师乃出。"这里比喻自己出使求和救急。

㉑"让东海"二句：据《史记·伯夷列传》载，伯夷、叔齐因相互推让君位，先后逃至海滨。武王灭纣，二人以为不义，遂不食周粟，饿死于首阳山。二句言己本以谦让为怀，却不能如夷、齐那样殉义。

㉒"下亭"二句：言其旅途劳顿。

㉓记言：《汉书·艺文志》："古之王者，世有史官，左史记言，右史记事。"据此可知庾信为此赋，非唯慨叹身世，亦兼记史。

㉔"不无"二句：本嵇康《琴赋》序："称其材干，则以危苦为上；赋其声音，则以悲哀为主。"

㉕日暮途远：谓年岁已老而离乡路远。

㉖"将军"二句：《后汉书·冯异传》："每所止舍，诸将并坐论功，异常独屏树下，军中号曰'大树将军'。"此以冯异自喻，言己去国，梁朝沦亡。

㉗"壮士"二句：《战国策·燕策》记太子丹送荆轲易水上，荆轲歌曰"风萧萧兮易水寒，壮士一去兮不复还"。二句言己出使西魏，一去不归。

㉘荆璧：即和氏璧，因楚人和氏得之楚山而名。睨：斜视。连

城：相连之城。二句典出《史记·廉颇蔺相如列传》。此指自己使魏被欺。

㉙载书：盟书。珠盘：诸侯盟誓所用器皿。二句用毛遂典，言己出使西魏，未能缔约，梁朝反遭攻打。

㉚"钟仪"二句：此以钟仪自比，谓己本楚人而羁留魏、周，有类"南冠之囚"。

㉛季孙：春秋时鲁国大夫。行人：掌朝觐聘问之官。二句自比季孙而稍变其意，言己被留难归。

㉜申包胥：春秋时楚国大夫。顿地：叩头至地。事见《左传·定公四年》，二句谓己曾为救梁竭尽心力。

㉝"蔡威公"二句：刘向《说苑》：蔡威公闭门而泣，三日三夜，泣尽而继之以血，曰："吾国且亡。"此言己对梁亡深感悲痛。

㉞钓台：在武昌，此代指南方故土。移柳：据《晋书·陶侃传》，陶侃镇武昌时，曾令诸营种植柳树。玉关：玉门关，在今甘肃敦煌市西，此代指北地。二句谓滞留北地的人是再也见不到南方故土的柳树了。

㉟华亭：在今上海市松江区，晋陆机兄弟曾共游于此十余年。河桥：在今河南孟州，陆机在此兵败被诛。二句谓故乡鸟鸣非身处异地者所能闻。

㊱孙策：字伯符，三国时吴郡富春（即今浙江富阳）人。先以数百人依袁术，后平定江东，建立吴国。三分：指魏、蜀、吴三分天下。一旅：五百人。二句言孙策只靠一旅兵士就建立了吴国。

㊲项籍：字羽，下相（今江苏宿迁西南）人。江东：长江南岸南京一带地区。

㊳"遂乃"二句：本贾谊《过秦论》："宰割天下，分裂山河。"

㊴百万义师：指平定侯景之乱的梁朝大军。卷甲：卷敛衣甲而逃。

㊵头会箕敛：《汉书·陈余传》："头会箕敛以供军费。"服虔注："吏到其家，以人头数出谷，以箕敛之。"合从缔交：原为战国时六国联合抗秦的一种谋略，此指起事者们彼此串联，相互勾结。

㊶锄耰（yōu）：简陋的农具。棘矜：低劣的兵器。因利乘便：此指陈霸先乘梁朝衰乱，取而代之。

㊷江表：江外，长江以南。三百年：从孙权称帝江南，历东晋、宋、齐、梁四代，前后约三百年的时间。

㊸六合：指天地四方。轵（zhǐ）道之灾：《史记·高祖本纪》记高祖入关，"秦王子婴素车白马……降轵道旁"。轵道，在今陕西咸阳市西北。

㊹混一车书：指统一天下。《礼记·中庸》："今天下车同轨，书同文，行同轮。"平阳之祸：指晋怀帝于平阳被害事。平阳，在今山西临汾市。

㊺"山岳"二句：《国语·周语》："山崩川竭，亡之征也。"

㊻春秋迭代：喻梁、陈更替。

㊼凄怆伤心：阮籍《咏怀诗》其九："素质游商声，凄怆伤我心。"

㊽穷者：指仕途困踬的人。达：表达。二句说明自己作赋是有感而发。

㊾陆士衡：陆机字士衡。抚掌：拍手。二句谓自己作此赋即使受人嘲笑，也心甘情愿。

㊿张平子：张衡字平子。陋：轻视。二句谓己赋为人轻视，也是理所当然的。

【赏读】

庾信的《哀江南赋》是他晚年羁留北魏思念乡关的一篇满含愧疚的血泪文字，"哀江南"语出《楚辞·招魂》"魂兮归来哀江南"

句。作品概括了梁朝由盛至衰的历史，凝聚着对故国和人民遭受劫乱的哀伤，具有史诗般的规模和气魄，在辞赋和整个文学发展史上都占有重要的地位。

本文是《哀江南赋》的序，交代了赋文的创作背景和动机。叙述了从侯景之乱、金陵陷落到西魏兵起、自己出使无归的历史过程。作者亲历丧乱，暮年漂泊异乡，委身事周，过着面荣心耻的屈辱生活，所作诗赋一扫前期轻艳绮靡的情调，变为苍凉悲壮。正如杜甫所评"庾信平生最萧瑟，暮年诗赋动江关"。坎坷颠沛的经历融入苍凉萧瑟的人生感慨，形成此赋"不无危苦之辞，惟以悲哀为主"的基调，表达了"穷者欲达其言，劳者须歌其事"的创作动机。

全篇以骈文写成，典型地表现出庾信辞赋和骈文的艺术特征。作者把叙事、抒情、议论巧妙地熔铸在四十多个典故中，形成厚重深邃的特色，传神地表达出作者沉郁苍茫的情感世界。首先，选取典故，锤炼熔铸，以典喻事，语简意丰。如叙述自己出使无功反被羁留异国的过程，用了荆轲、蔺相如、毛遂、钟仪、季孙、申包胥等典故，表达自己出使一去不还的悲壮，出使却未能不辱使命的满腔羞愧，羁留后忍辱偷生而无力拯救祖国的哀痛。通过典故与作者经历的对照比附，能感受到庾信难以尽言的苦衷，让人不禁扼腕叹息。其次，庾信用典长于对比映衬。如以孙策"众才一旅"而开大业、项羽"人惟八千"分裂山河的伟绩与梁朝"百万义师"卷甲溃败的悲剧进行对比，表现出对梁王朝腐败无能的强烈愤慨。作者又用秦国和西晋盛极而亡的史实抒发了春秋迭代、世事变幻的感慨，深刻而含蓄地表达了作者刻骨铭心的亡国之痛和回天乏力的无奈之情。再次，典故中包含深沉的感慨。如用"下亭漂泊，高桥羁旅"正面描述自己流落异乡的凄凉与狼狈，又反面引用南山玄豹的自爱，伯夷叔齐的守节，表达自己苟且偷生的羞愧。燕歌不忍闻却不得不闻，楚老思见却不敢见，钓台移柳，华亭鹤唳，故乡的风物已是明日黄花，自己羁旅异国，故土犹如天上银河与海上仙山，欲归无路。倾泻而出的无限感伤，令人动容。

庾信用典的精湛，一方面是由于他博通古今、功底深厚，另一方面得益于他坎坷颠沛的人生经历及丰富细腻的情感体验，再一方面是他精熟音韵格律，深通骈文技法，所以能够裁剪自如，纵横驰骋，对仗工整，节奏和谐，声情并茂，音韵优美。

《河岳英灵集》序 殷　璠[①]

梁昭明太子撰《文选》，后相效著述者十余家，咸自称尽善。高听之士[②]，或未全许。且大同至于天宝，把笔者近千人，除势要及贿赂者，中间灼然可尚[③]者，五分无二，岂得逢诗辄纂，往往盈帙？盖身后立节，当无诡随[④]，其应诠拣不精，玉石相混，致令众口销铄[⑤]，为知音所痛。

夫文有神来、气来、情来，有雅体、野体、俗体。编纪者能审鉴诸体，委详[⑥]所来，方可定其优劣，论其取舍。至如曹、刘，诗多直致，语少切对[⑦]，或五字并侧，或十字俱平，而逸驾终存。然挈瓶肤受之流[⑧]，责古人不辨宫商徵羽，词句质素，耻相师范。于是攻乎异端，妄为穿凿，理则不足，言常有余，都无比兴，但贵轻艳。虽满篋笥，将何用之？

自萧氏以还，尤增矫饰[⑨]，武德初，微波[⑩]尚在；贞观末，标格渐高；景云中，颇通远调；开元十五年后，声律风骨始备矣。实由主上恶华好朴，去伪从真，使海内词场，翕然遵古，南风周雅[⑪]，称阐今日。

璠不揆[⑫]，窃尝好事，常愿删略群才，赞圣朝之美。爰因退迹[⑬]，得遂宿心。粤若王维、昌龄、储光羲等二十四人，皆河岳英灵也，此集便以"河岳英灵"为号。诗二百三十四首，分为上下卷，起甲寅，终癸巳[⑭]。论次于序，以品藻各冠于篇额。如名不副实，才不合道，纵权压梁窦[⑮]，终无取焉。

《全唐文》

【注释】

①殷璠（生卒年不详）：唐诗选家，润州丹阳（今属江苏）人。天宝间乡贡进士。曾编选开元、天宝间二十四位诗人作品为《河岳英灵集》二卷。鉴选精审，颇为后世所推重。

②高听之士：见解高超的人。

③灼然可尚：有显著的成就可以效法的。

④身后：当作"身前"。立节：谓选家选录的标准应该严谨。诡随：随声附和。

⑤众口销铄：众人的议论，可以销铄金石，喻其力量之大。

⑥委详：当作"案详"。

⑦曹、刘：指曹植和刘桢。二人诗多风骨，少雕润，故称直致。切对：平仄和谐的对句。

⑧挈瓶：喻学识浅陋。肤受：学问只得皮毛。

⑨萧氏：指梁代。矫饰：崇尚辞藻音律。

⑩微波：指梁陈绮艳余风。

⑪南风：古乐曲名，《礼记·乐记》："昔者舜作五弦之琴，以歌《南风》。"周雅：即《诗经》中的《大雅》和《小雅》。

⑫揆：揣度得透彻。《楚辞·离骚》："皇揽揆予初度兮，肇锡予以嘉名。"

⑬退迹：辞官归隐。

⑭甲寅：开元二年（714）。癸巳：天宝十二载（753）。

⑮梁窦：指梁冀、窦宪，皆东汉时的权门贵戚。

【赏读】

殷璠的《河岳英灵集》专选盛唐诗歌，选录标准严格，品评精当，见解深刻，是一部受到后代重视的唐诗选本。

开篇即批评萧统《文选》以后文学选本"诠拣不精"的弊病，强调选录标准必须严谨，不能"逢诗辄纂"。接着提出诗歌有"神来、气来、情来"的特征及"雅体、野体、俗体"的区别，要求编选者"审鉴诸体，委详所来"，因为只有这样，才能定其优劣，论其取舍。殷璠以建安诗人曹植、刘桢为例，认为诗歌要有比兴寄托和风骨气势，而不能过于强调音律和辞采。然后追溯了从梁代到当前这段时间诗歌风貌的变化，把"开元十五年后，声律风骨始备"作为新时期诗歌成熟的时间、风貌标志，并分析了新诗风产生的原因，是统治者"恶华好朴，去伪从真"，使海内词人"翕然遵古"，继承风雅传统的结果。最后交代编选此集的目的与体例。

编选者反复强调不以作者的权势为标准，这既是当时诗坛变化的反映，也与殷璠个人遭际密切相关。梁、陈以来，轻艳浮靡的宫体诗风盛行，作者多帝王贵族和宫廷诗人。入唐以来，随着世族地主文人退出文学舞台，庶族文人渐渐成为文学主体，以权势地位为选录标准的旧习自然要革除，殷璠反对以权势和贿赂取诗，是适应了诗坛的新趋向。而他本人屡试不第，困顿坎坷的经历使他对沉沦下僚的诗人怀有深切的同情。

荆潭唱和诗序　韩　愈①

　　从事②有示愈以《荆潭酬唱诗》③者,愈既受以卒业④,因仰而言曰:"夫和平之音淡薄,而愁思之声要妙;欢愉之辞难工,而穷苦之言易好也。是故文章之作,恒发于羁旅草野⑤;至若王公贵人,气满志得,非性能而好之,则不暇以为。今仆射裴公⑥,开镇蛮荆,统郡惟九;常侍杨公⑦,领湖之南,壤地二千里。德刑之政并勤,爵禄之报两崇。乃能存志乎《诗》《书》,寓辞乎咏歌,往复循环⑧,有唱斯和,搜奇抉怪⑨,雕镂文字,与韦布里闾憔悴专一之士,较其毫厘分寸⑩,铿锵发金石,幽眇感鬼神,信所谓材全而能巨者也。两府之从事与部属之吏属而和之,苟在编者⑪,咸可观也,宜乎施之乐章,纪诸册书⑫。"从事曰:"子之言是也。"告于公,书以为《荆潭唱和诗序》。

《昌黎先生集》

【注释】

　　①韩愈(768~824):字退之,河南河阳(今河南孟州)人,郡望昌黎,世称"韩昌黎"。他反对骈偶文风,提倡散体文,与柳宗元同为古文运动的倡导者。他的散文刚健雄肆,奥衍闳深,旧时为唐宋八大家之首。诗歌雄奇险怪,以文为诗,风格独特。有《昌黎先生集》。

　　②从事:官职,为州郡长的幕僚。

　　③《荆潭酬唱诗》:即荆南、湖南二府唱和的诗集。

　　④卒业:读完全部内容。卒,完毕,结束。

⑤恒：常常。羁旅：奔波颠沛，作客他乡。草野：地位低下的平民百姓。

⑥仆射裴公：指荆南观察使兼江陵尹裴均。

⑦常侍杨公：指湖南观察使兼潭州刺史杨凭。

⑧往复循环：指双方互相酬唱往来。

⑨搜奇抉怪：搜索新奇意象，挑选怪异言辞，形容刻意雕镂诗文。

⑩"与韦布"句：与前所谓愁思穷苦、羁旅草野之士比较文章高下。

⑪苟在编者：收录在这本诗歌集里的作品。

⑫"宜乎"二句：这些诗歌可以配上音乐演唱，记录在史册里。

【赏读】

《荆潭唱和诗》本身或许并没有什么真正的价值，不过是一群官僚及其部属之间相互唱和的诗歌集子，诗歌内容无非粉饰太平、歌功颂德，偶尔抒发一些对现实的感慨罢了。但是，韩愈这篇冠冕堂皇的诗序却具有重大的诗学价值，因为他提出了一个重要的命题：诗歌是落魄之士在羁旅他乡穷愁潦倒境地中真情的流露，是一种生命意义的寄托，因此"和平之音淡薄，而愁思之声要妙；欢愉之辞难工，而穷苦之言易好"。这一观点与他在《送孟东野序》中提出的"不平则鸣"诗学观相互辉映，相互补充。韩愈认为王公贵人志满意得，如果不是生性喜欢诗歌，那他是没有时间去创作诗歌的，但是韩愈从眼前的这部唱和诗集中看到了欢愉之词也有相当的价值。虽然欢愉之词难工，毕竟也可以工整精巧，这样他的诗学观点就变得辩证通达，正如"不平则鸣"既可以鸣自己的不幸，也可以鸣国家之盛。这一观点对宋代欧阳修提出"穷而后工"有直接影响。

愚溪诗序 柳宗元①

灌水之阳②有溪焉，东流入于潇水③。或曰：冉氏尝居也，故姓是溪为冉溪。或曰：可以染也，名之以其能，故谓之染溪。予以愚触罪④，谪潇水上。爱是溪，入二三里，得其尤绝者家焉。古有愚公谷⑤，今予家是溪，而名莫能定，土之居者，犹龂龂然⑥，不可以不更也，故更之为愚溪。

愚溪之上，买小丘，为愚丘。自愚丘东北行六十步，得泉焉，又买居⑦之，为愚泉。愚泉凡六穴，皆出山下平地，盖上出⑧也。合流屈曲而南，为愚沟。遂负土累石，塞其隘⑨，为愚池。愚池之东为愚堂。其南为愚亭。池之中为愚岛。嘉木异石错置，皆山水之奇者，以予故，咸以愚辱焉。

夫水，智者乐也。今是溪独见辱于愚，何哉？盖其流甚下，不可以溉灌。又峻急，多坻石⑩，大舟不可入也。幽邃浅狭，蛟龙不屑⑪，不能兴云雨，无以利世，而适类于予，然则虽辱而愚之，可也。

宁武子⑫"邦无道则愚"，智而为愚者也；颜子⑬"终日不违如愚"，睿而为愚者也。皆不得为真愚。今予遭有道而违于理，悖于事⑭，故凡为愚者莫我若也。夫然，则天下莫能争是溪，予得专而名焉。

溪虽莫利于世，而善鉴万类，清莹秀澈，锵鸣金石⑮，能使愚者喜笑眷慕，乐而不能去也。予虽不合于俗，亦颇以文墨自慰,漱涤万物⑯,牢笼百态,而无所避之。以愚辞歌愚溪,则茫然而不违,昏然而同归⑰,超鸿蒙,混希夷,寂寥而莫我知也⑱。于是作《八愚诗》,纪于溪石上。

《柳河东集》

【注释】

①柳宗元(773~819):字子厚,河东解(今山西运城西)人,世称"柳河东"。与刘禹锡等参加主张改革的王叔文集团,任礼部员外郎。变革失败后,贬为永州司马,十年后升为柳州刺史,卒于柳州,人称"柳柳州"。与韩愈倡导古文运动,并称"韩柳"。散文峭拔矫健,说理透彻,山水游记多有寄托,寓言笔锋犀利,诗歌清峻峭拔。著有《柳河东集》。

②灌水:在今广西境内,源出灌阳县西南。阳:河流的北面。

③潇水:源出今湖南道县的潇山。

④以愚触罪:因为愚笨获罪。指参加王叔文领导的变革,失败后贬官永州。

⑤愚公谷:在今山东淄博市临淄区西。相传齐桓公时,有个老翁因当时政治不佳,官吏断案不公,一匹小马被人拉走而不敢争讼,自称所住山谷为"愚公谷"。作者借此暗示他自称愚,并以愚名溪,也是因为当时政治黑暗。

⑥龂(yìn)龂然:争辩不休的样子。

⑦居:积蓄,蓄藏。

⑧上出:从地下涌出来。

⑨塞其隘:堵塞住河道狭隘的地方。

⑩坻(chí)石:突出水面的石头。

⑪蛟龙不屑:蛟龙看不上这条愚溪。

⑫宁武子：卫国大夫宁愈。《论语·公冶长》："宁武子，邦有道则智，邦无道则愚。其智可及也，其愚不可及也。"

⑬颜子：颜回。《论语·为政》："子曰：'吾与回言终日，不违如愚。退而省其私，亦足以发，回也不愚。'"

⑭"遭有道"二句：遇到有道德的皇帝，却违背事理，办错事情。

⑮锵鸣金石：形容流水声就像金石乐器发出的声音那样清脆悦耳。

⑯漱涤万物：指作者在文章中选择、刻画自然界的各种景物。

⑰"茫然"二句：茫茫然昏昏然好像与愚溪融为一体。

⑱"超鸿蒙"三句：形容进入一种寂静空阔、形神俱忘的无声无色的微妙境界。

【赏读】

柳宗元的山水游记，是将自己的人格寄寓在山水之中，从而使山水也获得了鲜活的生命。这篇诗序与他的游记一样，自出机杼，紧紧围绕一个"愚"字，运用欲扬先抑的手法，将愚溪与自己相对照，既用愚溪的愚来陪衬自己的愚，又用宁武子、颜回等古人的假愚来反衬自己的真愚，在一个有道皇帝统治的清明时代，竟然会违背世情获得如此难以饶恕的罪名，使人感到他真是愚到了无以复加的境地。铺垫足够之后，突然笔锋一转，说这愚溪虽然名称、地位、功用都确实堪称真愚，但是它"善鉴万类，清莹秀澈，锵鸣金石"，不仅清明透亮，而且发出动听的乐音，让孤独寂寞的人流连忘返。因此作者情不自禁要用"漱涤万物，牢笼百态"的文字来表达出自己的感受，暗示自己的愚是源于不合时俗，并表示愿意与愚溪共同生活，进入一种超越凡尘世俗的虚寂混沌、清空寥落、物我两忘的境界。其实，在这看似旷达超逸的描写中，不难看出作者内心难以压抑的怨愤与不平。身怀绝世才华,却被弃置在荒芜渺远的边地而无所作为,这是何等的无奈与悲愤。

这篇诗序情文并茂,妙趣横生,结构上精心设计,布局上巧妙映衬,行文百折千回,跌宕生姿,文句骈散相间,抑扬顿挫,有一唱三叹之妙。

《荔枝图》序 白居易①

荔枝生巴峡②间。树形团团如帷盖。叶如桂,冬青。华如橘,春荣。实如丹,夏熟。朵如葡萄③,核如枇杷,壳如红缯,膜如紫绡,瓤肉莹白如冰雪,浆液甘酸如醴酪,大略如彼,其实过之④。若离本枝,一日而色变,二日而香变,三日而味变,四五日外,色香味尽去矣。

元和十五年夏,南宾守⑤乐天命工吏图而书之,盖为不识者与识而不及一二三日者⑥云。

《白居易集校笺》

【注释】

①白居易(772~846),字乐天,晚年号香山居士。其先太原(今属山西)人,后迁居下邽(今陕西渭南)。元和十年(815)贬官江州司马,后历任忠州、杭州、苏州刺史,最后官至刑部尚书。是中唐时代著名的现实主义诗人,主张"文章合为时而著,歌诗合为事而作",大量创作新乐府诗,其诗追求通俗流畅。有《白氏长庆集》。

②巴峡:指巴郡三峡一带,唐代属忠州。

③朵如葡萄:指果实成串成簇,像葡萄一样。

④其实过之:荔枝真正的色、形、味超过了上面的描述。

⑤南宾守:忠州曾于天宝年间改为南宾郡,乾元间复为忠州。南宾守,即忠州刺史。

⑥识而不及一二三日者:见过荔枝,却未见过三日内摘下来的

新鲜荔枝的人。

【赏读】

　　这是一则题在荔枝图画上介绍荔枝特点的小品。

　　荔枝原产于广东、福建等地，唐时四川也产，由于味道鲜美，尤其得到杨贵妃的喜爱，杜牧诗云："一骑红尘妃子笑，无人知是荔枝来。"荔枝也是文人墨客喜爱的物件，历代歌咏、描绘荔枝的佳作众多。白居易任忠州刺史时，回京前特意请人绘制一幅荔枝图，并写下这篇妙文。

　　运用比喻对荔枝的树形、叶子、花朵、果实、形态、壳核、果肉、浆液等方面作了详尽的描绘，让人既对荔枝的特点有所了解，还产生了馋涎欲滴的联想：团团如盖的青翠树冠，一到春天就开出粉白色小花，芳香四溢；夏天，果实成熟，鲜红如丹，又如一串串葡萄挂满枝头；那壳儿仿佛是红缯织成，剥开壳儿便会露出晶莹洁白的果肉，轻轻咬上一口，那甘甜爽口的汁液，仿佛醴酪美味，沁人心脾。难怪后来苏轼说："日啖荔枝三百颗，不辞长作岭南人。"然后，白居易对荔枝容易变质的特点作了具体说明，使人们认识到美妙的东西往往娇弱，需要细心呵护。虽然是为了让"不识者与识而不及一二三日者"了解荔枝的特性，但是字里行间却流露出诗人对美物的无限珍爱怜惜。这篇小品语言通俗明朗，自然流畅又清新隽永，富有活泼灵动的韵味。

题《燕太子丹传》[①]后　李　翱[②]

荆轲感燕丹之义[③]，函[④]匕首入秦，劫始皇[⑤]，将以存燕宽诸侯。事虽不成，然亦壮士也。惜其智谋不足以知变识机。始皇之道异于齐桓[⑥]，曹沫[⑦]功成，荆轲杀身，其所遭者然也。乃欲促槛车驾秦王[⑧]以如燕，童子妇人且明其不能，而轲行之，其弗就[⑨]也非不幸。燕丹之心，苟可以报秦，虽举燕国犹不顾，况美人[⑩]哉？轲不晓而当之，陋矣。

《李文公集》

【注释】

①《燕太子丹传》：史书无此传，当为小说《燕丹子》。

②李翱（772～841）：字习之。赵郡（今河北邯郸西南）人。贞元进士，官至山南东道节度使，谥"文"，世称"李文公"。从韩愈学习古文，是中唐散文家，论文主张义、理、文三者并重，散文风格温厚平和，以意态取胜。有《李文公集》。

③荆轲：战国末年卫国人，时称庆卿。秦灭卫国后，逃至燕国，燕人称为荆卿。后被田光推荐给燕太子丹，丹遣他入秦谋刺秦王。燕丹：战国末年燕王喜的太子，名丹。曾作为人质留在秦国，后逃归，发誓报仇。

④函：木匣，此指包藏。

⑤劫始皇：劫持威胁秦始皇。

⑥齐桓：齐桓公，姜姓，名小白，春秋时期第一个霸主。

⑦曹沫：春秋时期鲁国人。鲁国与齐国作战，连败三次，鲁庄

公不得不献地求和，与齐桓公在柯地会盟。曹沫乘机用匕首胁迫齐桓公，逼迫他退还侵略的鲁国土地，齐桓公无奈应允，失地复归鲁国。见《史记·刺客列传》。

⑧促槛车：准备好带有栅栏的囚车。驾秦王：将秦王关进车里拉走。

⑨弗就：不成功。

⑩美人：据《燕丹子》载，太子丹置盛宴于华阳台，并令美女弹琴助兴，荆轲称赞女子琴弹得好，还说喜爱她的手，太子丹就砍下美女的手，用玉盘装着送给荆轲。

【赏读】

荆轲刺秦王，是一个非常富有轰动效应的历史事件，虽然其直接结果是导致燕国迅速灭亡，但是这一事件本身所蕴含的意义却引来众多的评论。从司马迁开始，历代文人大都把荆轲作为仗义除暴的英雄侠客来歌颂，像骆宾王的"此地别燕丹，壮士发冲冠。昔时人已没，今日水犹寒"，荆轲当年惜别太子丹的凛凛威风仿佛还在易水萧瑟的秋风中回荡；陶渊明《咏荆轲》："惜哉剑术疏，奇功遂不成。其人虽已没，千载有余情"，对荆轲的壮怀激烈充满敬意。

李翱的这篇题跋，却一反传统观点，认为荆轲只是从狭义的"义"出发，不审时度势，便贸然想劫秦王以归，事虽壮烈，却不能成功。为文跌宕起伏，论理透辟精警。清人吴汝纶曾说："笔笔转，句句变，皆从容中转折，极顿挫反侧之势。"道出本文妙处。

《竹枝词》[1]序 刘禹锡[2]

　　四方之歌,异音而同乐。岁正月,余来建平[3],里中儿联歌《竹枝》,吹短笛,击鼓以赴节。歌者扬袂睢舞[4],以曲多为贤。聆其音,中黄钟之羽,其卒章激讦如吴声[5]。虽怆伫[6]不可分,而含思婉转,有淇濮之艳[7]。昔屈原居沅湘间,其民迎神,词多鄙陋,乃为作《九歌》,到于今荆楚鼓舞之。故余亦作《竹枝词》九篇,俾善歌者飏[8]之,附于末,后之聆巴歈,知变风[9]之自焉。

《刘禹锡全集编年校注》

【注释】

①《竹枝词》:巴渝民歌。竹枝词,简称"竹枝",又名巴渝辞。据《乐府诗集》载:"竹枝,巴歈(yú)也。"巴即巴郡,今重庆市东部奉节至宜宾一带;歈即民歌。这种流传于渝东一带的民歌,古已有之,盛行于土家族巴人部落里。

②刘禹锡(772~842):字梦得,洛阳人。贞元九年(793)进士及第,登博学宏词科,授监察御史,因参加王叔文领导的永贞革新,贬朗州司马,十年后迁连州刺史。晚年任太子宾客,世称刘宾客。有《刘梦得文集》。

③建平:即夔州。刘禹锡在穆宗长庆二年(822)任夔州刺史,竹枝词作于此时。

④扬袂睢舞:举臂挥袖,仰目挑逗,尽情舞蹈。

⑤激讦(jié):激越。吴声:吴地民歌,音调婉转愁绝。

⑥伧伫（níng）：唱词低俗，语音难懂。

⑦淇濮之艳：指竹枝词多男女爱情方面的内容。淇濮，二水名，均在春秋时期卫国境内，《诗经》中涉及淇水、濮水的诗歌多与爱情有关，称"郑卫之音"。

⑧飏（yáng）：传扬，流播。

⑨变风：原意指《诗经》中除"二南"之外的十三国风，此指这九首《竹枝词》改变了原来民歌低俗的格调，变得高雅纯净。

【赏读】

竹枝词，是土家族巴人部落的民歌。巴人能歌善舞，每逢佳节喜庆，男女老少便欢聚一堂，击鼓踏歌，联唱竹枝。刘禹锡的《〈竹枝词〉序》描述了大致情形：乡中百姓联唱竹枝，有人唱歌，有人吹短笛应和，有人击鼓打节拍，歌者一边唱歌，一边飞目传情，一边举臂挥袖，一边翩翩起舞。场面热烈壮观，充满民间热辣辣的野性情调。竹枝的乐曲，大致符合黄钟宫的羽调，结尾部分乐音激切婉转好似吴地的民歌，虽然唱词杂乱鄙俗音节难以分辨，但音乐跌宕宛转，犹如当年卫地民歌一样动听。

刘禹锡显然为这淳朴的民歌所感染，但又无法接受竹枝词的粗野鄙俗。作为地方刺史，有改变民情风俗的责任，因此，他学习屈原流放沅湘时期为改造民歌粗鄙格调创作《九歌》的做法，将雅化的情感格调引入竹枝词，使歌词色泽清莹，音调和美。从此竹枝词遂脱胎换骨，吐露芳华，在中唐诗坛上成为一枝奇葩，对后世产生了深远的影响。北宋诗人黄庭坚评价说："刘梦得《竹枝》九章，词意高妙，元和间诚可以独步。"清代翁方纲也说刘禹锡"以竹枝歌谣之调，而造老杜诗史之地位"。

《李贺诗集》序① 杜 牧②

太和五年③十月中,半夜时,舍外有疾呼传缄书者④。牧曰:"必有异。亟取火来!"及发之,果集贤学士沈公子明⑤书一通,曰:"我亡友李贺,元和中义爱甚厚⑥,日夕相与起居饮食。贺且死,尝授我平生所著歌诗;离为四编⑦,凡二百二十三首。数年来东西南北,良为已失去。今夕醉解,不复得寐,即阅理箧帙⑧,忽得贺诗前所授我者。思理往事,凡与贺话言嬉游,一处所,一物候,一日夕,一觞一饭,显显焉无有忘弃者,不觉出涕。贺复无家室子弟得以给养恤问,尝恨想其人,味其言止矣。子厚于我,与我为贺集序,尽道其所来由,亦少解⑨我意。"牧其夕不果⑩以书道不可,明日就公谢,且曰:"世谓贺才绝出前。"让⑪居数日,牧深惟⑫公曰:"公于诗为深妙奇博,且复尽知贺之得失短长。今实序贺不让,必不能当公意⑬,如何?"复就谢,极道所不敢序贺。公曰:"子固若是,是当慢⑭我。"牧因不敢复辞,勉为贺序,然其甚惭。

唐皇诸孙贺,字长吉,元和中韩吏部⑮亦颇道⑯其歌诗。云烟绵联,不足为其态也;水之迢迢,不足为其情也;春之盎盎⑰,不足为其和⑱也;秋之明洁,不足为其格也;风樯阵马⑲,不足为其勇也;瓦棺篆鼎⑳,不足为其古也;时花美女,不足为其色也;荒国陊殿㉑,梗莽丘垅㉒,不足为其怨恨悲愁也;鲸呿鳌掷㉓,牛鬼蛇神,不足为其虚荒诞幻也。盖《骚》之苗裔,理虽不及，辞或过之㉔。《骚》有感怨刺怼㉕，言及君臣理乱，时有以激发人意。乃贺所为，无得有是？贺能探寻前事，所以深叹恨古今未尝经道者，如《金铜仙人辞汉歌》《补梁庾肩吾宫体谣》。求取情状，离绝远去笔墨畦径㉖，间㉗亦殊不能知之。贺生二十七年死矣，世皆曰："使贺且未死，少加以理，奴仆命《骚》㉘可也。"

贺死后凡十有五年，京兆杜牧为其序。

《樊川文集》

【注释】

①《李贺诗集》序：原题作《〈太常奉礼郎李贺诗集〉序》。李贺（790～816），字长吉，福昌（今河南宜阳西）人。虽为唐皇室远支，但家世早已衰落，生活困顿。曾因门荫得官奉礼郎，由于要避家讳，故不得举进士。其诗善于雕镌刻画，熔铸辞采，驰骋想象，造境幽奇怪丽，情调阴郁低沉，独具一格。有《昌谷集》。

②杜牧（803～852）：字牧之，京兆万年（今陕西西安）人。太和进士，历任监察御史，黄州、池州、睦州刺史，后入为司勋员外郎，官终中书舍人。与李商隐并称"小李杜"。写景抒情小诗，多清丽生动，给人雄姿英发之感。有《樊川文集》。

③太和五年：即831年。太和，唐文宗年号，也作大和。

④传缄书者：传递封口书信的人。

⑤沈公子明：即沈亚之，是杜牧、李贺的好友。

⑥义爱甚厚：情谊深厚。义通"谊"。

⑦离为四编：编为四卷。

⑧阅理箧帙：阅读整理书箱中的书籍。

⑨少解：稍微宽解。

⑩不果：没有做到。

⑪让：推辞。

⑫深惟：深思。

⑬当公意：符合你（沈亚之）的心意。

⑭慢：轻视。

⑮韩吏部：即韩愈。

⑯颇道：颇为称道。

⑰盘盘：春色浓盛的样子。

⑱和：活力，生气。

⑲阵马：阵地上的战马。

⑳瓦棺：远古时代烧制的土棺材。篆鼎：铸有篆书铭文的古鼎。

㉑荒国：亡国的都城。陊（duò）殿：倾颓败坏的宫殿。

㉒梗莽丘垅：长满荒芜荆棘的坟墓。

㉓鲸呿（qū）鳌掷：鲸鱼张口吸食，巨鳌尾巴拨动水面。

㉔苗裔：后代，比喻李贺继承了《离骚》的风格。理：思想内容。辞：辞采，艺术性。

㉕感怨刺怼（duì）：感激、悲怨、讽刺、愤恨。

㉖畦径：田间小路。比喻诗歌创作中的思路、手法。

㉗间：间或，有时。

㉘奴仆命《骚》：把《离骚》当做奴仆来使唤，即大大超过《离骚》。

【赏读】

这篇诗集序颇像一篇传奇小品，由两部分构成。前面一半的篇幅在叙述沈亚之与杜牧的一次郑重其事的通信。信中叙述了沈亚之与李贺的交往和李贺临终前将自己的全部诗歌托付给沈亚之，南北东西辗转，十五年后沈亚之整理书箧，发现故人遗作，于是情不自已,急切地想请杜牧为李贺诗集作序。李贺诗集实际上保存着沈亚之与李贺之间的一段深情。而杜牧与沈亚之一样对李贺诗歌都非常推崇,所以,他始终不敢接受这一重任。沈亚之两次请求,杜牧两次拒绝,沈亚之说:"子固若是,是当慢我。"杜牧才勉强接受任务。这就从一个侧面烘托出李贺诗歌具有极不平凡的价值。

杜牧连用九个排比的比喻,对李贺诗歌的内容、情调、风格、形象、意境、手法等方面,作了淋漓尽致的刻画,使李贺诗歌峻峭冷艳、奇谲诡怪、生新幽魅的艺术特点形象生动地呈现在读者面前。特别值得注意的是,杜牧认为李贺诗歌具有春天一样的生机活力,具有圆润柔"和"的一面,这与后人对李贺诗的印象颇为不同。杜牧认为李贺继承了屈原《离骚》的浪漫主义传统,尽管思想内容方面有一些欠缺,但是辞藻色彩、想象奇特等艺术上绝不逊色。最后,引用世人"使贺且未死,少加以理,奴仆命《骚》可也"的观点,表现出对这位天才诗人过早离世的无限叹惋和由衷的敬意。

《笠泽丛书》序 陆龟蒙①

丛书者,丛脞②之书也。丛脞,犹细碎也。细而不遗大,可知其所容矣。

自乾符六年③春,卧病于笠泽之滨。败屋数间,盖蠹书十余箧。伯男儿④才三尺许长,砢齿⑤犹未遍,教以药剂象梧子大小外,研墨沌笔供纸札而已。体中不堪羸耗⑥,时亦隐几强坐。内壹郁⑦则外扬为声音,歌、诗、颂、赋、铭、记、传、序,往往杂发⑧。不类不次,混而载之,得称为丛书。自当缓忧⑨之一物,非敢露世家耳目。故凡所讳,中略无避焉。

笠泽,松江之名。

《甫里先生集》

【注释】

①陆龟蒙（？~881）：字鲁望,自号甫里先生、天随子、江湖散人,苏州吴（今江苏吴县）人。举进士不第,曾任从事之职,后隐居松江甫里,多所著述。与皮日休为友,世称"皮陆"。其诗近体多近温李,古体多承韩愈。有《甫里先生集》。

②丛脞（cuǒ）：琐细。

③乾符六年：即879年。

④伯男儿：大儿子。

⑤砢（huǐ）齿：掉乳牙。

⑥羸耗：病弱,衰颓。

⑦壹郁：即"抑郁"，忧闷。
⑧杂发：交杂在一起，没有按类编次。
⑨缓忧：缓解忧愁苦闷。

【赏读】

　　陆龟蒙晚年，因正逢乱世，而自己无仕进之路，于是退居松江甫里，过起了隐居生活，自号"江湖散人"。但是，儒家的入世精神又让他不能真正抽身事外，既然不能"立德""立功"，因此只能"立言"传世。这就是其大量小品文及诗赋产生的背景。陆龟蒙将这些作品整理成书，命名为《笠泽丛书》。笠泽，古水名，现在通常称作吴淞江，陆龟蒙晚年居于此江边。

　　首先，他自嘲地称自己的书是"丛脞"之书，即内容细碎繁杂，但又说"细而不遗大"，文章在日常琐事之中包蕴了重大的事理。其次，他追叙撰述的情景：卧病江滨，数间茅屋，眼前几筐破书相随，身边一个稚子相伴；身体羸弱，内心幽愤无处发泄，只能诉诸笔端，正所谓"不为无益之事，何以遣有生之涯"。由此可见，《笠泽丛书》是不平则鸣的结晶。因为难以压抑的悲愤不吐不快，因而编辑整理时也就"不类不次"，其实，这正是陆龟蒙冲破传统体制束缚，追求文体自由的表现，其文章的锋芒和光彩也由此而生。

　　这篇序文写得简要充实，语言看似平和实蕴忧愤，读来可以了解作者晚年病卧中编书及生活情状，并能体味其萧索抑郁的心境。

《酒箴》序 皮日休[①]

皮子性嗜酒,虽行止穷泰,非酒不能适。居襄阳之鹿门山,以山税之余[②],继日而酿,终年荒醉,自戏曰"醉士"。居襄阳之洞湖,以舳舻载醇酎一甀[③],往来湖上,遇兴将酌,因自谐曰"醉民"。於戏!吾性至荒,而嗜于此,其亦为圣哲之罪人也。又自戏曰"醉士",自谐曰"醉民",将天地至广,不能容醉士醉民哉?又何必厕丝竹之筵,粉黛之坐也[④]。襄阳元侯[⑤]闻醉士醉民之称也,订[⑥]皮子曰:"子耽饮之性,于喧静岂异耶?"皮子曰:"酒之道,岂止于充口腹、乐悲欢而已哉?甚则化上为淫溺[⑦],化下为酗祸。是以圣人节之以酬酢[⑧],谕之以诰训。然尚有上为淫溺所化,化为亡国;下为酗祸所化,化为杀身。且不见前世之饮祸耶?路鄫舒有五罪,其一嗜酒,为晋所杀。庆封易内而耽饮,则国朝迁[⑨]。郑伯有窟室而耽饮,终奔于驷氏之甲[⑩]。栾高嗜酒而信内,卒败于陈、鲍氏。卫侯饮于籍圃,卒为大夫所恶。呜呼!吾不贤者,性实嗜酒,尚惧为鄫舒之戮,过此吾不为也,又焉能俾[⑪]喧为静乎?俾静为喧乎?不为静中淫溺乎?不为酗祸之波乎?既淫溺酗祸作于心,得不为庆封乎?郑伯乎?栾高乎?卫侯乎?盖中性,不能自节,因箴[⑫]以自符[⑬]。"

箴曰:酒之所乐,乐其全真。宁能我醉,不醉于人。

《皮子文薮》

【注释】

①皮日休(约834~约883):字逸少,又改字袭美,自号鹿门

子、间气布衣、醉吟先生,襄阳(今湖北襄阳)人。黄巢入长安,以他为翰林学士,大约在黄巢败退前被杀。皮日休诗文兼善,诗学白居易,多作乐府写实;文宗韩愈,善以小品刺世,有《皮子文薮》。

②山税之余:指交完赋税所剩的农产品,如高粱、小米、小麦之类。

③舴艋:小船。醇酎:重酿味厚的好酒。一甒(dān):坛子一类的瓦罐。

④厕:侧身坐,这里指参加。丝竹:管弦乐器,指酒席上的歌舞。粉黛:妇女化妆的装饰品,此指代歌舞女子。

⑤元侯:诸侯之长。此指襄阳知州。

⑥订:修订,指出错误。

⑦淫溺:过分沉溺于酒。

⑧酬酢:主客互相敬酒。主敬客曰酬,客回敬曰酢。

⑨庆封:春秋齐国大夫,嗜酒而不自理政,将政事交给其子庆舍。齐国乱,攻庆氏,庆封奔鲁,又奔吴,后为楚灵王所杀。事见《左传·襄公二十八年》。

⑩郑伯有:喜欢在地窖密室饮酒,子晳以驷氏之甲攻郑伯有,焚毁他的酒窟,郑伯有奔雍梁。事见《左传·襄公三十年》。

⑪俾:使。

⑫箴:一种劝告警戒的文体,一般是整齐的四言韵语。

⑬自符:自护,自警。

【赏读】

箴是一种劝告自警的文体。皮日休的《酒箴》就是要劝诫自己喝酒不要过量,既要享受饮酒的快乐,又要保持一个适当的度,其意大体如此。这篇序文运用汉赋的对话体制,通过反驳襄阳知州的论点，引出一大篇关于耽溺酗酒的事例，其笔锋直指昏聩荒淫的统治者，具有强烈的批判现实意义。

开头交代自己嗜酒的个性，他自制酒酿，终年荒醉，放浪湖山，自命"醉士""醉民"，意欲成为远避富贵、游走于天地自然之间的自由潇洒的散人。襄阳知州却认为嗜酒的人，在喧闹和静寂环境中没有差别，因而询问他耽饮求醉的情况。他大谈饮酒容易招致"淫溺""酗祸"的恶果，并列举路鄑舒、庆封、郑伯有、栾高、卫侯等历史上因嗜酒而国破身亡的实例，说明过度饮酒的危害，因此要作《酒箴》来自符。实际上，皮日休真正要劝诫的是当时整个耽溺的上层统治集团，因为列举的因酒及祸的人物不是国君就是大臣。显然这里的"上"就是指皇帝，"下"就是指割据称霸的藩镇将帅与封疆大吏。作者所说的"化上为淫溺""化下为酗祸"，说明当时统治集团整体的腐败、堕落、荒淫无耻，可以想象"亡国""杀身"将是必然的结局。此后的黄巢农民起义，一路摧枯拉朽，攻入长安，韦庄用"内库烧为锦绣灰，天街踏尽公卿骨"的诗句印证了皮日休的预言。

其实，皮日休并不是什么醉士，而是始终关怀现实、保持清醒的志士。他身处乱世，仍然不忘济世安民，渴望建功立业，他的诗文如匕首投枪，针砭时弊，呼唤社会良知，无奈晚唐社会已经病入膏肓，不可救药。但是，皮日休这种在泥塘里挣扎救世的精神永远值得敬仰。

题《柳柳州集》^①后 司空图^②

金之精粗，考其声皆可辨也，岂清于磬而浑于钟哉^③！然则作者为文、为诗，格^④亦可见，岂当善于彼而不善于此邪？愚观文人之为诗，诗人之为文，始皆系其所尚，既专则搜研愈至^⑤，故能炫^⑥其工于不朽。亦犹力巨而斗者，所持之器各异，而皆能济胜以为勍敌^⑦也。愚尝览韩吏部歌诗数百首，其驱驾气势，若掀雷扶电，撑抉于天地之间，物状奇怪，不得不鼓舞而徇其呼吸也^⑧。其次皇甫祠部文集^⑨所作，亦为遒逸，非无意于渊密，盖或未遑耳^⑩。今于华下方得柳诗，味其探搜之致，亦深远矣。俾其穷而克寿^⑪，玩精极思，则固非琐琐者轻可拟议其优劣。又尝观杜子美祭太尉房公文、李太白佛寺碑赞，宏拔清厉，乃其歌诗也。张曲江^⑫五言沉郁，亦其义笔也。岂相伤哉？噫！后之学者偏浅，片词只句，不能自辨，已侧目相诋訾^⑬矣。痛哉！因题柳集之末，庶俾后之诠评者^⑭，无或偏说，以盖其全工^⑮。

《司空表圣文集》

【注释】

① 《柳柳州集》：即柳宗元的文集。

② 司空图（837～908）：字表圣，河中（今山西永济）人。咸通进士，官至知制诰、中书舍人。后隐居中条山王官谷，自号知非子、耐辱居士。所撰《二十四诗品》对后代影响深远。有《司空表圣文集》。

③清于磬：比磬的声音清越。浑于钟：比钟的声音浑厚。
④格：风格，个性特色。
⑤既专则搜研愈至：专一就会悉心研究。
⑥炫：炫耀，指在某一方面有突出成就。
⑦勍（qíng）敌：劲敌。
⑧"其驱驾"五句：描写韩愈诗歌雄奇劲健、震撼人心的艺术特色。
⑨皇甫祠部文集：皇甫湜文集。皇甫湜官祠部员外郎。
⑩遒逸：遒劲飘逸。渊密：深刻精密。未逮：未能到达。
⑪穷而克寿：困顿而能够长寿。
⑫张曲江：张九龄，号曲江。盛唐名相，也是著名诗人。有《张曲江集》。
⑬侧目相诋訾：指鄙视指责，攻击毁谤。
⑭庶：希望。俾：使。后之诠评者：后来评论诗文的人们。
⑮盖其全工：概括全面没有偏颇。

【赏读】

　　诗与文是两种同源异流的文体，它们曾经同根同源，后来在发展演变过程中才分途异趋。历史上一直有两种不同的观点：一种认为诗、文各自有体，不能也不应该交融，应该保持各自独立的特性，我们称之为"尊体派"。像唐代的柳宗元就主张诗、文各有体，文高壮广厚，诗丽则清越，要求保持各自的体性特征，并断言一个作家不可能同时兼善诗、文。后来的李清照坚持词"别是一家"，也是这个派别的典型代表。另一种则认为诗与文虽然在现实生活的交际应用中分别承担不同的功用，但是艺术上还是可以并且应该相互借鉴，呈现互进共荣的景象，我们称之为"破体派"。这一派主张诗与其他文体相互沟通，相互交融，像韩愈主张的"以文为诗"、苏轼主张的"以诗为词"、辛弃疾的"以文为词"等,都是这一派的代表。

　　介于韩愈与苏轼之间的晚唐诗人、文论家司空图,也是一个破体派的理论家,他的这篇题在柳宗元文集后的小跋,之所以非常有名,就是以具体例子论证了"以文为诗"的合理性。首先他认为一个作家可以诗、文两种文体兼长。然后说诗人为文,与文人写诗一样。接着就举韩愈、皇甫湜、柳宗元、杜甫、李白及张九龄的例子,说他们都是既善为诗,又善为文,诗具有文的流畅通达,文具有诗的清拔幽细。这些例子说明一个作家在创作某种文体作品时,一定会借鉴其他文体的艺术手法,因而会呈现出丰富的个性特征,所以评论一个作家不能有所偏颇,要全面客观地作出评价。

《花间集》[①]序   欧阳炯[②]

  镂玉雕琼,拟化工而迥巧;裁花剪叶,夺春艳以争鲜[③]。

  是以唱《云谣》则金母词清,挹霞醴则穆王心醉[④]。名高《白雪》,声声而自合鸾歌;响遏行云,字字而偏谐凤律[⑤]。"杨柳""大堤"之句,乐府相传;"芙蓉""曲渚"之篇,豪家自制[⑥]。莫不争高门下,三千玳瑁之簪;竞富尊前,数十珊瑚之树[⑦]。则有绮筵公子、绣幌佳人,递叶叶之花笺,文抽丽锦;举纤纤之玉指,拍按香檀[⑧]。不无清绝之词,用助妖娆之态。自南朝之宫体,扇北里之倡风[⑨]。何止言之不文,所谓秀而不实[⑩]。

  有唐以降,率土之滨,家家之香径春风,宁寻越艳?处处之红楼夜月,自锁嫦娥[⑪]。在明皇朝,则有李太白《应制清平乐词》四首。近代温飞卿复有《金筌集》[⑫]。迩来作者,无愧前人。

  今卫尉少卿字弘基[⑬],以拾翠[⑭]洲边,自得羽毛之异;织绡泉底[⑮],独抒机杼之功。广会众宾,时延佳论[⑯]。因集近来诗客曲子词五百首,分为十卷。以炯粗预知音[⑰],辱请命题,仍为叙引。昔郢人有歌《阳春》者,号为绝唱,乃命之为《花间集》。庶以阳春之甲,将使西园英哲,用资羽盖之欢[⑱];南国婵娟,休唱"莲舟"之引[⑲]。

  时大蜀广政三年[⑳]夏四月日序。

《花间集》

【注释】

  ①《花间集》:中国古代第一部文人词总集,后蜀赵崇祚于广

政三年（940）编成，收录晚唐五代温庭筠、韦庄等十八位词人作品五百篇，"花间词派"由此产生。这些词作题材偏于闺情，情调柔弱，辞藻艳丽，对后来词的发展影响深远。

②欧阳炯（896~971）：益州华阳（今四川成都）人。他先在前蜀主王衍时为中书舍人，后又事后蜀主孟知祥、孟昶父子。归宋后为右散骑常侍，充翰林学士。开宝四年（971）卒。他工诗善词，所作《〈花间集〉序》首倡"花间词派"的宗旨，很有影响。

③"镂玉"四句：以雕镂之巧、剪裁之精喻词章之美。拟，比。化工，天工。迥，远。

④《云谣》：指西王母给周穆王唱的《白云谣》："白云在天，山陵自出，道里悠远，山川间之，将子无死，尚能复来。"金母：西王母。霞醴：仙酒。穆王：周穆王，好远游，在位五十五年。

⑤《白雪》：古代曲名，声调高雅，能和者寡。凤律：指十二音律。

⑥"杨柳""大堤"之句；"芙蓉""曲渚"之篇：都指情歌，与《花间集》一脉相传。

⑦门下：府中。玳瑁之簪：妇女发饰，指代妓女。竞富：比富。尊前：酒席之上。珊瑚之树：帝王官宦之家陈设的奢侈品。

⑧花笺：用以题咏的精致华美的纸张。文抽丽锦：引出如丽锦一样的文辞。拍按香檀：轻敲香檀木的拍板来歌唱。

⑨南朝宫体：指南朝梁陈时期的一种诗体，追求形式，雕琢辞藻，在内容方面以描写宫廷浮靡生活和艳情为主，当时谓之"宫体诗"。北里倡风：指娼妓淫靡的风气。

⑩言之不文：文辞粗鄙。秀而不实：即华而不实。

⑪越艳：越国美女西施，指代歌舞妓女。红楼：华丽楼房，歌舞女子活动的场所。自锁嫦娥：将美女纳入红楼之中。

⑫温飞卿：即晚唐著名词人温庭筠。《金筌集》：温庭筠词集。

⑬卫尉少卿字弘基：赵崇祚，字弘基，事后蜀孟昶时为卫尉少卿。

⑭拾翠：比喻编书搜集资料。

⑮织绡泉底：以鲛人居水底不废织绩比喻编辑文集的辛劳。

⑯时延佳论：时时吸收高明的意见。

⑰粗预知音：粗略懂得音律。

⑱西园英哲：指后蜀文士。羽盖之欢：贵人的欢乐。

⑲南国婵娟：南国佳人。"莲舟"之引：指乐府诗中唱采莲之类的歌曲。

⑳大蜀广政三年：即940年。广政为后蜀孟昶的年号。

【赏读】

词是一种音乐文学，它诞生于中唐前后是历史的必然。因为它产生的背景是商品经济的繁荣所带来的娱乐休闲文化的发达，其中音乐的繁荣至关重要。晚唐五代虽然是乱世，但是，以西蜀和南唐为中心形成了两个相对稳定的小环境，流行灯红酒绿的享乐风气，勾栏瓦肆，章台青楼，处处香风吹拂，歌舞风流。正是在这样的经济、文化环境中，词应运而生并且迅速趋向繁盛。

欧阳炯的这篇序文，描述了当时的环境，指出"绮筵公子、绣幌佳人，递叶叶之花笺，文抽丽锦；举纤纤之玉指，拍按香檀"的歌筵酒席是词最佳的消费场所，其作用就是"用助妖娆之态"和"扇北里之倡风"。词是一种放松乃至放纵状态下的抒情方式，与诗的崇高严肃不同，其内容大多是闺房里的相思爱恋，旷男怨女之间的离情别绪，甚至是歌宴酒席上的调笑戏谑等等，显示出文人真实的没有掩饰的心态，成为一种真情流露的文学样式。词与六朝金粉环境中孕育并繁荣的宫体诗及民间流行的情歌一脉相承，在宋代达到全盛。这篇词集序宣告了词体的诞生，确立了词体的基本特征和风格规范，并且预言将来的发展前景，在词史上具有重要意义。

《新五代史·伶官传》[1]序 欧阳修[2]

呜呼！盛衰之理，虽曰天命，岂非人事哉！原[3]庄宗之所以得天下，与其所以失之者，可以知之矣。世言晋王之将终也，以三矢赐庄宗[4]，而告之曰："梁，吾仇也；燕王吾所立，契丹与吾约为兄弟，而皆背晋以归梁[5]。此三者，吾遗恨也。与尔三矢，尔其无忘乃父之志！"庄宗受而藏之于庙。其后用兵，则遣从事以一少牢告庙[6]，请其矢，盛以锦囊，负而前驱，乃凯旋而纳之。方其系燕父子以组，函梁君臣之首[7]，入于太庙，还矢先王而告以成功，其意气之盛，可谓壮哉！及仇雠[8]已灭，天下已定，一夫夜呼，乱者四应[9]，苍皇东出，未及见贼而士卒离散，君臣相顾，不知所归；至于誓天断发，泣下沾襟，何其衰也！[10]岂得之难而失之易欤？抑本其成败之迹而皆自于人欤？《书》曰："满招损，谦受益。"忧劳可以兴国，逸豫可以亡身，自然之理也。故方其盛也，举天下之豪杰莫能与之争；及其衰也，数十伶人困之，而身死国灭，为天下笑[11]。夫祸患常积于忽微，而智勇多困于所溺，岂独伶人也哉！作《伶官传》。

《欧阳修全集》

【注释】

①《新五代史·伶官传》：《新五代史》是欧阳修所撰的历史著作，以区别薛居正所撰《旧五代史》。伶官是官廷中的乐官、艺人。相传黄帝时伶伦作乐，故称乐师、艺人为伶人。

②欧阳修（1007~1072）：字永叔，号醉翁、六一居士。吉州吉水（今属江西）人，北宋文学家、史学家。天圣进士，曾任翰林学士、枢密副使、参知政事。谥号文忠。论文主张"明道"、致用，是北宋古文运动领袖。其散文畅达委婉，为唐宋八大家之一。其诗流畅自然，词风婉丽清新。有《欧阳文忠集》。

③原：推究，考察。

④庄宗：后唐庄宗李存勖，唐末晋王李克用之子。

⑤梁：朱温原为黄巢部下叛将，降唐后封为梁王。与李克用各拥重兵，相互倾轧，并曾在宴会上谋杀李克用，又首先篡唐，建立后梁，所以朱、李二人结怨很深。燕王：指刘仁恭，李克用曾向唐朝保荐他为卢龙节度使，后与李克用反目，归顺后梁。契丹：即辽的前身，其酋长耶律阿保机曾与李克用会盟云中，约为兄弟，后来归顺后梁。

⑥少牢：祭品，一般为羊和猪各一头。告庙：古代帝王、诸侯举行大事的祭祀仪式。

⑦系燕父子以组：乾化元年（911），刘守光囚其父刘仁恭并自称燕帝，三年，李存勖派兵进攻幽州，生擒刘氏父子。组，绳索。函梁君臣之首：同光元年（923）十月，李存勖灭梁，后梁末帝朱友贞与其臣皇甫麟相继自杀。

⑧仇雠：仇人。

⑨一夫夜呼，乱者四应：同光四年（926），贝州军士皇甫晖于夜间作乱，拥指挥使赵在礼为帅，攻入邺都，邢州、沧州驻军也相继响应。

⑩"仓皇东出"七句：同年，皇甫晖叛乱后，李存勖东征汴州，途中听说养子李嗣源联合叛军攻占汴州，只好返回洛阳。当时军心涣散，士卒逃跑，只有将领百余人割下头发，对天发誓，表示要以死尽忠，君臣相顾痛哭。

⑪"数十伶人"三句：李存勖爱好音律，宠爱艺人，自己有时也粉墨登场，自取艺名"李天下"，与伶人共戏于庭。同光四年（926），李存勖残兵回到洛阳，从马直（皇帝侍卫队）指挥使郭从谦（原为艺人），乘机叛乱，攻入兴教门，李存勖中流矢而死，李嗣源登上帝位。由于他们并无血缘关系，就等于换姓灭国。

【赏读】

唐太宗曾说："以史为镜，可以知兴替；以人为镜，可以明得失。"

这篇序文实际上等同于一篇史论，以历史人物的真实事迹作为论据，得出深刻的富于启发性的结论，让人沉思生命的价值及行为的意义。首先提出盛衰之理尽管是天的意志，也与人的行为密切相关的观点，即所谓的三分天注定，七分靠打拼。接着就叙述后唐庄宗李存勖如何在艰难困苦中以三矢灭尽仇敌而得到天下，又如何在安乐逸豫中由于所爱溺的伶人反叛而身死国灭的历史故事，说明成败主要还是决定于人事。再引用《尚书》名言"满招损，谦受益"来说明损与益实际上与人的主观心态密切相关，骄傲自满的人必然招致失败，而谦虚谨慎的人却可以获得更多的好处。由此进一步推出"忧劳可以兴国，逸豫可以亡身"这一发人深省的必然规律，这是多么精警的人生格言！因为"祸患常积于忽微，而智勇多困于所溺"是人性的弱点，所以更应该时时警醒自己要有危机意识，努力奋斗争取成功。

《梅圣俞诗集》①序　欧阳修

予闻世谓诗人少达而多穷②，夫岂然哉？盖世所传诗者，多出于古穷人之辞也。凡士之蕴其所有，而不得施于世者③，多喜自放于山巅水涯之间，见虫鱼草木风云鸟兽之状类，往往探其奇怪，内有忧思感愤之郁积，其兴于怨刺④，以道羁臣寡妇⑤之所叹，而写人情之难言。盖愈穷则愈工。然则非诗之能穷人，殆穷者而后工也。

予友梅圣俞，少以荫补为吏，累举进士，辄抑于有司，困于州县，凡十余年。年今五十，犹从辟书，为人之佐⑥，郁其所蓄，不得奋见于事业。其家宛陵，幼习于诗，自为童子，出语已惊其长老。既长，学乎六经仁义之说，其为文章，简古纯粹⑦，不求苟说于世。世之人徒知其诗而已。然时无贤愚，语诗者必求之圣俞；圣俞亦自以其不得志者，乐于诗而发之，故其平生所作，于诗尤多。世既知之矣，而未有荐于上者。昔王文康公尝见而叹曰："二百年无此作矣！"虽知之深，亦不果荐也。若使其幸得用于朝廷，作为雅颂，以歌咏大宋之功德，荐之清庙⑧，而追商、周、鲁颂之作者，岂不伟欤！奈何使其老不得志，而为穷者之诗，乃徒发于虫鱼物类，羁愁感叹之言。世徒喜其工，不知其穷之久而将老也！可不惜哉！

圣俞诗既多，不自收拾。其妻之兄子谢景初，惧其多而易失也，取其自洛阳至于吴兴以来所作，次为十卷⑨。予尝嗜圣俞诗，而患不能尽得之，遽喜谢氏之能类次也，辄序而藏之。

其后十五年，圣俞以疾卒于京师，余既哭而铭之，因索于其家，得其遗稿千余篇，并旧所藏，掇其尤者⑩六百七十七篇，为一十五卷。呜呼！吾于圣俞诗论之详矣，故不复云。

庐陵欧阳修序。

《欧阳修全集》

【注释】

①《梅圣俞诗集》：即北宋著名诗人梅尧臣的诗集。梅尧臣（1002~1060），字圣俞，宣州宣城人。宣城古名宛陵，世称"梅宛陵"。一生仕途不顺，最后官尚书都官员外郎，故人称"梅都官"。诗风古淡，对宋代诗风的转变影响很大，与欧阳修同为北宋前期诗文革新的领袖。有《宛陵先生文集》。

②少达而多穷：达，通显；穷，困厄。意谓诗人很少有显贵通达的，多是命运困顿。

③"凡士"二句：即怀才不遇。

④兴于怨刺：通过怨刺手法来表达内心的感情。

⑤羁臣寡妇：代指忧思孤独。

⑥辟书：征召的文书。佐：主簿等职都是官府佐吏。

⑦简古纯粹：简洁古朴，没有雕琢柔靡的作风。

⑧清庙：太庙。

⑨梅尧臣于天圣九年（1031）官河南主簿，在洛阳；庆历二年至四年（1042~1044）在吴兴任湖州监税，谢景初所辑录当是作于这十余年间的诗歌。

⑩掇其尤者：选择其中最突出的。

【赏读】

　　梅尧臣是北宋前期最有成就的诗人，他的上司王曙曾赞美说："二百年来无此作矣！"当时的诗人们也很崇拜他的诗歌，可以说梅诗领导了一代诗风，他的诗歌追求简古纯粹的风格，成为北宋诗坛复古的一面大旗。但是，梅尧臣的仕途却很不通达，尽管由于叔叔梅询而获得荫补，但是屡次举进士不能成功，只得终生沉沦下僚。而他的满腹经纶和才华，无处施展，只能托诗歌表达出来。欧阳修非常喜爱梅尧臣的诗歌，又十分同情梅尧臣的遭遇。当他将梅尧臣的坎坷遭际与诗歌创作成就联系起来思考时，自然得出一个结论："非诗之能穷人，殆穷者而后工。"这是因为诗歌大都是古穷人之词，他们遭际不偶，内有忧思郁积，又孤独寂寞，不得不托诗歌来表达自己的思想感情。

　　欧阳修"穷而后工"的理论，来自韩愈"不平则鸣"与"欢愉之辞难工，而穷苦之言易好"的观念，更与司马迁"发愤著书"说遥遥相通。欧阳修的这篇诗集序，详细叙述了梅尧臣一生的遭遇，并且将深深的同情寓于字里行间，除了文学理论价值外，还是一篇声情并茂的美文，体现出欧文语言委婉畅达、见解深刻精警、情感真挚淳厚的特点。

题薛公期^①画 欧阳修

善言画者多云鬼神易为工,以谓画以形似为难,鬼神人不见也②。然至其阴威惨淡,变化超腾,而穷奇极怪,使人见辄惊绝,及徐而定视,则千状万态,笔简而意足③,是不亦为难哉?此画虽传自妙本④,然其笔力精劲,亦自有佳处。嘉祐八年⑤仲春旬休日,窃览而嘉之,题还薛公期画室。庐陵欧阳修题。

《欧阳修全集》

【注释】

①薛公期:欧阳修同时人,画家,生平不详。

②"善言画者"三句:语出《韩非子·外储说》。他认为画犬马最难,画鬼魅最易,因为"犬马,人所知也,旦暮罄于前,不可类之;鬼魅,无形者,不罄于前,故易之也"。

③意足:充分表现其神情特征,即达到神似。

④传:传写,临摹。妙本:最好的样本。

⑤嘉祐八年:即1063年。

【赏读】

欧阳修是北宋中期著名的史学家、文学家,虽然书法、绘画没有达到当时的最高水平,但是他谈论艺术的一些观点却颇富新意。这则题跋对古人画犬马难、画鬼神易的观点,提出了不同看法。他认为画家如果能够画出鬼神的凛凛威风和变化超腾,以简洁省净的线条或色彩表现丰富深刻的意蕴,使观者一见就震惊叫绝,并产生广泛的联想与想象,也是同样不容易的。欧阳修认为画要表现"意",即要表现出人或事物(包括鬼魅)的神情、气韵等内在特征,与古代画论中的"神似""传神写意"有相通之处。欧阳修对画鬼神的这种要求,实际上是要求艺术要表现一种现实的真实,即使是虚构的无形之物,也要能产生震撼人心的真实效应。

《南行前集》序 苏　轼[①]

　　夫昔之为文者,非能为之为工,乃不能不为之为工也。山川之有云雾,草木之有华实,充满勃郁,而见于外,夫虽欲无有,其可得耶!自少闻家君[②]之论文,以为古之圣人有所不能自已而作者。故轼与弟辙为文至多,而未尝敢有作文之意。己亥之岁[③],侍行适楚,舟中无事,博弈饮酒,非所以为闺门之欢,而山川之秀美,风俗之朴陋,贤人君子之遗迹,与凡耳目之所接者,杂然有触于中,而发为咏叹。盖家君之作与弟辙之文皆在,凡一百篇,谓之《南行集》[④]。将以识一时之事,为他日之所寻绎,且以为得于谈笑之间,而非勉强所为之文也。时十二月八日,江陵驿书。

《苏轼文集》

【注释】

　　①苏轼（1037~1101）：字子瞻,号东坡居士,眉州眉川（今属四川）人。北宋著名文学家,善诗、文、词,精书画。有《东坡七集》《东坡乐府》《东坡书传》等。

　　②家君：指苏轼的父亲苏洵,唐宋八大家之一。

　　③己亥之岁：即宋仁宗嘉祐四年（1059）,苏轼与弟弟苏辙考中进士,随父亲南行赴京受职。

　　④《南行集》：苏洵父子三人在南行途中所作的诗歌集,主要内容为歌咏长江三峡一带的自然风光、民情风俗、历史遗迹及父子

之间唱和抒情言志等，共一百篇。

【赏读】

　　《南行集》是苏洵父子的第一部合集，当时苏轼兄弟已经考取进士，随父亲一起南行赴京，一路上，他们心情舒畅，并不着急赶路，而是饱览长江三峡一带的壮美风光，考察民情风俗，游览历史遗迹，父子之间相互唱和。

　　这篇短序作于江行结束，宿于江陵驿站之时，对这次独特的经历及创作经验进行了总结。首先，苏轼在序中提出了为文出于自然的观点，正如山川草木因为有灵气充满其中而自然将它们的美丽呈现于外一样，创作诗文也是因为有丰沛情感郁积心中而自然地以诗文的形式表达出来，故而"不能不为之为工"。然后，诗集序记录了父子南行的生活景象，他们在两岸连山七百里的滔滔江面上，沐浴着朝阳与晚霞，在凉爽的秋风中，饮酒博弈，有所感触就赋诗抒怀，于是，一篇篇浸染着山水灵气的诗作挥洒而出。南行途中真切的生活和创作体验，使作者认识到诗文创作有赖于生活感受的触发自然而成。从此，追求自然真美成为苏轼终生践行的美学理想。

书渊明《饮酒诗》[①]后   苏 轼

陶诗云:"但恐多谬误,君当恕醉人。"此未醉时说也,若已醉,何暇忧误哉!然世人言:"醉时是醒时语。"此最名言。

张安道[②]饮酒,初不言盏数,少时与刘潜[③]、石曼卿[④]饮,但言当饮几日而已。欧公[⑤]盛年时,能饮百盏,然常为安道所困。圣俞[⑥]亦能饮百许盏,然醉后高叉手而语弥温谨[⑦]。此亦知其所不足而勉之,非善饮者,善饮者淡然与平时无少异也。若仆者又何其不能饮,饮一盏而醉,醉中味与数君无异,亦所羡尔。

《东坡题跋》

【注释】

①渊明《饮酒诗》:陶渊明的饮酒组诗,共二十首。

②张安道:张方平,字安道,南京人。慷慨有节气,任官四川时,赏识苏轼父子。曾推荐苏轼为谏官,后苏轼遭乌台诗案,安道又上表解救。苏轼终身敬仰他。

③刘潜:字仲方,喜欢写作古文,是当时诗文复古运动的参与者,与石曼卿为酒友。

④石曼卿:石延年,字曼卿,北宋复古派的文学家,与欧阳修一起进行诗文革新运动。

⑤欧公:指欧阳修。

⑥圣俞:梅尧臣,字圣俞。

⑦高叉手:高高地作揖。语弥温谨:说话更加温和恭谨。

【赏读】

　　酒文化源远流长，饮酒也是中国古代文人的一项重要生活内容，自古就有"杯中乾坤大"的说法。有的借酒浇愁解闷，有的豪饮展现狂放不羁，有的逃入醉乡抵抗名教世俗，有的喝酒装傻躲避政治迫害。自从陶渊明写作饮酒诗后，又形成了酒助诗兴的传统，历代诗文中刻画饮酒者形象的作品屡见不鲜。

　　苏轼因"乌台诗案"被贬官黄州，这篇短跋作于在黄州任职期间。一方面他借陶诗指出"酒后吐真言"的道理，实际上是警戒自己不要喝醉，以免再被人抓住把柄；另一方面他又通过几个当世君子饮酒却能自律的例子，希望自己能够像他们一样既能享受饮酒的乐趣，又能越醉越恭谨。想当年，杜甫创作《饮中八仙歌》，以一个清醒的醉者冷眼旁观一群沉浸在醉酒仙乡的胸怀大志却被迫无所作为的诗人，现在苏轼在文中刻画出张安道、刘潜、石曼卿、欧阳修、梅尧臣等当世名贤善饮者的群像，写出他们酒醉后"淡然与平时无少异"的情态，表现出自己与这些人同乐同趣的人生追求。一篇短文将苏轼的微妙心态展露无遗。

书《黄子思①诗集》后　苏　轼

余尝论书,以谓钟、王②之迹,萧散简远,妙在笔墨之外。至唐颜、柳③,始集古今笔法而尽发之,极书之变,天下翕然以为宗师,而钟、王之法益微。至于诗亦然,苏、李之天成④,曹、刘之自得⑤,陶、谢之超然⑥,盖亦至矣。而李太白、杜子美以英玮绝世之姿,凌跨百代,古今诗人尽废,然魏晋以来高风绝尘,亦少衰矣。李、杜之后,诗人继作,虽有远韵,而才不逮意。独韦应物、柳宗元发纤秾于简古,寄至味于淡泊,非余子所及也。唐末司空图,崎岖⑦兵乱之间,而诗文高雅,犹有承平之遗风,其论诗曰:梅止于酸,盐止于咸,饮食不可无盐梅,而其美常在咸酸之外,盖自列其诗之有得于文字之表者二十四韵⑧,恨当时不识其妙,余三复其言而悲之。

闽人黄子思,庆历、皇祐间号能文者,余尝闻前辈诵其诗,每得佳句妙语,反复数四,乃识其所谓。信乎表圣之言,美在咸酸之外,可以一唱三叹也。余既与其弟子几道、其孙师是游,得窥其家集,而子思笃行高志,为吏有异材,见于墓志详矣。余不复论,独评其诗如此。

《东坡后集》

【注释】

①黄子思:黄孝先,字子思,宋代蒲城人。北宋庆历皇祐时期有名的文人。

②钟、王：晋代著名书法家钟繇、王羲之。

③颜、柳：唐代著名书法家颜真卿、柳公权。

④苏、李：汉代的苏武、李陵。古人认为他们是文人五言诗的创始者，其作品具有浑然天成之美。

⑤曹、刘：三国时期魏国诗人曹植、刘桢。他们的诗歌出于自己的创造而非模仿。

⑥陶、谢：晋宋之交诗人陶渊明和谢灵运。他们的山水田园诗超脱自然。

⑦崎岖：颠沛流离。

⑧二十四韵：指司空图的《二十四诗品》。分二十四目，每目用四言韵语写成。

【赏读】

　　黄子思是北宋前期的一位诗人，虽然在当时很有名气，但是其成就显然不能与梅尧臣、欧阳修等主流诗人相媲美。苏轼是黄子思的孙子黄寔的朋友，他读完黄子思诗集之后写下的这篇序，提出了一个重要的诗歌观念：追求萧散超然、简古淡远风格的诗歌，在艺术上达到了很高的境界。

　　首先，苏轼认为书法艺术以"萧散简远，妙在笔墨之外"为最高境界。尽管唐代的颜真卿、柳公权能够集古今笔法之大成，成为天下人师法的宗师，但还是未能达到钟繇、王羲之书法的艺术神韵。接着，由书法推及诗歌，认为诗歌最高的艺术境界也是自然天成，富于神韵，像苏武、李陵、曹植、刘桢、陶渊明、谢灵运等人的诗歌那样，出于性情的真诚流露，平淡自然，意韵醇美。尽管李白、杜甫取得了"凌跨百代"的巨大成就，但是，李杜诗歌还是缺少魏晋以来"高风绝尘"的韵味。此后的诗人尽管追求远韵，但是才不逮意。这就自然过渡到对韦应物、柳宗元山水诗的经典评价，苏轼认为他们的诗歌"发纤秾于简古，寄至味于淡泊"。与此相应，又提到司空图的妙在咸酸之外的"神韵"说。最后，苏轼将黄子思的诗歌置于追求远韵神味的诗歌艺术传统中，赞扬了黄子思的诗歌艺术成就。

　　这篇短跋的价值，在于苏轼提出了一种新的诗歌理想，即要求诗歌恢复汉魏古诗的萧散简远境界，与欧阳修等人追求的古朴苍劲的格调不尽相同。值得指出的是，苏轼自己的诗歌创作并没有实践这一艺术理想，即使那些刻意模仿陶渊明的和陶诗，也没有陶渊明诗歌那种冲淡闲适的风格，而是"天马脱羁，飞仙游戏，穷极变化而适如其意中所欲出"（沈德潜《说诗晬语》），显露的仍然是他豪迈洒脱的个性本色。

书吴道子①画后 苏 轼

知者创物，能者述焉②，非一人而成也。君子之于学，百工之于技，自三代历汉至唐而备矣。故诗至于杜子美，文至于韩退之，书至于颜鲁公，画至于吴道子，而古今之变，天下之能事毕矣。道子画人物，如以灯取影，逆来顺往，旁见侧出，横斜平直，各相乘除③，得自然之数④，不差毫末。出新意于法度之中，寄妙理于豪放之外，所谓游刃余地，运斤成风，盖古今一人而已。余于他画，或不能必其主名⑤，至于道子，望而知其真伪也。然世罕有真者，如史全⑥所藏，平生盖一二见而已。

《东坡集》

【注释】

①吴道子：唐代画家吴道玄，字道子，阳翟人。开元中召入供奉，为内教博士。他的画笔法超妙，尤其擅长画道释人物及山水，被尊为"画圣"。

②知者创物，能者述焉：智者创作出来的东西，由有技能的人去遵循、传承。

③乘除：抵消。这是说上述各种技法如顺逆、旁侧、斜直的合理利用，使之互相补充，从而获得平衡。

④自然之数：符合自然和实物的要素。

⑤必其主名：一定知道画的作者。

⑥史全：宋代收藏家。

【赏读】

苏轼精通书画，向来主张"神似"，他曾说："论画以形似，见与儿童邻。赋诗必此诗，定知非诗人。"而本文中苏轼也强调了形似的重要。其实，绘画与诗歌、书法艺术一样，都是作者运用艺术手段表达对客观现实生活的感受，因此对客观事物的逼真刻画就是一切艺术的基础。这篇小跋中，苏轼高度赞扬吴道子绘画"以灯取影"的逼真特点，认为吴道子绘画将各种艺术手段巧妙运用，达到了符合"自然之数"的成就，即符合客观事物的固有特征和变化规律。他认为一切艺术家都应该像吴道子那样，先力求形似，然后再自由抒写，做到"出新意于法度之中，寄妙理于豪放之外"，这样艺术家的作品就从"形似"进入"神似"的境界了。

书摩诘蓝田烟雨图后[①] 苏　轼

味摩诘之诗，诗中有画；观摩诘之画，画中有诗。诗曰："蓝溪白石出，玉川红叶稀。山路元无雨，空翠湿人衣。"[②]此摩诘之诗。或曰非也，好事者[③]以补摩诘之遗。

《东坡题跋》

【注释】

①摩诘：唐代诗人王维，字摩诘。蓝田烟雨图：王维的绘画作品，真迹已经失传。

②这首诗最早见于明代《王右丞集》外编，题为《山中》："荆溪白石出，天寒红叶稀。山路元无雨，空翠湿人衣。"

③好事者：喜欢多事的人。他们认为这是王维遗佚的诗。苏轼此文没有断定一定就是王维的作品，但作为"画中有诗"的重要佐证，苏轼应该同意这是王维的作品。

【赏读】

这是一则非常著名的诗画题跋，苏轼提出的"诗中有画，画中有诗"已经成为王维诗画艺术成就的定评。

诗与画是两种形式不同但神韵相通的艺术形式，宋人张舜民曾说"诗是无形画，画是有形诗"，但"无形"与"有形"不能真正把握诗画不同而相通的精髓。苏轼认为诗歌不能仅仅追求辞采之美，要表达出画的神韵来；同样，绘画也不能仅仅追求形似，而要表现出诗歌的意境。真正做到诗画相通的是王维，苏轼所欣赏到的王维这幅"蓝田烟雨图"及其题画诗,就是这一艺术见解的有力佐证。但苏轼所没有想到的是,后人竟将他对王维这一特定作品品评的意见转化为对王维全部作品的评价。围绕诗画一体的艺术特征,人们在王维诗中发现了更多诗画相通的因素,包括绘画原理、画法应用于诗歌的结构、语言,乃至散点透视规律、视觉听觉的相互沟通、色彩声音的调配等等,从各个方面论证了苏轼论点的正确性。

　　苏轼是诗书画兼擅的全能型文人,他从长期的创作经验中概括出这一艺术理论,这既是他对艺术的见解,也是他追求的最高艺术境界。

跋文与可[1]墨竹 苏 轼

昔时与可墨竹,见精缣[2]良纸,辄愤笔挥洒[3],不能自已,坐客争夺持去,与可亦不甚惜。后来见人置设笔砚,即逡巡[4]避去,人就求索,至终岁不可得。或问其故,与可曰:"吾乃者学道未至,意有所不适,而无所遣之,故一发于墨竹,是病[5]也。今吾病良矣,可若何?"然以余观之,与可之病,亦未得为已也,独不容有不发乎?余将俟其发而掩取之。彼方以为病,而吾又利其病[6],是吾亦病也。熙宁庚戌[7]七月二十一日,子瞻。

《苏轼文集》

【注释】

①文与可:北宋画家文同,字与可,梓州永泰(今四川盐亭)人,苏轼从表兄。善画竹,为湖州画派的代表。

②精缣(jiān):精致的细绢,可供绘画。

③愤笔挥洒:指文与可为了发泄心中忧郁愤懑,肆意挥洒画墨竹。

④逡巡:犹豫不前。

⑤病:病态,实际上是由于仕途坎坷、怀才不遇的遭遇形成一种创作心态。

⑥利其病:因为他的病态而获得利益,指收获文与可的墨迹真画。

⑦熙宁庚戌:宋神宗熙宁三年(1070)。当时苏轼、文与可都在京师供职,关系密切。

【赏读】

　　这篇画作题跋，实际上是一篇人物写生小品。文与可的墨竹是他真性情的流露，与可虽身怀绝技，精通书法绘画，但是仕途坎坷，不遇于世。他继承了司马迁发愤著书、韩愈不平则鸣的精神，将自己的一腔幽愤通过一幅幅墨竹表达出来，因为都是自己随意挥洒而就，所以对自己的作品不甚珍惜，随意送人。后来，一些达官贵人故意准备好纸笔墨砚等着他作画，与可反而躲得远远的，致使求画者终年不得一幅。与可解释其中的原因是自己学道没有达到很高的境界，又胸怀郁闷，所以常常通过挥洒笔墨创作墨竹来泄愤，其实自己这样是一种病态，现在病好了，也就不再作画了。实际上，文与可这样说只不过想表达自己怀才不遇的无奈罢了。只有苏轼理解与可，曾说与可"不试，故艺"，没有得到为世所用的机会，只好沉潜到艺术境界中去。

书蒲永升①画后 苏　轼

　　古今画水，多作平远细皱②，其善者不过能为波头起状。使人至以手扪之，谓有洼隆③，以为至妙矣。然其品格，特与印板水纸④争工拙于毫厘间耳。唐广明中，处士孙位⑤始出新意。画奔湍巨浪，与山石曲折，随物赋形⑥，尽水之变，号称神逸。其后蜀人黄筌、孙知微⑦皆得其笔法。始，知微欲于大慈寺寿宁院壁作湖滩水石四堵，营度经岁，终不肯下笔。一日仓皇入寺，索笔墨甚急，奋袂如风，须臾而成。作输泻跳蹙⑧之势，汹汹欲崩屋也。知微既死，笔法中绝五十余年。

　　近岁成都人蒲永升，嗜酒放浪，性与画会，始作活水⑨，得二孙本意。自黄居寀兄弟、李怀衮之流皆不及也⑩。王公富人，或以势力使之，永升辄嘻笑舍去。遇其欲画，不择贵贱，顷刻而成。尝与余临寿宁院水⑪，作二十四幅，每夏日挂之高堂素壁，即阴风袭人，毛发为立。永升今老矣，画益难得，而世之识真者亦少。如往时董羽⑫、近日常州戚氏⑬画水，世或传宝之。如董、戚之流，可谓死水，未可与永升同年而语也。元丰三年十二月十八日夜黄州临皋亭西斋戏书。

《苏轼文集》

【注释】

　　①蒲永升：成都人，北宋画家，尤善画活水。
　　②细皱：指很细的水波纹。

③洼隆：指画面摸起来有凹凸感。

④印板水纸：指在木刻版上用水墨印刷的图画，十分精细。

⑤孙位：唐末画家，号会稽山人，擅长画人物、鬼神、龙水、松石、墨竹等。

⑥随物赋形：依照不同的事物描绘出它们不同的形态，这里特指水经过不同环境形成的不同形态。

⑦黄筌、孙知微：黄筌，字要叔，成都人，五代后蜀画家，工山水花鸟，与南唐徐熙并称"黄徐"。孙知微，字太古，眉州彭山人，宋代画家，善画人物、山水。

⑧输泻跳蹙：形容水势倾泻奔腾激荡。

⑨活水：流动的水。

⑩自：即使。黄居寀兄弟：黄筌有三子，长子黄居实，善画花雀；次子黄居宝，善画花鸟松石；三子黄居寀，擅长山水、花鸟、竹石，在三兄弟中成就最高。李怀衮：成都人，宋代画家，善画花卉翎毛，亦工山水。他们的画法技巧成为当时绘画的标准。

⑪临寿宁院水：指以寿宁院中孙知微画的水为范本进行临摹。

⑫董羽：字仲翔，毗陵（今江苏常州）人，善画鱼龙海水，先后在南唐和北宋担任宫廷画师。

⑬戚氏：即戚文秀，毗陵人，宋代画家，擅长画水。

【赏读】

这篇题画跋文，实际上是苏轼绘画艺术理论的集中体现。他纵观古今画坛，考察绘画的发展历史，指出画水的两种境界：一为"死水"，一为"活水"。前者虽然工细精致，但充其量只得"形似"，而后者则随物赋形，并融合画家的独特性情，是真正的"神似"。

在众多的古今画水名家中，苏轼最看重孙位、孙知微，因为孙位的作品突破了传统印版水纸式的呆板画法,始出新意,不画平远细皱的宁静之水,而画与山石曲折相应的奔湍巨浪,极尽水的动态,显出水的神韵。孙知微则更进一步,营度经岁不肯下笔,一旦灵感袭来,顷刻挥毫而就,刻画出猛浪若奔的气势,仿佛发出汹汹崩屋的轰鸣。在两层铺垫之后,再突出蒲永升继承二孙笔法基础上的新创造,他不仅放浪形骸,性情融合于画中,而且特立独行,不苟随世俗,当遇上作画的兴致,不避贵贱,顷刻而成。他的作品夏日挂在墙上,让你感觉那就是一湍奔腾跳跃的活水,似乎有阴风袭来的凉意。这与当时著名的黄居寀兄弟和李怀衮等人标准化的画法形成鲜明对比,也使世人宝藏珍爱的董羽、戚文秀画的死水相形见绌。由此可见,苏轼对诗歌、绘画、书法艺术的美学追求是一致的,即要求表现出事物活泼泼的生命意趣,追求自然天成的境界,展现作家的独特性情。

《小山词》①序 黄庭坚②

晏叔原，临淄公③之暮子也。磊隗权奇④，疏于顾忌⑤，文章翰墨，自立规模，常欲轩轾⑥人，而不受世之轻重。诸公虽称爱之，而又以小谨望之，遂陆沉⑦于下位。平生潜心六艺，玩思百家，持论甚高，未尝以沽世。余尝怪而问焉，曰："我盘跚勃窣⑧，犹获罪于诸公，愤而吐之，是唾人面也。"乃独嬉弄于乐府之余⑨，而寓以诗人之句法，清壮顿挫，能动摇人心。士大夫传之，以为有临淄之风耳，罕能味其言也。

余尝论："叔原，固人英也，其痴亦自绝人。"爱叔原者，皆愠而问其目⑩，曰："仕宦连蹇⑪，而不能一傍贵人之门，是一痴也；论文自有体，不肯一作新进士语⑫，此又一痴也；费资千百万，家人寒饥，而面有孺子之色，此又一痴也；人百负之而不恨，己信人，终不疑其欺己，此又一痴也。"乃共以为然。虽若此，至其乐府，可谓狎邪之大雅，豪士之鼓吹⑬，其合者《高唐》《洛神》之流⑭，其下者岂减《桃叶》《团扇》哉⑮？

余少时，间作乐府，以使酒玩世。道人法秀独非余以笔墨劝淫，于我法中当下犁舌之狱⑯，特未见叔原之作耶？虽然，彼富贵得意，室有倩盼慧女，而主人好文，必当市至千金，家求善本，曰："独不得与叔原同时耶？"若乃妙年美士，近知酒色之虞；苦节臞儒⑰，晚悟裙裾之乐，鼓之舞之，使宴安鸩毒而不悔，是则叔原之罪也哉？山谷道人序。

《小山词》

【注释】

①小山：晏几道，字叔原，号小山，临川人，晏殊幼子。善词，词风婉转低回，清丽缠绵，是北宋中期婉约派词人。有《小山词》传世。

②黄庭坚（1045～1105）：字鲁直，自号山谷道人，晚号涪翁，洪州分宁（今江西修水）人。北宋著名诗人、书法家，江西诗派领袖，诗风奇硬拗涩，主张点铁成金、夺胎换骨，在宋代影响很大。又善书法，能词。有《山谷集》《山谷琴趣外编》传世。

③临淄公：即北宋著名宰相词人晏殊。

④磊隗（wěi）权奇：才能卓越，性格奇特。

⑤疏于顾忌：说话、议论没有顾忌，一切随性而发。

⑥轩轾（zhì）：车前高后低叫轩，前低后高叫轾，比喻高低优劣。此指对人褒贬抑扬。

⑦陆沉：不为人知，沉沦下僚，被埋没。

⑧盘跚勃窣：盘跚，同"蹒跚"，走路摇摆的样子。勃窣，匍匐而上的样子。

⑨乐府之余：指词调。宋代词调大行，内容以男女欢情为主，又称诗余。词是配乐演唱的，也称乐府。

⑩愠：含怒未发。目：评说。魏晋时期盛行品评人物，称为"目"。

⑪连蹇（jiǎn）：困顿窘迫。

⑫新进士语：科举考试所要求的文章语言。

⑬狎邪之大雅，豪士之鼓吹：指晏几道的词作是俗曲中的雅调。

⑭《高唐》：宋玉所作的《高唐赋》，记楚王梦见巫山神女的故事。《洛神》：曹植所作的《洛神赋》，记与洛水女神相遇而生情的故事。

⑮《桃叶》：咏王献之妾的《桃叶歌》。《团扇》：咏晋王珉与嫂嫂的婢女有私情的《团扇郎》。

⑯犁舌之狱：佛教以为犯言语之罪者当下的地狱。

⑰苦节臞（qú）儒：刻苦自律而身体消瘦的儒家学者。

【赏读】

晏几道与其父晏殊，合称"二晏"，一向被尊为婉约派的正宗。但是由于二人地位境遇的悬殊，一般认为晏殊词为雅调，晏几道词为俗曲。黄庭坚这篇序文从晏几道的人生经历和个性特征两个方面来理解小山词，提出了很多有价值的新的看法。

晏几道虽出身名门，但是由于不顾忌世俗，放言无惮，还喜欢褒贬别人，因此不被世人所重，只得沉沦下僚。尽管他精熟儒家经典及百家之学，但不愿违背自己的个性而曲就世情、沽名钓誉，因此只好沉浸在乐府诗余的创作之中，以清壮顿挫的古诗句法入词，抒发他的人生感慨。他曾说作词是"期以自娱，不独叙其所怀，兼写一时杯酒间闻见、所同游者意中事"，只是后者多男女情事，掩盖了词中深刻的悲慨。晏几道一生坎坷，还由于他的奇特个性，也就是时人所称的"四痴"：不肯依傍贵人，不愿随俗俯仰，放浪形骸而不顾家庭，轻信他人虽遭欺骗而终生不疑。他以一颗赤诚的童心来面对这个混乱复杂的世界，尽管注定要陆沉于世，却成就了词的艺术世界的一片真诚。黄庭坚认为《小山词》是俗曲中的雅调，是像《高唐赋》《神女赋》那样通过男女之情来寄托政治寓意的。他的词得到社会广泛的喜爱，尽管有些人只欣赏词中的倩盼慧女和裙裾之乐，沉浸于宴安鸩毒而不悔，但这并不是叔原的罪过，因为他们没有读懂《小山词》深层的内涵。

这篇序文既塑造了晏几道的形象，又对《小山词》作出了精当的评价，是一篇重要的词学文献。

《胡宗元诗集》序① 黄庭坚

士有抱青云之器,而陆沉②林皋之下,与麋鹿同群,与草木共尽。独托于无用之空言,以为千岁不朽之计。谓其怨邪,则其言仁义之泽也;谓其不怨邪,则又伤己不见其人。然则,其言不怨之怨也。

夫寒暑相推,草木与荣衰焉,庆荣而吊衰,其鸣皆若有谓,候虫③是也;不得其平,则声若雷霆,涧水是也;寂寞无声,以宫商考之,则动而中律,金石丝竹是也。维金石丝竹之声,《国风》《雅》《颂》之言似之;涧水之声,楚人之言似之;至于候虫之声,则末世诗人之言似之。

今夫诗人之玩于词,以文物为工,终日不休;若舞世④之不知者,以待世之知者然。然其喜也,无所于逢⑤;其怨也,无所于伐⑥。能春能秋,能雨能旸⑦,发于心之工伎而好其音,造物者不能加焉。故余无以命之,而寄于候虫焉。

清江胡宗元,自结发迄于白首,未尝废书,其胸次所藏,未肯下一世之士也。前莫挽,后莫推,是以穷于丘壑⑧。

然以其耆老⑨于翰墨,故后生晚出,无不读书而好文。其卒也,子弟门人,次其诗为若干卷。宗元之子遵道,尝与予为僚,故持其诗来求序于篇。自观宗元之诗,好贤而乐善,安土而俟时⑩,寡怨之言也。可以追次其平生,见其少长不倦,忠信之士也。至于遇变而出奇,因难而见巧,则又似予所论诗人之态也。

其兴托高远，则附于《国风》；其愤世疾邪，则附于《楚辞》。后之观宗元诗者，亦以是求之。故书而归之胡氏。

《豫章黄先生文集》

【注释】

①胡宗元：北宋前期诗人，一生沉沦下僚，郁郁不得志，门人子弟编其诗为《胡宗元诗集》。

②陆沉：无水而沉，比喻隐居。

③候虫：昆虫随季候而生长鸣叫，故称候虫。

④舞世：玩世。

⑤逢：相遇。

⑥伐：声讨。

⑦旸（yáng）：同"阳"，晴天。

⑧"前莫挽"三句：说胡宗元没有得到扶持、提携，因此终生未仕。

⑨耆老：德行高尚的老人。

⑩安土而俟时：安居于家，等待时机。

【赏读】

胡宗元是一位沉沦下僚终生不遇的诗人，黄庭坚的这篇诗集序一方面表达对文人寄生命于诗歌创作的尊重，另一方面通过评论胡氏的诗歌来表述自己的文学观念。

首先，他提出诗歌应表现"不怨之怨"。这"怨"是因为怀抱青云之器而被迫沉沦下僚的遭遇必然产生的情感，但是怨言之中应该包含仁义之泽；而"不怨"又不能使自己胸次释然，不能使自己保持平心静气的超然态度。所以，黄庭坚主张怨而不怒，显然与儒家传统的温柔敦厚诗教观念相一致。其次，在总的文学观念统率之下，黄庭坚将诗歌分成三类：像候虫一样的有谓之鸣，像涧水奔腾那样的不平之鸣，像金石丝竹那样动而中律的寂寞之鸣。黄庭坚反对候虫之鸣，因为"今夫诗人之玩于词，以文物为工，终日不休；若舞世之不知者，以待世之知者然"，是一些玩弄辞藻、沽名钓誉、患得患失的无病呻吟。他赞赏的是像胡宗元那样的"兴托高远，则附于《国风》；愤世疾邪，则附于《楚辞》"的诗歌，前者是金石丝竹的中律之声，后者则是声若雷霆的不平之鸣。黄庭坚自身也是屡次历经政治风雨而颠沛坎坷，因此要求诗歌要有深广的思想内容，对胡宗元遭遇的同情及对其诗歌的赞赏，实际上是借他人的酒杯浇自己心中的块垒。

题王荆公①书后　黄庭坚

王荆公书字,得古人法,出于杨虚白②。虚白自书诗云:"浮世百年今过半,较它蘧瑗③十年迟。"荆公此二帖近之。往时李西台④喜学书,题少师⑤大字壁后云:"枯杉倒桧霜天老,松烟麝煤阴雨寒。我亦生来有书癖,一回入寺一回看。"西台真能赏音。今金陵定林寺壁,荆公书数百字,未见赏音者。

《豫章黄先生文集》

【注释】

①王荆公:即北宋著名思想家、学者、文人王安石。

②杨虚白:杨凝式(873~954),字景度,号虚白。华阴(今属陕西)人。唐五代书法家。笔迹雄强遒劲,尤工颠草。

③蘧瑗:春秋时期卫国人,字伯玉。他曾说"年五十而知四十九年非"。

④李西台:李建中(945~1013),字得中,京兆(今陕西西安)人。宋初书法家,曾前后三次求掌西京留司御史台,人称"李西台"。

⑤少师:即杨凝式。杨曾官太子少师。

【赏读】

王安石是北宋杰出的政治家、学者、诗人,由于积极主张变法改革,遭到保守派反对,也由于果断刚毅、不肯拗折的个性遭到后人污蔑,在生前与身后都很少有知音。尤其他的书法,传世作品本来就不多,还被朱熹评为"躁扰急迫",认为是大忙中匆匆写成的,因此很少有人欣赏王氏的书法艺术。

  黄庭坚的这篇小跋,表现出一位书法家的独到眼光。他指出,王氏书法得力于唐五代人称癫狂的杨凝式,信笔写来,流畅飞动,纵诞不羁,显然是不愿循规蹈矩个性的表现。再联想到李西台学杨凝式书法达到痴迷境地的故事,感慨王安石写在金陵定宁寺墙上的数百字,得不到赏音者的赞赏,言外之意就是只有自己才是王氏书法的真正知音。他赞美王安石书法说:"书法奇古,似晋宋间人笔墨。"黄庭坚认为书法应该表现性情,追求率性自然的风格,他自己的字瘦劲飞动,刚健中见婀娜,有一种凛凛难犯的风骨,与王氏书法有相通之处。

题自书卷后 黄庭坚

崇宁三年①十一月,余谪处宜州半岁矣。官司谓余不当居关城②中,乃以是月甲戌抱被入宿子城南余所僦舍"喧寂斋"③。虽上雨旁风,无有盖障,市声喧愦④,人以为不堪其忧;余以为家本农耕,使不从进士,则田中庐舍如是,又可不堪其忧耶?既设卧榻,焚香而坐,与西邻屠牛之机相值⑤。为资深⑥书此,实用三钱买鸡毛笔书。

《豫章黄先生文集》

【注释】

①崇宁三年:即1104年。

②关城:筑有关隘的中心城。

③子城:附属于大城的小城。僦(jiù):租赁。喧寂斋:黄庭坚为自己贬所居室所起的名字。

④喧愦:喧闹。

⑤相值:相对。

⑥资深:李定,字资深,曾官中丞,事迹难详。

【赏读】

这篇跋文写于黄庭坚的暮年,地点在广西宜州的贬所。宜州本是荒寒僻远的州县,他初到时没有住所,也没有民房可以租住,好容易找到一个寺院可以容身,但法律又不允许,因此只得租居城楼上一间狭小的阁楼,秋暑方炽,几乎不能生活。没料到就是这样的简陋的地方也不能让他待下去,半年之后,在地方官府的逼迫下,又不得不搬到子城,生活条件更加恶劣。但是,儒家安贫乐道的思想让他没有嗟叹也没有埋怨,而是泰然处之,他将居所取名"喧寂斋",置身风雨之中,四壁萧然没有遮盖,整天面对屠牛作坊的各种器具,在嘈杂喧嚣中,依然保持内心的一片宁静,坚持他的书生本色。他以为自己本是农家子弟,如果不是考中进士,现在居住的农舍亦不过如此。即使在这样困苦的环境里,黄庭坚面对前来求字的人,依然能够气定神闲,蘸墨挥毫,书写诗卷,闲静下来,就是焚香而坐。这是何等萧瑟而淡定的心境!正如有人所评:"山谷老人谪居戎、僰,而家书周谆,无一点悲忧愤嫉之气,视祸福宠辱,如浮云去来,何系欣戚。"

跋米元章①书 黄庭坚

余尝评米元章书如快剑斫阵,强弩射千里。所当穿彻,书家笔势亦穷于此,然似仲由未见孔子时风气耳②。

《豫章黄先生文集》

【注释】

①米元章:米芾(1051~1107),字元章,宋代书法家,能诗文,精鉴别。行书、草书精湛,用笔俊迈豪放,为"宋四家"之一。

②仲由:字子路,孔子弟子。据《史记·仲尼弟子列传》:子路未做孔子弟子之前,"性鄙,好勇力,志伉直,冠雄鸡,佩缎豚,凌暴孔子"。此处用来比喻米芾书法锋劲太过。

【赏读】

米芾是北宋四大书法家之一,《宣和书谱》说他的字"风樯阵马,沉着痛快"。黄庭坚与米芾齐名,对米氏书法艺术有更真切的理解,认为其峻峭劲疾如"快剑斫阵",笔力雄健,力透纸背有如"强弩射千里"。但是,他对米氏书法也有微词,认为像子路当年未见孔子时候的风气:虽勇直而近乎粗野,缺少儒家礼化敦厚气象;锋劲有余而内蕴不足,缺乏含蓄深远的韵致。黄庭坚论书法重视"神韵",即书家应该通过笔墨线条表现出风韵神采,这种风韵又来自书法家的主观修养,即超越世俗生活情调的"道"。

这篇短跋成为后世对米芾书法的定评,以为精要形象,中肯传神。

题东坡字后 黄庭坚

　　东坡居士①极不惜书，然不可乞。有乞书者，正色诘责之，或终不与一字。元祐中锁试礼部②，每来见过，案上纸不择精粗，书遍乃已。性喜酒，然不能四五龠③已烂醉，不辞谢而就卧，鼻鼾如雷。少焉苏醒，落笔如风雨，虽谑弄皆有义味④。真神仙中人，此岂与今世翰墨之士争衡哉！

　　东坡简札字形温润⑤，无一点俗气。今世号能书者数家，虽规模古人，自有长处，至于天然自工，笔圆而韵胜，所谓兼四子⑥之有以易之，不与也。

　　建中靖国元年⑦五月乙巳，观于沙市⑧舟中，同观者刘观国、王霖、家弟叔向、小子相⑨。

《豫章黄先生文集》

【注释】

①东坡居士：苏轼贬黄州时自号东坡居士。

②元祐：宋哲宗年号。元祐三年（1088），苏轼以大学士知贡举，担任进士考试的主考官，黄庭坚任参详，是副手之一，共同审阅试卷。锁试：考试时闭锁试场，以防止作弊。礼部：宋代考试由礼部主持。

③龠（yuè）：古代量器名，二龠一合，十合一升。

④谑弄：戏谑调笑。义味：含有意义，并有味道。

⑤温润：温和圆润。

⑥四子:当是四位有成就的书法家。
⑦建中靖国元年:即1101年。
⑧沙市:长江北岸城市,旧属湖北省江陵县。
⑨小子相:黄庭坚的儿子黄相。

【赏读】

  这篇短跋作于黄庭坚晚年远贬途中,身负罪名,处在荒凉鄙陋之地,思念朋友,观字如面对其人,眼前仿佛浮现出苏轼那旷达超逸的仙人风采。苏轼很喜欢为别人写字,不择笔墨,遇纸辄书,纸尽而止,有时却正色责问,一个字也不愿意书写。他爱喝酒,饮少辄醉,醉时落笔如风,觉酒气拂拂从指间流出,那字飘逸奔放,有如神助,带着一股天仙的逸韵。黄庭坚认为苏轼的书法虽模拟古人,却能够自出机杼,集众家之长。其字体温润,天然自工,笔圆而韵胜,全无一点俗气,是其潇洒超脱、儒雅豪放的人格的象征。

书《晋贤图》后 秦 观①

　　此画旧名《晋贤图》，有古衣冠十人②，惟一人举杯欲饮，其余隐几、杖策、倾听、假寐、读书、属文，了无霑醉之态。龙眠李叔时③见之曰："此《醉客图》也。"盖以唐窦蒙《画评》有毛惠远《醉客图》④，故以名之也。叔时善画，人所取信，未几转相摹写，遍于都下，皆曰："此真《醉客图》也，非叔时畴能辨之！"独谯郡张文潜⑤与余以为不然。此画晋贤宴居之状，非醉客也。叔时易其名，出奇以炫俗耳。

　　余旧传闻江南有一僧，以赀⑥得度，未尝诵经。闻有书生欲苦之，诣僧问曰："上人亦尝诵经否？"僧曰："然。"生曰："《金刚经》几卷？"僧实不知，卒为所困，即诳生曰："君今日已醉，不复可语，请俟他日。"书生笑而去之。至夜，僧从临房问知卷数。诘旦⑦生来，僧大声曰："君今日乃可语耳，岂不知《金刚经》一卷也！"生曰："然则卷有几分？"僧茫然，瞪目熟视之曰："君又醉耶？"闻者莫不绝倒。今图中诸公了无醉态，而横被沉湎⑧之名，然后知昔所传闻为不谬矣。

　　虽然，余惧叔时以余与文潜异论，亦将以醉见名，则余二人何以自解也？叔时好古博雅君子，其言宜不妄，岂评此画时方在酩酊邪？图中诸客泹⑨予二人，孰醉孰不醉，当有能辨之者。

《淮海集》

【注释】

　　①秦观（1049～1100）：字少游，又字太虚，号淮海居士，高

邮（今属江苏）人。元丰八年（1085）进士，曾任秘书省正字，兼国史院编修官。因元祐党籍，累遭贬谪，文辞为苏轼赏识。与黄庭坚、晁补之、张耒并称"苏门四学士"。尤工词，婉丽精密。有《淮海集》。

②古衣冠十人：指画中有十人着古代衣冠。

③龙眠李叔时：一作李伯时，李公麟，字伯时，安徽桐城人，晚年隐居龙眠山，号龙眠居士。善丹青，传写人物尤精。

④窦蒙：唐扶风人，字子全，与弟窦臯并以书法闻名。毛惠远：南齐阳武人，善画马及人物、故实，师从顾恺之。

⑤张文潜：即张耒，字文潜。祖籍亳州谯县（今安徽亳州）。"苏门四学士"之一。

⑥资：施舍钱财。

⑦诘（jí）旦：明朝，明晨。

⑧沉湎：沉溺其中，这里指醉酒。

⑨洎（jì）：及。

【赏读】

有时候醉中语真，而醒时语却伪。当一幅"一人举杯欲饮，其余隐几、杖策、倾听、假寐、读书、属文"的《晋贤图》摆在著名画家李公麟面前时，他竟然说这是《醉客图》，理由是唐代窦蒙《画评》中有一幅毛惠远《醉客图》。李公麟不仅擅长人物丹青，还博学多闻，是当时画界典型的学术权威。因此，尽管由于他一时疏忽，作出了错误判断，仍然有盲从者蜂拥而起，将这幅经过名家鉴定的《醉客图》"转相摹写"，以致"遍于都下"。在崇拜名流风气极盛的古代中国，敢于挑战权威的人既需要勇气更需要智慧。秦观和张文潜就是这样不迷信权威的人。为了驳斥李公麟的错误，秦观首先从画面的真实情况入手，指出这是宴居之状，非醉客也，李公麟的说法是故意易其名以炫俗。然后举出一个江南钝僧的故事,明明是自己不学无术,不知道《金刚经》几卷几分,却硬要说询问他的书生喝醉了。这个令人绝倒的笑话,将明知自己错了却硬要维护自己名流权威地位而拒绝认错者的心态暴露无遗。当然,李公麟与江南钝僧毕竟不能完全等同,他与秦观一起游于苏轼之门,确实是博雅君子,也许这是李公当时正在酩酊大醉中说的胡话,还是图中诸客和秦观、文潜正在醉中呢?秦观围绕一个"醉"字大做文章,欲擒故纵,妙语横生,嬉笑调侃,波澜起伏,寓严肃的思想于冷嘲热讽之中,让人忍俊不禁,又默然静思。

书《洛阳名园记》后 李格非①

洛阳处天下之中,挟崤、渑之阻②,当秦、陇之襟喉③,而赵、魏之走集④,盖四方必争之地也。天下常无事则已,有事,则洛阳必先受兵⑤。予故尝曰:"洛阳之盛衰,天下治乱之候⑥也。"

方唐贞观、开元之间,公卿贵戚开馆列第于东都者,号千有余邸⑦。及其乱离,继以五季之酷⑧,其池塘竹树,兵车蹂践,废而为丘墟,高亭大榭,烟火焚燎,化而为灰烬,与唐共灭而俱亡,无余处矣。予故尝曰:"园圃之废兴,洛阳盛衰之候也。"

且天下之治乱,候于洛阳之盛衰而知;洛阳之盛衰,候于园圃之废兴而得;则《名园记》⑨之作,予岂徒然哉?

呜呼!公卿大夫方进于朝,放乎一己之私意以自为,而忘天下之治忽⑩,欲退享此乐,得乎?唐之末路是矣!

《洛阳名园记》

【注释】

①李格非(约1090年前后在世):北宋文学家。字文叔,济南人。女词人李清照之父。以文章受知于苏轼,为"苏门后四学士"之一。留意经学,著《礼记说》数十万言。工词章,文辞练达,以情动人,为时人所称。有文集四十五卷及《洛阳名园记》等。

②崤:崤山,在河南洛宁县北,是函谷关东端。渑:即"渑厄",为古时"九塞"之一,就是河南信阳西南的平靖关。

③秦：今陕西一带。陇：今山西西部与甘肃一带。襟喉：衣襟和咽喉，喻险要关键之地。

④赵、魏：今河北、山西、河南接临地区。走集：边境上的要冲。

⑤受兵：发生战争。

⑥候：标志，征兆。

⑦开馆列第：建造馆阁宅院。邸：官员的住宅。

⑧五季：指五代，即后梁、后唐、后晋、后汉、后周。酷：兵祸惨重。

⑨《名园记》：即《洛阳名园记》，李格非写的一组文章，记叙了北宋盛世宰相富弼、太子太师吕蒙正等人在洛阳营建的十九处园林的情况。

⑩自为：随心所欲。治忽：治乱。

【赏读】

《洛阳名园记》中共记述洛阳著名园林十九处，包括富郑公园、董氏西园、董氏东园、环溪等，或属于僧寺，或属于富豪，大多数园主是北宋的达官贵人，他们玩物丧志，把园池装饰得富丽豪奢。本文是成书后的总论，表达写作此书的寓意。

首先概述"洛阳处天下之中"的地理形势，抓住它所处要冲的位置和异常险要的地形，揭示出一旦爆发战争必定会首当其冲遭到战火的破坏，从而得出洛阳盛衰关乎天下治乱的结论。接着回顾历史，盛唐时期，公卿贵戚在洛阳大规模建造豪宅，数量达到千余家，亭台楼阁高耸入云，竹树园池美不胜收，人殷物阜，商贾如云，真个是休闲享乐、逍遥自在的好去处。可是五代乱离，烽烟遍地，洛阳遭到兵车践踏，繁华殷盛的园林变成断壁残垣，熊熊烈焰将几百年经营构筑的豪宅烧成一片灰烬，残破的景象令人目不忍睹。由此可见,"园圃之废兴,洛阳盛衰之候也"。最后,从历史的反思指向严峻的现实,劝诫公卿大夫们入朝为官当忧劳国事,如果大兴土木,放纵自己的私欲,玩物丧志,洛阳将会重演历史的悲剧,而随着洛阳的衰败紧跟着来到的将是国家的灭亡。李格非深深忧虑北宋末年达官贵戚享乐成风、醉生梦死的生活,因而以唐鉴宋,希望人们警醒。因而这部《洛阳名园记》成为警戒世人的一面镜子。

这篇短跋,气势雄健,逻辑严密,俯仰古今,对比鲜明。小中见大,既有历史感,又有现实感;情理兼长,情感深沉,议论精警。体现了"字字从肺腑出"的文学主张,具有一种凝重深邃的美感。

跋自画《云山图》　米　芾①

绍兴乙卯②初夏十九日,自溧阳来游苕川③,忽见此卷于李振叔家,实余儿戏得意作也。世人知余喜画,竞欲得之,鲜有晓余所以为画者。非具顶门上慧眼④者,不足以识。不可以古今画家者流目之。老境于世海中,一毫发事泊然无着染。每静室僧跌⑤,忘怀万虑,与碧虚寥廓同其流荡。焚生事⑥,折腰为米⑦,大非得已。振叔此卷,慎勿以与人也。

《海岳题跋》

【注释】

①米芾(1051～1107):字元章,本襄阳人,寓居京口。别号"海岳外史""襄阳漫士""鹿门居士"等,人称"米襄阳"。精书善画能文,书法得王献之笔意,沉着飞动;画山水人物,自名一家;为文追求奇险,不蹈袭前人。有《砚史》《书史》《画史》等传世。

②绍兴乙卯:即绍兴五年(1135)。按:此时米芾早已去世,疑时间有误。

③溧阳:县名,今属江苏。苕川:即苕溪,源出天目山,东流经杭州,西流经吴县等地。

④顶门上慧眼:佛教传说摩醯首罗天有三眼,其竖之一眼称顶门眼,最超于常眼,后来常以慧眼比喻敏锐的眼力。

⑤僧跌:僧人盘腿而坐。

⑥焚生事:疑为"焚身生事"。意谓为生计而劳身损寿。

⑦折腰为米：陶潜在辞官归隐时说："吾不能为五斗米折腰，拳拳事乡里小人！"

【赏读】

  这是米芾为收藏于友人李振叔家的一幅《云山图》而作的跋文，画为米芾"儿戏得意作"，即随意着笔，自然展露性情的作品，没有沾染一丝一毫的世情俗务，所以很是看重，告诫友人慎勿与人。米芾是一个随情适性的人，在绘画艺术上主张"适兴"而作，追求平淡天真的风格。他和儿子米友仁非常反对当时流行的"金碧辉煌，格法谨严"的院体画，认为画家应该抛弃杂念，拒绝"焚身生事，折腰为米"的俗情媚态，要忘怀万虑，淡泊襟怀，让恬静的心灵在万里碧空、辽阔宇宙自由飞翔。这样，在没有尘世沾染的境况下，方能作出流露真性情的天然不可凑泊的艺术佳作。

题曾无逸[①]百帆图　　杨万里[②]

千山去未已,一江追之。余观百余舟出没于风涛缥缈、云烟有无之间,前者不徐,后者不居[③],何其劳也!而一二渔舟往来其间,独悠然若无见者,彼何人耶?

《诚斋集》

【注释】

①曾无逸:曾三聘,字无逸,临江新淦人。宋乾道二年(1166)进士。

②杨万里(1124~1206):字廷秀,号诚斋。吉州吉水(今属江西)人,南宋理学家、诗人。文章富健豪放,无不尽妙。诗歌妙趣横生,与陆游、范成大、尤袤并称"中兴四大诗人"。有《诚斋集》传世。

③徐:缓慢。居:停留。

【赏读】

杨万里以擅长描写山川风物见长,姜夔曾赞誉他"处处山川怕见君",可见他刻画景物具有多么高超的技巧。这篇短跋,开篇就写得气象雄浑:千峰竞秀,重峦叠嶂相互追逐远去,一条奔腾的大江紧追不放。在那山水之间、云烟缥缈的波涛之上,有百帆竞渡,它们不徐不居地远去,真是江流天地外,帆没云雾中。唯有一二渔舟出没烟涛,仿佛静止不动,毫不理会那劳扰远去的一切。渔舟上悠然置身扰攘之外的是谁?那波澜不惊的心胸比宇宙更加辽阔,令人产生渺远的遐想。

《东京梦华录》序 孟元老①

仆从先人，宦游南北。崇宁癸未②到京师，卜居于州西金梁桥③西夹道之南。渐次长立，正当辇毂之下④，太平日久，人物繁阜⑤，垂髫之童，但习鼓舞，班白之老，不识干戈。时节相次，各有观赏。灯宵月夕，雪际花时，乞巧⑥登高，教池游苑⑦。举目则青楼画阁，绣户珠帘。雕车竞驻于天街，宝马争驰于御路⑧。金翠耀目，罗绮飘香⑨。新声巧笑于柳陌花衢，按管调弦于茶坊酒肆。八荒争凑，万国咸通。集四海之珍奇，皆归市易；会寰区之异味，悉在庖厨。花光满路，何限春游；箫鼓喧空，几家夜宴。伎巧则惊人耳目，侈奢则长人精神。瞻天表则元夕教池⑩，拜郊孟享⑪，频观公主下降⑫，皇子纳妃。修造则创建明堂，冶铸则立成鼎鼐⑬。观妓籍则府曹衙罢⑭，内省宴回⑮；看变化则举子唱名，武人换授⑯。仆数十年烂赏迭游⑰，莫知厌足。

一旦兵火。靖康丙午⑱之明年，出京南来，避地江左，情绪牢落，渐入桑榆⑲。暗想当年，节物风流，人情和美，但成怅恨。近与亲戚会面，谈及囊昔，后生往往妄生不然。仆恐浸⑳久，论其风俗者，失于事实，诚为可惜。谨省记编次成集，庶几开卷得睹当时之盛。古人有梦游华胥之国㉑，其乐无涯者。仆今追念，回首怅然，岂非华胥之梦觉哉？目之曰"梦华录"。然以京师之浩穰㉒，及有未尝经从处，得之于人，不无遗阙，倘遇乡党宿德㉓，补缀周备，不胜幸甚。

此录语言鄙俚，不以文饰者，盖欲上下通晓尔，观者幸详焉。绍兴丁卯岁除日㉔幽兰居士孟元老序。

《东京梦华录》

【注释】

①孟元老：生卒不详，南宋文学家，自署幽兰居士。生于北宋末年，初居汴京（今河南开封），南渡后，追忆汴京盛况，写成《东京梦华录》一书。记载城市面貌、岁时物产、风土习俗、文化生活以及朝廷典章制度，堪称北宋汴京的风俗画。

②崇宁癸未：宋徽宗崇宁二年（1103）。

③金梁桥：京城内汴河上的桥梁。

④辇毂（niǎn gǔ）之下：皇帝的车舆，代指京城地区。

⑤繁阜：繁盛丰富。

⑥乞巧：民间风俗，七月七日夜晚，妇女们陈酒肴瓜果于庭中，焚香列拜，用五色线，对月穿七孔针，向织女星乞求智慧和技巧，称为乞巧节。

⑦教池：指金明池。在汴京城西，五代时周世宗谋伐南唐，凿此池以教习水战，故称教池。宋徽宗每于三月二十日到金明池游玩，一些水上表演节目需提前二十天开始排练，排练期间，普通百姓可以观赏。游苑：即琼林苑，宋太祖乾德二年（964）建，为宴进士之所，在汴京城西，与金明池相对，园中松柏森列，百花芬芳。

⑧天街：御街。御路：御街上专供皇帝车马通行的道路。

⑨金翠：妇女头上的金银翡翠首饰。罗绮：有花纹的丝织品。

⑩天表：皇帝的容颜。元夕：正月十五夜。普通人为了见皇帝，于十五日之夜通宵达旦地守候。

⑪拜郊：到郊外祭祀昊天上帝。孟享：首享，第一个祭祀，一

般是由皇帝进行。

⑫公主下降：公主出嫁。

⑬明堂：古时天子接见诸侯的大堂，此指当时的大庆殿。鼐：大鼎。

⑭衙罢：坐衙办公结束。

⑮内省宴回：内宴省宴结束后回家。内宴，皇宫内的宴会。省宴，尚书省都厅的宴会。

⑯唱名：举子中进士后，皇帝逐个点名召见。换授：改授新职。

⑰烂赏迭游：多次赏玩游历。烂，迭，多次的意思。

⑱靖康丙午：宋钦宗靖康元年（1126）。

⑲牢落：无所寄托的样子。桑榆：晚年。

⑳浸：渐渐。

㉑华胥之国：《列子·黄帝》载："（黄帝）昼寝而梦，游于华胥氏之国。……其国无师长，自然而已；其民无嗜欲，自然而已。……黄帝既寤，悟然自得。"

㉒穰：盛。

㉓乡党：同乡。宿德：年高德重的人。

㉔绍兴丁卯：宋高宗绍兴十七年（1147）。除日：除夕。

【赏读】

一个经历过盛衰变化的人，心中总是充满无穷的感慨，总会怀着无比惋惜的心情追忆昔日的繁华，来慰藉晚年生活的凄凉和寂寞。杜甫写《忆昔》诗，表现对一去不复返的大唐盛世的深深眷恋，孟元老写《东京梦华录》也是同样的心态。他以绚丽的色彩，夸张的笔墨，骈散交织的语言，描摹出北宋鼎盛时期汴京的歌舞繁华景象。

经历了长达一百五十年的发展之后，北宋都市繁荣，人殷物阜，享受太平盛世的人们无忧无虑地生活着，"垂髫之童，但习鼓舞，班白之老，不识干戈"，四时节气，灯宵月夕，都有宴会游赏。华丽辉煌的青楼画阁，成天都是急管繁弦的燕舞笙歌；鳞次栉比的街道上，珍奇异味四处充满；雕梁画栋的亭台轩榭，醇酒罗绮欢恬燕尔。在元宵佳节的夜晚，可以一睹皇帝的尊容，也可以在金明池观赏水上杂技表演，可以目睹天子召见新科进士，可以观看武官授勋的仪式，还可在天街上观看公主出嫁的盛大场面。凡此种种，从皇家大礼到民间风俗，从自然美景到世态图画，都纷至沓来，奔聚笔端，使人应接不暇。本序既是作者亲身经历过的北宋时期汴京的缩影，也是对烟消云散的盛世的追怀，同时还是《梦华录》一书主要内容的概括。序的后半部分，作者怀着一种历史的责任感，担心后来人渐渐忘却那曾经辉煌的往昔，因此他要详尽地记录东京的盛况，以哀婉的情感企图唤醒人们的爱国情怀，今昔之感，家国之痛，都流露在对往昔深情的追念之中。

《武林旧事》①序　周　密②

　　乾道、淳熙间，三朝授受，两宫奉亲③，古昔所无。一时声名文物之盛，号"小元祐"④。丰亨豫泰⑤，至宝祐、景定，则几于政、宣矣⑥。予曩于故家遗老得其梗概，及客修门闲，闻退珰老监⑦谈先朝旧事，辄倾耳谛听，如小儿观优，终日夕不少倦。既而曳裾贵邸⑧，耳目益广，朝歌暮嬉，酣玩岁月，意谓人生正复若此，初不省承平乐事为难遇也。及时移物换，忧患飘零，追想昔游，殆如梦寐，而感慨系之矣。岁时檀栾⑨，酒酣耳热，时为小儿女戏道一二，未必不反以为夸言欺我也。

　　每欲萃为一编，如吕荥阳《杂记》而加详，孟元老《梦华》而近雅⑩，病忘慵惰，未能成书。世故纷来，惧终于不暇纪载，因摭大概，杂然书之。青灯永夜，时一展卷，恍然类昨日事，而一旦朋游沦落，如晨星霜叶，而余亦老矣。噫，盛衰无常，年运既往，后之览者，能不兴忾我寤叹⑪之悲乎！四水潜夫书。

《武林旧事》

【注释】

　　①《武林旧事》：笔记，宋末元初周密撰。全书十卷，记叙南宋都城临安（今杭州）朝廷典礼、山川景物、民情风俗，以及市肆节物、教坊乐部等。所述杭州市民阶层生活及手工业、物产情况甚多，又录有当时民间艺人姓名、角色和杂剧曲名颇多，以其翔实的史料、纪实的精神成为一部重要的地方文献。

②周密（1232～1298）：字公谨，号草窗、萍洲、四水潜夫。原籍济南，后流寓吴兴（今浙江湖州）。宋末曾任义乌令，入元后不仕。他的词讲求格律，与吴文英（梦窗）并称"二窗"。又善诗歌、书画。著有《草窗韵语》《草窗词》《癸辛杂识》《武林旧事》《齐东野语》《云烟过眼录》等。编有《绝妙好词》。

③授受：承传。两宫：太子居住的东宫和嫔妃居住的西宫。

④小元祐：北宋元祐年间，社会昌盛，经济繁荣。南宋乾道、淳熙间，虽偏安一隅，但经过南渡后一百多年的建设，政局稳定，经济繁荣，故有"小元祐"之称。

⑤丰亨豫泰：富饶闲逸，形容太平盛世气象。

⑥宝祐、景定：均为南宋理宗赵昀的年号。政、宣：北宋徽宗赵佶的年号。政，指政和；宣，指宣和。赵佶时，汴京沦陷，北宋灭亡，此喻南宋理宗朝已有衰飒之象。

⑦退珰（dāng）老监：退休的老太监。珰，本为宦官的冠饰，后代指宦官。

⑧曳裾贵邸：到达官显贵家做客。

⑨檀栾（tán luán）：美好的样子，这里形容愉快的心情。

⑩《杂记》：吕希哲的《岁时杂记》。《梦华》：孟元老的《东京梦华录》。

⑪忾（xì）我寤（wù）叹：《诗经·曹风·下泉》："忾我寤叹，念彼周京。"忾，叹息。寤，睡醒。

【赏读】

周密的《武林旧事》与孟元老的《东京梦华录》堪称宋人笔记的双璧，后者追忆北宋都城汴京的繁华，前者追忆南宋都城临安的盛况，都是通过记录一代的盛衰史来表达亡国之痛、故国之思，字里行间流淌着强烈的今昔之感、兴衰之慨。作为历史面貌的真实再现,当河山易主国破家亡之际,他们没有选择再现故国山河破碎、烽火连天和断壁残垣的悲惨景象来激起人们对入侵者的愤慨,而是以温和恬静的笔墨追述故国之盛、风物之美、风俗之淳,目的是想让后人记住曾经的辉煌,真情的回忆中,娓娓动听的叙述里,包含深深的感慨。

周密童年时来到都城临安,当时正是所谓"小元祐"的盛世,处处"廛閈扑地,歌吹沸天",人们无忧无虑地沐浴着盛世的雨露阳光,对潜藏的危机毫无知觉。周密也深受陶染,眼界大开,不仅能不知疲倦地听退休老太监谈论先朝旧事,还能出入达官贵人的府邸,朝歌暮乐,优游岁月。但是,盛世中隐藏着乐极生悲的因素,当元兵的铁蹄三下江南,文恬武嬉的锦绣江南迅速土崩瓦解,南宋终于走到了尽头。人们往往在得到一样东西时不懂得珍惜,而一旦失去却追悔不已。面对今日的苍凉荒芜,回思昔日的承平殷富,不禁发出"人生正复若此,初不省承平乐事为难遇也"的慨叹。原来,周密极言其盛的目的正在于极言其衰。超然的外表下,掩藏不住的是深沉的哀痛和惋惜。

周密是一个词人,这篇短序在意境营造上,颇有清空之妙。描述盛世风物时令人神往,展现晚境"青灯永夜"时让人酸鼻,追忆旧朋亲故如"晨星霜叶"则使人凄然叹息,"盛衰无常,年运既往"的悲叹更能引起人们心灵长久的共鸣。

《梦粱录》序　吴自牧[①]

昔人卧一炊顷[②],而平生事业扬历[③]皆遍,及觉则依然故吾,始知其为梦也,因谓之"黄粱梦"。矧时异事殊[④],城池苑囿之富,风俗人物之盛,焉保其常如畴昔[⑤]哉!缅怀往事,殆犹梦也,名曰《梦粱录》云。脱有遗阙[⑥],识者幸改正之,毋哂[⑦]。甲戌岁[⑧]中秋日,钱塘吴自牧书。

《梦粱录》

【注释】

①吴自牧(生卒年不详):宋末钱塘(今浙江杭州)人,约宋度宗咸淳年间(1265~1274)在钱塘一带活动。宋亡后追忆钱塘旧时盛况,著《梦粱录》二十卷。

②炊顷:一顿饭工夫。

③扬历:仕宦所经历。

④矧(shěn):何况。殊:不同。

⑤焉保:怎能保留。畴(chóu)昔:往昔,过去。

⑥脱有:倘若存在。遗阙:遗漏缺失。

⑦毋哂(shěn):不要讥笑。

⑧甲戌岁:宋度宗咸淳十年(1274)。

【赏读】

这篇短序借梦说梦,有强烈的今昔盛衰之感。《梦粱录》书名来自唐人沈既济的传奇小说《枕中记》的故事"黄粱一梦"。主人公卢生困顿失意,在旅店里做了一个美梦,梦中实现了人生所有的理想,直到年迈病逝。一觉醒来,发现店主人蒸的黄粱饭还未熟,由此领悟到人生富贵荣华如春梦一场,转瞬即逝。放大了来看,不仅个人的一生,就是一个朝代,乃至人类的整个历史,也都是一场短暂的幻梦。

《梦粱录》共一百六十九条,约十三万字。仿孟元老《东京梦华录》,记叙南宋都城临安的繁华故迹,包括市镇建置、郊庙宫殿、山川景物、风俗人物、市肆百工、乐部杂技等,多叙淳祐、咸淳间事。吴自牧亲眼目睹了南宋王朝由繁华兴盛到衰败没落乃至灭亡的全过程,感伤昔日的繁荣景象被兵戈战火所吞噬,富丽辉煌的宫殿苑囿变为残垣断壁的废墟,歌舞风流的都市生活已彻底云散烟消。他的感伤已经超越了个人一己的荣辱得失,上升到人世沧桑的高度,体现出强烈的故国之思和黍离之悲,成为缅怀南宋的一曲清丽哀伤的挽歌。书中包含丰富的历史内容,他说如果有缺失,希望能够得到有识者的改正,他正是想通过这种方式保存一代历史,以唤醒人们对往昔的追忆,寄托对故国的哀思。

书中所记皆为作者亲身所历,叙事与周密《武林旧事》详略互见,有较高的文献价值。

跋《岑嘉州诗集》[1] 陆 游[2]

余自少时,绝好岑嘉州诗。往在山中,每醉归,倚胡床[3]睡,辄令儿曹诵之,至酒醒或熟睡乃已。尝以为太白、子美之后[4],一人而已。

今年自唐安别驾来摄犍为[5],既画公像斋壁,又杂取世所传公遗诗八十余篇刻之,以传知诗律者。不独备此邦故事[6],亦平生素意也。

乾道癸巳八月山阴陆某务观题[7]。

《渭南文集》

【注释】

①岑嘉州(715~770):即岑参,南阳人。少孤贫,笃学,登天宝三载(744)进士第。曾两次赴西域幕府任职,是盛唐时期最著名的边塞诗人。官四川嘉州刺史,人称"岑嘉州"。有《岑嘉州诗集》传世。

②陆游(1125~1210):字务观,号放翁,越州山阴(今浙江绍兴)人。绍兴中应礼部试,为秦桧所黜。孝宗即位,赐进士出身。乾道六年(1170)入蜀,任夔州通判。八年入四川宣抚使王炎幕,后官至宝章阁待制。晚年退居家乡山阴。工诗文,长于史学。为南宋中兴四大诗人之一。今存诗近万首。有《剑南诗稿》《渭南文集》《南唐书》《老学庵笔记》等。

③胡床:一种可以折叠的轻便坐具,也叫交椅、交床,由少数民族传入,故名。

④太白：唐代诗人李白，字太白。子美：唐代诗人杜甫，字子美。

⑤唐安：今四川崇州市。别驾：原为州刺史的佐官。宋代诸州置通判，职务与唐代别驾相似，遂称通判为别驾。摄：临时代理。犍为：嘉州古代为犍为郡。

⑥故事：典故。

⑦乾道癸巳：即南宋孝宗乾道九年（1173）。山阴：今浙江绍兴市。

【赏读】

　　岑参是唐代最著名的边塞诗人，他两次从军西北，先后在高仙芝和封常清幕府任书记和判官，创作了大量以军旅生活和边塞风光为题材的诗歌，格调高亢豪迈、意境雄奇壮丽，充满杀敌卫边、建功立业的战斗豪情，表现出一种典型的盛唐气象。陆游是四百年后岑参的知音，他少年时代就喜爱岑嘉州的诗歌，中年以后更是热情不减，甚至在酒醉后令儿曹朗诵岑诗，直到酒醒或睡熟为止，可以说每当此时此际，陆游在领略岑诗声韵之美的同时，心中不免涌起对岑参的边塞豪情和功业的深深仰慕。

　　陆游对岑参的景仰，在他任嘉州通判时期，发展到一个高点。他因地及人，不仅在斋壁上画岑参的像，还将岑参的遗诗八十首刻在墙上。这是因为一年前，陆游从军南郑抗金前线，常常身穿戎装，过着军旅生活。因而，陆游的诗风发生了根本性的变化，多咏征伐恢复之事，寄策勋报国之志，豪情激荡，慷慨淋漓。于是，对岑参从军绝域、建功立业的英雄气概，自然异代相应，引为同调。从这篇小跋中，我们可以看到陆游诗歌艺术传承的脉络，认识到他的诗风发展变化的过程。

跋《花间集》[①] 陆　游

一

《花间集》皆唐末五代时人作。方斯时天下岌岌[②],生民救死不暇,士大夫乃流宕[③]如此,可叹也哉!或者亦出于无聊故耶?笠泽翁[④]书。

二

唐自大中后,诗家日趣浅薄,其间杰出者,亦不复有前辈闳妙浑厚[⑤]之作,久而自厌,然梏[⑥]于俗尚,不能拔出。会有倚声作词者,本欲酒间易晓,颇摆落故态[⑦],适与六朝跌宕意气差近,此集所载是也。故历唐季五代,诗愈卑而倚声者[⑧]辄简古可爱。盖天宝以后,诗人常恨文不迨,大中以后,诗衰而倚声作。使诸人以其所长格力[⑨]施于所短,则后世孰得而议?笔墨驰骋则一,能此不能彼,未易以理推也。开禧元年[⑩]十二月乙卯,务观东篱书。

《渭南文集》

【注释】

①《花间集》:后蜀广政三年(940)卫尉卿赵崇祚所编的一部文人词总集,共十卷,收录唐、五代词人十八家,作品五百篇。内容多写歌宴酒席应酬以及闺房的男女情爱,风格婉约清丽,辞藻华

美轻艳，成为后代词作体制和风格的典范。

②岌岌：颠危欲坠。

③流宕：风流放荡。

④笠泽翁：笠泽，即太湖。陆游祖籍甫里，地滨太湖，故号笠泽翁。

⑤闳妙浑厚：内容深刻，语言高妙，风格雄浑，意蕴深厚。这是盛唐诗歌的主要特征。

⑥梏：枷锁，这里指受世俗风尚的束缚。

⑦摆落故态：突破传统的藩篱。

⑧倚声者：指词作。

⑨格力：致力。

⑩开禧元年：即1205年。

【赏读】

《花间集》的编辑成书，是中国古典诗歌发展史上的一件大事，它标志着一种与五、七言诗并峙的新的诗体已经成熟。虽然词诞生于歌筵绮幄、灯红酒绿之间，借助倚声卖笑的歌妓得以流传，但是，与同样格调浮靡、气象衰飒的晚唐五代诗歌相比，词毕竟带来了一股清新婉丽的气息，尽管这清新之中夹杂着醉生梦死的缠绵悱恻。词在音韵、格律、构思、表现手法等方面呈现出更高的艺术性，对词这种新兴文体的评价，颇能看出评论者的理论倾向。陆游与宋代众多的论者一样，表现出对花间词的矛盾态度。这两则可能写于不同时期的跋文体现了陆游对词的看法。

第一则评论花间词的内容及作者。当时天下扰攘，干戈遍地，生灵涂炭，民不聊生，但是西蜀尚能偏安一隅，豪家贵族，耽于逸乐，士大夫也不思国事，沉溺在闺房密室里，纵情于声色歌舞中，风流放荡、堕落沉沦，真是令人悲叹！陆游认为这些词作或许是无聊时的消遣游戏吧。从思想内容方面对词进行了否定。

第二则写于陆游八十岁的晚年，思想不再偏激，能够客观公正地评价词的成就。首先，他认为晚唐自大中（唐宣宗年号，847～859）之后，诗家日趋浅薄，即使杰出的诗人也没有盛唐、中唐那种雄壮浑厚的气象，而且受传统的束缚，诗歌呈现出一片低靡衰飒的风气，在寂寞的晚霞中徐徐落幕。正在这时，词应运而生，倒能够突破传统的禁锢，咏唱于酒宴歌会之上，通俗易懂，情真意切，清新可喜。其次，陆游认为词与诗相比显得简古可爱，与六朝宫体、南朝乐府民歌表现男女相互慕悦的情感比较接近。这就指出了花间词与六朝宫体诗、南朝民歌之间的传承关系。最后，陆游认为作词者也是像作诗者一样驰骋笔力，艺术上同样呕心沥血，因此词的艺术价值值得肯定。

尽管陆游毕生致力于诗歌，作词只是年轻时候偶一为之，六十五岁退居家乡的二十年中都没有再写词，但是他对词的整体看法，一直到晚年都是一贯的，他对唐末五代词的评价较高，曾说："唐末诗益卑，而乐府词高古工妙，庶几汉魏。"可见他认为花间词自有其不容忽视的地位与价值。

跋韩魏公与欧阳文忠公帖① 朱 熹②

张敬夫③尝言:"平生所见王荆公书,皆如大忙中写,不知公安得有如许忙事。"此虽戏言,然实切中其病。今观此卷,因省平日得见韩公书迹,虽与亲戚卑幼,亦皆端严谨重,略与此同,未尝一笔作行草势。盖其胸中安静详密,雍容和豫④,故无顷刻忙时,亦无纤芥忙意,与荆公之躁扰急迫⑤正相反也。书札细事,而于人之德性其相关有如此者,熹于是窃有警焉,因识其语于左方。

庆元丁巳⑥十月庚辰,朱熹。

《朱文公文集》

【注释】

①韩魏公:韩琦,字稚圭,宋安阳人,封魏国公。欧阳文忠公:欧阳修,谥号文忠。

②朱熹(1130~1200):字元晦,号晦庵,又号晦翁,别称紫阳,徽州婺源(今属江西)人,生于南剑州尤溪(今属福建),后徙居建阳(今属福建)考亭。南宋著名理学家,论学主居敬穷理,集北宋以来理学之大成,对经学、史学、文学、乐律以至自然科学都有贡献。谥号"文"。有《四书章句集注》《晦庵先生朱文公文集》《朱子语类》等著作。

③张敬夫:南宋理学家张栻,字敬夫。与朱熹、吕祖谦等为讲学之友。

④雍容和豫：形容人神态安详温和、从容不迫的样子，被认为是一种修道的气象。

⑤躁扰急迫：形容人性格急躁扰攘、风急火燎的样子。

⑥庆元丁巳：宋宁宗庆元三年，即1197年。

【赏读】

朱熹的这篇题跋，表达了他这位理学家对书法艺术的要求，即要字如其人，做到"胸中安静详密，雍容和豫"，不能"躁扰急迫"。前者如韩魏公、欧阳文忠公的书法，即使是写给亲戚幼卑者的字，都严谨端庄，没有一笔作行草势，因为无纤芥忙碌的神态，所以永远显出一副气定神闲的君子风度。而后者如王安石的书法，像张栻所评说的那样，是忙忙碌碌者的笔墨，简直有伤德性。

王安石因为力主改革，做事雷厉风行，不仅思想上与二程、张栻、朱熹等理学家的保守观念格格不入，就是诗文及书法，也都被认为是急躁冒失的代表。王氏书法，同时代人有不同评价，苏轼说"荆公书得无法之法，然不可学"，是不褒也不贬，黄庭坚则认为王安石"书法奇古，似晋宋间人笔墨"，是高度的赞赏，与朱熹等人对王安石由人格到书法全盘否定完全不同。元人黄溍看到过王安石的真迹，认为"风神闲逸，韵度清美"，值得学习。朱熹的借题发挥，是出于道学家的本性，因此有失公允，不能作为王氏书法艺术的定评。

跋东坡《和渊明饮酒诗》后 元好问[①]

东坡和陶[②],气象只是苏诗,如云"三杯洗战国,一斗消强秦"[③],渊明决不能办此。独恨"空杯未尝持"[④]之句,与论无弦琴[⑤]者自相矛盾。别一诗云"二子真我客,不醉亦陶然"[⑥],此为佳。

丙辰秋八月十二日题。

《遗山先生文集》

【注释】

①元好问(1190~1257):字裕之,号遗山,太原秀容(今山西忻州)人。祖系北魏拓跋氏。幼而能诗,诗名震动京师。金亡不仕,隐居乡间二十年,筑野史亭,记录金代君臣言行,编纂金代文献《中州集》《壬辰杂编》。他为文质朴沉郁,尤工诗歌、乐府(词曲),被誉为一代宗工。有《遗山先生文集》传世。

②苏轼有和陶渊明《饮酒》诗二十首。

③此二句是苏轼和陶《饮酒》诗第二十首中的句子。

④"空杯未尝持":苏轼和陶诗第一首中的句子,原句为"偶得醉中趣,空杯亦尝持",本文误"亦"为"未"。

⑤无弦琴:陶渊明有一张无弦琴,每朋酒之会,抚而和之,说:"但识琴中趣,何劳弦上音。"苏轼的"偶得醉中趣,空杯亦常持"与陶诗的"只求寄意"相同。而苏轼另一诗有"无弦则无琴,何必劳抚玩",立论正相反。因此苏轼对无弦琴的看法自相矛盾。

⑥此二句见苏轼《和陶岁暮和张常侍》诗。

【赏读】

　　苏轼从早年任扬州知州时起，就开始和陶渊明《饮酒》诗，以后直到晚年贬官岭南，还是乐此不疲，前后创作和陶诗一百余首。在遭受打击最严重、处境最困苦的时候，他尤喜陶诗。他认为自己不能像陶渊明那样及时抽身退隐、优游林泉、躬耕田园，致使历经宦海巨浪，辗转流徙，因而感叹横生。苏轼和陶既是人生的慰藉，又是痛苦的解脱，是一种特有的诗学现象。从总的风格上来说，苏轼的和陶诗，确实有很多与陶诗神似的作品，但是正如元好问指出的那样，苏轼的和陶，气象还是自家本色，流露的还是苏轼豪迈劲健的特点，绝不似陶诗冲淡平易的风格。所举三例，颇能说明问题。这是因为苏轼所处的时代、地位、环境、经历与渊明不同，个性与诗风更是存在明显差异，所以和陶终不免露出本色。

题　画　戴表元①

　　子昂②作画，初不经意，对客取纸墨游戏点染，欲树即树，欲石即石，然才得少许便足，未尝见从容宛转如此卷十余尺者。昔有送长缣于郭恕先③，恕先意所不乐而不得已，为作小手轮牵一丝，劲直终幅，系以纸鸢④还之。其人愠不敢言，然不害为奇笔。子昂才气不减恕先，乃能为求者委曲⑤至此，殆其人有以得之⑥耶？

《剡源戴先生文集》

【注释】

①戴表元（1244～1310）：字帅初，一字曾伯，庆元奉化（今属浙江）人。学博而肆，为文深清雅洁，以文章大家名重一时。有《剡源集》传世。

②子昂：元代书画家赵孟頫，字子昂。

③郭恕先：宋代书画家郭忠恕，字恕先。

④纸鸢：纸做的老鹰，这里指风筝。

⑤委曲：这里指有耐心，能忍受。

⑥得之：取得（他的）好感。

【赏读】

　　这篇题画小跋讲述了两位画家应付求画者的故事。元代书画家赵孟頫，面对前来求画的人，总是以游戏的态度，随意点染，画点树呀、草呀的，打发完事，但有一幅却从容婉转长达十余尺，这可是罕见的事情,或许这位客人有什么办法取得了赵孟頫的好感吧。实际上书画家都很厌烦纷至沓来的求画者,宋代的画家郭忠恕自有他的办法。有人送一匹长缣求画,忠恕虽极不高兴但没有办法,他于是画一个小手轮,牵一根长丝,丝笔直笔直,一直画到缣的尽头,才画一只纸鸢风筝。求画者虽怒却不敢言,因为这毕竟是一幅奇特的画。郭忠恕的这一手显然非常高明,既充满智慧又有趣味。

这则题画小跋,活泼风趣,让人莞尔的不是赵孟頫的长卷画,而是郭忠恕那极富智慧的谐谑之作。

《录鬼簿》[①]序   钟嗣成[②]

贤愚寿夭、死生祸福之理,固兼乎气数而言,圣贤未尝不论也。盖阴阳之屈伸[③],即人鬼之生死。人而知夫生死之道,顺受其正,又岂有岩墙、桎梏之厄哉[④]。虽然,人之生斯世也,但知以已死者为鬼,而未知未死者亦鬼也。酒罂饭囊[⑤],或醉或梦,块然泥土者,则其人虽生,与已死之鬼何异?此固未暇论也。其或稍知义理,口发善言,而于学问之道,甘于暴弃[⑥],临终之后,漠然无闻,则又不若块然之鬼为愈[⑦]也!

余尝见未死之鬼,吊已死之鬼,未之思也,特一间[⑧]耳。独不知天地开辟,亘古迄今,自有不死之鬼在。何则?圣贤之君臣,忠孝之士子,小善大功,著在方册[⑨]者,日月炳焕,山川流峙,及乎千万劫[⑩]无穷已,是则虽鬼而不鬼者也。

今因暇日,缅怀故人,门第卑微,职位不振[⑪],高才博识,俱有可录。岁月弥久,湮没无闻,遂传其本末,吊以乐章[⑫]。复以前乎此者[⑬],叙其姓名,述其所作。冀乎初学之士,刻意词章,使冰寒于水,青胜于蓝,则亦幸矣。名之曰《录鬼簿》。嗟乎!余亦鬼也,使已死未死之鬼,作不死之鬼,得以传远,余又何幸焉!若夫高尚之士,性理之学[⑭],以为得罪于圣门者,吾党且哙蛤蜊[⑮],别与知味者道。

至顺元年龙集庚午月建甲申二十二日辛未,古汴[⑯]钟嗣成序。

《录鬼簿》

【注释】

①《录鬼簿》：元代钟嗣成著，共二卷。书中载金到元中期以前的杂剧和散曲作家的小传和作品目录，包括作家152人，作品名目458种。明初作家贾仲明在其基础上再作增补，编成《续录鬼簿》。它是中国戏曲史上现存的第一部重要文献。

②钟嗣成（约1330年前后在世）：元戏曲家，字继先，号丑斋，汴梁（今河南开封）人。累试不第，因此专力于戏剧，以布衣终。作《录鬼簿》二卷以寄意。著有《丑斋乐府》，另有杂剧七种都已经失传。

③屈伸：弯曲与伸展。

④顺受其正：即正命而死，寿终正寝。岩墙：高耸险峻的墙，代指牢狱。桎梏：镣铐。

⑤酒罂（yīng）：盛酒器具。饭囊：盛饭的袋子。代指无所用处只知吃喝的人。

⑥暴弃：自暴自弃，自甘堕落。

⑦块然之鬼：无知无觉的鬼。愈：胜，较好。

⑧特一间：只相差无几。

⑨著在方册：记录在典籍、史册。

⑩劫：佛家将天地的形成到毁灭称为一劫。

⑪不振：不高。

⑫吊以乐章：《录鬼簿》中，在其中十八位已亡作家的小传后附有《凌波仙》挽词。乐章，散曲。

⑬前乎此者：指前辈杂剧作家。

⑭性理之学：指宋代理学。

⑮啖蛤蜊：《南史·王融传》载，王融在王僧祐家遇见沈昭略。昭略问僧祐："是何年少？"王融不平，说自己如日"照耀天下，谁

人不知，而卿此问？"昭略说："不知许事，且食蛤蜊。"这里指不管别人的评论，且保持我们的爱好。

⑯古汴：古代的汴州，元代称汴梁，即今河南开封市。

【赏读】

钟嗣成是元代一位颇有成就的杂剧作家，一生坎坷，怀才不遇，撰写《录鬼簿》来寄托自己的情志。本文是他为自己著作所写的自序，他怀着对世事不平的强烈愤激和对杂剧事业的满腔热忱，将冷嘲热讽和热情颂扬结合起来，铸就了这篇精品。

钟嗣成认为，已故的前辈作家固然身死为鬼，而生活在鬼蜮横行的当代黑暗社会的同辈作家也是"未死之鬼"，因此他给这部录载已死及未死元代曲家生平和剧作的书取名《录鬼簿》，围绕"鬼"字大做文章。先引用孟子的话，说人只要顺应命运和死生变化的规律，就不会招致厄运，岂知这位先圣的名言并不适用于当今的实际。"人之生斯世也，但知以已死者为鬼，而未知未死者亦鬼也"，作者认为世界上存在着很多虽生犹死的人。笔锋辛辣地指向那些醉生梦死的酒囊饭袋和满口仁义道德却无所作为的假道学家，与那些虽死犹生的有成就的曲家相比，这些人可以说是"未死之鬼"。前后对照，表达了对地位低贱不为流俗认同的杂剧作家的赞颂，因为他们的精神将随着他们的作品千古不朽。

接着作者说明著书的用意，一方面是使曲坛"已死未死之鬼，作不死之鬼，得以传远"，让他们的作品和人格与山川同在，与日月同辉；另一方面是希望后学之士能够继承并光大杂剧事业。正是对杂剧事业崇高的责任感和自豪感，让钟嗣成无所顾忌，既唱出了心灵的颂歌，同时向社会投去一把锋利的匕首。在那个时代，坚持自己的理想与追求，实在是很不容易的，我们不得不报以含泪的敬意。

跋《张孟兼①文稿序》后 宋　濂②

濂之友御史中丞刘基伯温③负气甚豪，恒不可一世士，常以倔强④书生自命。一日侍上⑤于谨身殿，偶以文学之臣为问，伯温对曰："当今文章第一，舆论所属，实在翰林学士臣濂，华夷无间言者。次即臣基，不敢他有所让。又次即太常丞孟兼。孟兼才甚俊而奇气烨然⑥。"既退，往往以此语诸人，自以为确论。呜呼，伯温过矣！濂以无根葩泽⑦之文，何敢先伯温？今伯温之言若此，其果可信邪？否邪？纵使伯温非谬为推让者，才之优劣，濂岂不自知邪？伯温诚过矣。唯言孟兼才之与气，则名称其实尔。今观所造《孟兼文稿序》，嘉⑧其语粹而辞达，他日必耀前而光后，其惓惓⑨犹前意也。

伯温作土中人将二载，俯仰今古，不能不慨然兴怀。孟兼请濂题识序后，因书伯温昔日之言，以表吾愧。操觚⑩之时，泪落纸上。洪武十年三月二十五日。

《宋学士文集》

【注释】

①张孟兼：张丁，字孟兼，浦江人。生卒年不详。约元顺帝至正十年（1350）前后在世。洪武初，征为国子监学录，参与编修《元史》。与刘基、宋濂并称明初三大家。

②宋濂（1310～1381）：字景濂，浦江人。幼即聪颖，问学于吴莱、黄溍。明初，除江南儒学提举。修《元史》，官至翰林学士

承旨知制诰。以老致仕。后因长孙宋慎犯法，举家谪茂州，道中遇疾卒。后追谥"文宪"。为明初三大家之一，有《宋学士集》三十六卷。

③刘基（1311~1375）：字伯温，青田（今属浙江）人。为明初开国功臣，授太史令，累迁御史中丞，封诚意伯。以弘文馆学士致仕。性刚嫉恶，为宰相胡惟庸诬构，忧愤卒。有《诚意伯文集》。

④倔强：刚强不屈。

⑤侍上：侍奉皇上，指明太祖朱元璋。

⑥烨然：发光而盛大的样子。

⑦无根葩泽：没有根底，花朵没有光泽。宋濂自谦其文章浅薄没有深厚修养。

⑧嘉：赞赏。

⑨惓（quán）惓：情意恳切。

⑩操觚（gū）：指写文章。觚，古代写字的木简。

【赏读】

本文是一篇文集序后的题跋，体制较为独特，一般来说若非有不得不言的话，是不会来画蛇添足的。

宋濂与刘基、张孟兼并称明初散文三大家，《四库提要》认为宋文"雍容浑穆，如天闲良骥，鱼鱼雅雅，自中节度"，刘文则"神锋四出，如千金骏足，飞腾飘瞥，蓦间驻坡"。确实如此。但是宋濂的这篇小跋，却写得轻盈委婉，情深意切。先叙述刘基当年与朱元璋讨论当今文章的一段话，引出明初三大家的排名情况，这应该是刘基的中肯之言，但是宋濂由此生发。第一层意思说伯温的话不正确，自己的无根葩泽之文实在难当第一的位置；第二层意思说伯温文章实超过自己，堪称第一；第三层意思说，伯温对孟兼的评价"才甚俊而奇气烨然"是切当的，并赞赏说其文"语粹而辞达，他日必耀前而光后"。

　　结尾,突然一转,说伯温去世已经两年了,他的话犹在耳际,想起来不免泪落纸上,因此在孟兼文集序后记下伯温的话,"以表吾愧"。这样的文字,堪称奇特,在中规中矩的叙述中,蕴藏着一段文人之间惺惺相惜的拳拳深情,平和谦逊的表述中又含有对友人著作的真诚赞誉,可谓浑厚敦睦,气象雍容,典型地表现了明初散文的特点。

跋《眉庵记》后　高 启①

　　右嘉陵杨君②《眉庵记》。谓眉无用于人之身,故取以自号。夫女之美者,众嫉其蛾眉;士之贤者,人慕其眉宇。而不及口鼻耳目,则眉岂轻于众体哉!盖众体皆有役③,眉安于其上,虽无有为之事,而实瞻望之所趋焉,其有类乎君子者矣。世方以仆仆④为忠,察察⑤为智,安重而为国之望者⑥,则以为无用。杨君亦有感于是欤?读之为之太息。

《高太史凫藻集》

【注释】

①高启(1336~1374):字季迪,长洲(今江苏苏州)人。警敏有文武才,博学工诗,精于史学。家于北郭,与王行辈十人,卜居相近,号"北郭十友",又号"吴中十才子"。张士诚据吴,名士纷纷依附,独高启隐居吴淞之青丘,号青丘子。洪武初授编修,参编《元史》,累官户部侍郎。高启的诗歌善模仿,但浑涵雄健,自成一家。著有《大全集》《凫藻集》等。

②嘉陵杨君:明初诗人杨基,字孟载,号眉庵。嘉陵定州(今四川乐山)人。生长吴中,与高启同为"吴中四杰"之一。

③役:任务。

④仆仆:劳顿,勤勉。

⑤察察:明白、洞察。此句意谓洞察小事而自以为精明。

⑥国之望者:一国之所瞩望的人。

【赏读】

　　杨基是明初著名诗人，幼年时期就聪颖绝人，九岁能诵六经，著书十万言。但是，一生遭际却非常坎坷。他自号眉庵，以眉无用于身，借以自嘲，实际上是寄寓心中的愤激不平。高启深知友人的苦闷，因此大谈眉的功用，说美女遭到嫉妒，是"众嫉其蛾眉"，贤士受到敬仰是"人慕其眉宇"。又说眉居于身体的上端，虽看似无用，实际上是瞻望之所趋，有类乎君子。既而再进一层，说那些忠诚勤恳、洞察精微，为一国所敬重的人，实际上也多是处于无用的境地。既然如此，杨君自不必悲愤，只要身心俱为君子就足够了！在短小的篇幅里，有慰勉，有讥刺，有慨叹，有愤懑，通篇给人清爽隽永的韵味。

《抄代集》小序　徐　渭[①]

古人为文章,鲜有代人者。盖能文者非显则隐,显者贵,求之不得,况令其代;隐者高,得之无由,亦安能使之代?

渭于文不幸若马耕[②]耳,而处于不显不隐之间,故人得而代之,在渭亦不能避其代。又今制用时义[③],以故业举得官者,类[④]不为古文词,即有为之者,而其所赠贺启之礼,乃百倍于古,其势不得不取诸代。而代者必士之微而非隐者也。故于代可以观人,可以考世。

《徐渭集》

【注释】

①徐渭(1521~1593):明代文学家、书画家,字文长,号天池山人、青藤道人。浙江山阴(今绍兴)人。二十岁为诸生,后屡试不第。其诗歌奇恣,文亦纵肆。在文学批评方面,强调独创,反对模拟,其杂剧代表作《四声猿》嬉笑怒骂,长歌当哭,表现了他狂放不羁的性格和愤世嫉俗的叛逆精神。

②马耕:耕田一般用牛,有谚语:无牛马来耕。比喻代人"写文章"。

③时义:对时政的见解,旧时铨试官员的项目之一。

④类:皆,大抵。

【赏读】

《抄代集》是徐渭在狱中将自己为别人所写的文章编成的集子。

这些代作的文章，上至他的幕主东南抗倭总督胡宗宪给皇帝的奏章，下至地方绅士扫墓的祭文，种类繁多，数量庞大。对徐渭来说，这是他养家糊口的谋生手段。

　　代人作文，实际上包含了作者的辛酸与无奈。因为古人能文者很少代别人作文，能文者要么是显官达士，要么是岩间林下的隐士，前者不需代，后者难找寻，当然也无法使之代。但是当今之世则不同，科举取士，考的是时文时义，不需要多少才能，而有才能的人又未必符合规矩，于是造成学习传统古文词与专习科举时文两种情况。加上各种社交场合对各类应用文章需求量大增，做官的人要么不善为文，要么无暇作文，因此请人代作形成了一定的市场。像徐渭这样文才绝世却不遇于时者大有人在，只得替他人做嫁衣裳，像马代牛耕一样，赚取一点营口之资。从抄代的世风中我们看到的是文人卑微低贱的悲剧命运。

《选古今南北剧》①序 徐 渭

　　人生堕地,便为情使②。聚沙③作戏,拈叶止啼④,情昉⑤此已。迨终身涉境触事,夷拂悲愉⑥,发为诗文骚赋,璀璨伟丽,令人读之喜而颐解⑦,愤而眦裂⑧,哀而鼻酸,恍若与其人即席挥麈⑨,嬉笑悼唁于数千百载之上,无他,摹情弥真则动人弥易,传世亦弥远,而南北剧为甚。

　　渔猎之暇,曾评订崔张传奇⑩,予差快心,亦差挂好事者齿颊。已而旁及诸家,随手札录,都无标目,亦无诠次,间忘所自出。总之此技唯元人擅场⑪,故予所取十七八,而近代十二三。非昭阳纨扇⑫,即滴博征衣⑬,非愁玉怨香,即驿梅河柳⑭,余并桂风萝月,岫幌云关⑮,邯郸枕畔⑯,婺州角上语,实炎燸⑰中一服清凉散也。日久渐次成帙,酒酣耳热,辄取如意打唾壶,呜呜而歌,少抒胸中忧生失路之感。聊便抽阅,犹贤博弈,匪欲传之词林,乃余岑寂时良友云尔。

　　嗟嗟!回文锦、《白头吟》、《断肠诗》、《胡笳十八拍》⑱,未易更仆数⑲。情之所钟,宁独在我辈!且孟才人歌《何满子》⑳罢,脉者谓肠已断不可复药。情之于人甚矣哉!颠毛种种㉑,尚作有情痴,大方之家能无揶揄?爰缀数语,以志予过。秦田水月㉒谩题。

《徐渭集》

【注释】

　　①《选古今南北剧》:徐渭在明代万历(1573~1620)前期,

即在他五十岁后的晚年研究南北杂剧，自己编选的一本杂剧选集，主要体现他重情尚真的戏剧观念。他的这种文学思想对晚明文学艺术风气的转变产生了很大的影响。

②情使：感情的使者。

③聚沙：《法华经·方便品》："乃至童子戏，聚沙为佛塔；如是诸人等，皆已成佛道。"原喻积小节成大行，此借指年幼天真无邪的游戏。

④拈叶止啼：《涅槃经·二十》说，以杨树的黄叶为金，给小儿以止其啼，譬佛说天上之乐果以止人间之众恶。

⑤昉（fǎng）：原意为日初明，此指起始。

⑥夷拂：平息灭掉，此意指平静地对待人生的悲欢离合。

⑦颐解：即解颐，指开怀欢笑。

⑧眦裂：形容怒不可遏的样子。

⑨挥麈（zhǔ）：晋人喜清谈，常常挥动麈尾以为谈资，后来称谈论为挥麈。

⑩崔张传奇：指王实甫《西厢记》杂剧，作品中主要人物为崔莺莺和张生。徐渭曾作《西厢记序》，提出"贱相色，重本色"的观点。

⑪擅场：本指专据一场，后指在某方面有特长。

⑫昭阳纨扇：谓宫嫔失宠，深宫怨情。王昌龄《长信秋词》："玉颜不及寒鸦色，犹带昭阳日影来。"昭阳，汉宫殿名，成帝、赵飞燕居处，后代指宫嫔居所。

⑬滴博征衣：谓将士戍边，沙场征战。滴博，滴博岭，在今四川理县西境。杜甫《奉和严郑公军中早秋》诗："已收滴博云中戍，欲夺蓬婆雪外城。"

⑭驿梅河柳：谓宦游羁旅，折柳告别。宋代田赐《叠嶂楼赋》："驿梅江柳，动游宦之芳怀；凤观露台，起高明之逸意。"

⑮岫幌云关：宋代范成大《偃月泉》诗："我欲今年来结夏，莫启岫幌掩云关。"岫幌，指山洞居室的窗户。云关，云雾笼罩的关隘。

⑯邯郸枕畔：谓神仙道化。唐代沈既济《枕中记》写卢生在邯郸客店中于梦境享尽荣华富贵，醒来黄粱米饭尚未熟，因有所悟。

⑰炎熇（hè）：炎热。

⑱回文锦：《晋书·列女传》载，窦滔因罪被戍流沙，其妻苏惠织锦为《回文璇玑图诗》以寄相思。《白头吟》：《西京杂记》载，西汉司马相如将聘茂陵女为妾，其妻卓文君作《白头吟》以示决绝。《断肠诗》：南宋钱塘女子朱淑真，因自伤身世，其诗其词以"断肠"命名，有《断肠词》《断肠诗》传世。《胡笳十八拍》：乐府《琴曲》歌词名，相传为东汉蔡文姬作。写她为乱军所掳，流入南匈奴，后又归汉，与亲子分别的悲惨遭遇和矛盾心情。

⑲仆数：一一详加论列。

⑳孟才人歌《何满子》：唐武宗时，孟才人善于唱歌，常在武宗前唱《何满子》一曲，声调凄切，闻者莫不流涕。

㉑颠毛种种：颠毛，头顶上的毛发。种种，短也。《左传·昭公三年》："余发如此种种，余奚能为？"谓人衰老，已经不能有所作为。

㉒秦田水月：徐渭晚年自号。

【赏读】

徐渭是明代中期最具个性的诗人兼杂剧作家，他全部创作的指导思想是崇尚率性自然的真情表达。他晚年潜心杂剧的创作与研究。在杂剧创作方面，他的代表作为《四声猿》，包括《渔阳弄》《雌木兰》《女状元》《翠乡梦》，嬉笑怒骂，长歌当哭，表现了狂放不羁的性格和愤世嫉俗的叛逆精神。在杂剧研究方面，他编选了《选古今南北剧》这部著名的杂剧选本。这篇序文集中表现了徐渭的戏剧思想。

徐渭认为人是为情而生的，自从呱呱坠地，就是情感的使者。从聚沙游戏、拈叶止哭，就开始了情感历程，到了终身涉境触事、历尽人生悲欢离合之后，心境也趋于平静，将自己对人生的真切感悟写成诗文骚赋，就成为璀璨伟丽的艺术佳构，变为能够让人笑让人哭让人悲愤的载体，引起千百年后人们的情感共鸣。究其原因就是因为长歌当哭的呕心沥血之作中包含了作者的一片痴情，往往情感越真，流传得就越远，感动人心也越深。在众多的文学作品类型中，徐渭认为杂剧在表达感情方面最为突出。而在众多的杂剧作品中，又算元人作品最好，因为元代文人，地位低下，又遭遇蒙古统治者民族政策的迫害，没有任何政治仕宦的前途，绝地惊天的才华，无处发泄，只能寄托于杂剧之中，都是真情的自然流露。所以，徐渭选取十分之七八的作品都是元人创作的。这些作品内容丰富，或写真挚的相思爱恋，或写深宫怨妇的哀情，或写戍边将士的壮怀，或写宦游羁旅的悲酸，或写隐居求仙的乐趣，或写对世情俗虑的感悟，总之都是毫无掩饰的心灵自白。读这样的作品，不啻是炎热夏季的一服清凉剂，更是寂寞孤独时的良师益友。酒酣耳热之际，一边手持玉如意敲击唾壶，一边呜呜而歌，仿佛能减却些许人生悲愤带来的痛苦，这些作品又成为治病疗伤的良药。

最后，徐渭认为："情之所钟，宁独在我辈！"自己虽然两鬓斑白，但心里还是流淌着一片痴情。即使遭到大方之家的嘲笑，也毫不在意。这里袒露的是他对人生、对文学、对情感的一片赤子之心，也是徐渭留给后人的珍贵遗产。

书《草玄堂稿》后① 徐 渭

始女子之来嫁于婿家也,朱之粉之,倩之颦之②,步不敢越裾,语不敢见齿,不如是,则以为非女子态也。迨数十年,长子孙而近妪姥,于是黜朱粉,罢倩颦,横步③之所加,莫非问耕织于奴婢,横口之所语,莫非呼鸡豕于圈槽,甚至龋齿而笑④,蓬首而搔,盖回视向之所谓态者,真赧然以为妆缀取怜、矫真饰伪之物。而娣姒⑤者犹望其宛宛嘤嘤⑥也,不亦可叹也哉?渭之学为诗也,矜于昔⑦而颓且放于今也,颇有类于是,其为娣姒哂也多矣。今校郦君之诗,而恍然契⑧,肃然敛容焉,盖真得先我而老之娣姒矣。

《徐渭集》

【注释】

①《草玄堂稿》:郦琥,字玉仲,曾为绩溪主簿,是徐渭的朋友。他的诗集为《草玄堂稿》,徐渭曾在万历五年(1577)为其作序,这篇是后来写的跋文。

②倩:笑。颦:忧愁。

③横步:大步,快步,自由肆意行走。与下文"横口"都是不再节制、肆意而为的意思。

④龋齿而笑:缺着牙齿而笑,指毫不掩饰。

⑤娣姒:兄妻为姒,弟妻为娣。

⑥宛宛嘤嘤:形容姿态优美。

⑦矜于昔：昔日为诗多顾忌，显得拘谨。
⑧契：合。

【赏读】

　　《草玄堂稿》是徐渭好友郦玉仲的诗集。郦玉仲也是独立于七子模拟诗派之外，能够独树一帜，追求情感自由表达、风格真率自然的诗人。徐渭在《郦绩溪和诗序》中将郦玉仲和苏辙的四百多首诗与苏轼晚年和陶渊明的一百多首诗进行类比，认为都是不求胜人而求自适其趣的作品，不屑于计较工拙，只求表达嬉游傲睨的人生意态。在万历五年所作的《草玄堂稿序》中，徐渭提出了诗与理的关系问题，认为"理可以兼诗，徒轨于诗，未可以言理"，即诗歌应该在"真卒写情，浑然天成"中自然表现儒家的纲常伦理，而不应该是卫道的工具，并认为《草玄堂稿》是真正的诗。

　　这篇后来写的跋文，是徐渭一贯的文学思想的继续，运用通俗易懂的比喻，再次强调抒写性情处处本色的艺术观。他以女子意态前后变化为例：年轻时施朱抹粉，顾盼笑颦，都是谨小慎微，生怕因为不合闺秀规范遭到别人的指责。数十年后，儿孙已经成群，就表现出自由不受拘束的本来面目，不再计较束缚人性的所谓规范，她会缺着牙齿肆意大笑，蓬首搔发，也会横步快行，横口快语，呼鸡猪于圈槽，问耕织于奴婢，完全展露本真性情，返视年轻时的作为倒成了矫真饰伪、妆缀取怜了。这一认识是具有飞跃性质的，是摆脱束缚走向心灵自由的标志。诗人作诗也是如此，由青年到老年，都会经历一个由严守规范创作到自由放笔抒写的过程，郦玉仲的诗歌就经历了从卫道到言情的跨越，而徐渭自己的创作也是"矜于昔而颇且放于今"，这是艺术由必然王国走向自由王国的规律。徐渭以一种轻松幽默的笔调，通过人情物态的真切描绘，妙趣横生地说出了艺术的真谛，确实给人一种启迪。

题青藤道士七十小像① 徐 渭

吾年十岁植青藤,吾今稀年花甲藤②。
写图寿藤寿吾寿,他年吾古不朽藤。
正德辛卯③岁吾年十岁,手植青藤一本于天池之旁,迄今万历庚寅④,吾年政七十矣,此藤亦六十年之物。流光荏苒,两鬓如霜;是藤大若虬松⑤,绿荫如盖。今治此图,寿藤亦寿吾也。田水月又题。

《徐渭集》

【注释】

①此文作于万历十八年(1590),家居,作青藤图而题跋。
②稀年:七十岁称古稀之年,徐渭年届七十。花甲:六十岁叫花甲。此指青藤年届六十。
③正德辛卯:应为"嘉靖辛卯",即嘉靖十年(1531)。
④万历庚寅:万历十八年。
⑤虬松:枝干弯曲、遒劲苍老的松树。

【赏读】

青藤道士是徐渭晚年的自号。这篇小跋可以说是诗书画三绝:图画上有一株已过六十花甲的青藤,干枝弯曲遒劲,像苍松一样,枝繁叶茂,绿荫如盖,虽年高而青春正盛,大有万年长青的架势。而自己则随着时光的流逝,已经红颜不再、两鬓如霜了,两相对比,令人感慨,大有"树犹如此,人何以堪"的悲叹。还有绝句诗一首,十岁时植青藤一株,如今已历六十年的风霜雨雪,一个古稀老人为花甲青藤祝寿,而青藤也以青葱的翠绿为老人祝寿。想象自己百年之后会作古,而青藤却会千古不朽。可以说徐渭赋予青藤以生命,青藤则回赠徐渭以不朽的精神。

世间哪里还能找到这样绝妙的文字与书画?徐渭的小品总让人在满怀的慨叹中产生美妙的遐想,因为字里行间流淌的是对生命的珍重和对人生的执著与眷恋。

题自书杜拾遗诗后　徐　渭

余读书卧龙山①之巅，每于风雨晦暝时，辄呼杜甫。嗟乎，唐以诗赋取士，如李、杜者不得举进士；元以曲取士，而迄今啧啧②于人口如王实甫③者，终不得进士之举。然青莲以《清平调》三绝宠遇明皇④，实甫见知于花拖⑤而荣耀当世；彼拾遗⑥者一见而辄阻，仅博得早朝诗几首而已，余俱悲歌慷慨，苦不胜述。为录其诗三首，见吾两人之遇，异世同轨，谁谓古今人不相及哉！

《徐渭集》

【注释】

①卧龙山：旧名种山，越大夫文种所葬处。徐渭常游此山。

②啧啧：称赞不已。

③王实甫：著名戏曲作家，代表作《西厢记》。

④"然青莲"句：据唐代韦睿《松窗录》载，唐玄宗和太真妃在兴庆宫沉香亭观赏牡丹，把李白召入，即席赋《清平调》三首，由著名歌手李龟年当场演唱，太真妃非常高兴，明皇因此重赏李白。

⑤实甫见知于花拖：王实甫曾受到花拖赏识、推崇。花拖，蒙古贵族。

⑥拾遗：安禄山军陷长安时，杜甫逃至凤翔，谒见肃宗，拜官左拾遗。后因上疏救房琯，触怒肃宗，出为华州司功参军。

【赏读】

"怅望千秋一洒泪，萧条异代不同时。"这是杜甫追怀宋玉的诗句，他绝对没有想到，八百多年后，会被一个叫徐渭的诗人以同样的方式怀念。徐渭对杜甫的同情与追念，是建立在对杜甫人生境遇深刻理解基础上的，因为徐渭自己的遭际相似而与杜甫发生了共鸣。为杜甫鸣冤叫屈，实际上也是为自己鸣不平。杜甫诗才盖世，却没有在以诗取士的唐代弄到一官半职，好容易见到皇帝又遭到疑忌，从此终生不达。相比起来，李白还能凭借三首《清平调》得到皇帝的青睐，王实甫也能凭借花拖的推崇而荣耀当世，只有杜甫不得不颠沛流离以致客死他乡！由于心灵的共鸣，每当风雨如晦之时，在卧龙山巅，总会听到徐渭高声吟诵杜甫的诗篇，这是一种怎样的情境！一时间，杜甫的诗歌穿越了八百年的时空，在悲壮苍凉的吟唱中重新诠释着生命的价值，以一种不屈的抗争精神在叩问着苍茫的大地和深邃的苍穹！

《茶董》①小序　陈继儒②

范希文云:"万象森罗中,安知无茶星?"余以茶星名馆,每与客茗战③,自谓独饮得茶神,两三人得茶趣,七八人乃施茶耳。新泉活火,老坡窥见此中三昧④,然云出磨,则屑饼作团矣⑤。黄鲁直去芎用盐,去桔用姜⑥,转于点茶全无交涉。今旗枪⑦标格天然,色香映发,芥为冠,他山辅之,恨苏、黄不及见,若陆季疵⑧复生,忍作毁茶论乎?江阴夏茂卿⑨叙酒,其言甚豪,予笑曰:"觞政不纲,曲蘖分愬,诋呵监史,倒置章程,击斗覆觚,几于腐胁,何如隐囊纱帽,倏然林涧之间,摘露芽,煮云腴,一洗百年尘土胃耶?醉乡网禁疏阔,豪士升堂,酒肉伧父,亦往往拥盾排闼而入。茶则反是。周有《酒诰》,汉三人聚饮,罚金有律,五代东都有曲禁,犯者族,而于茶,独无后言。吾朝九大塞著为令,铢两茶不得出关⑩,正恐滥觞于胡虏耳,盖茶有不辱之节如此。热肠如沸,茶不胜酒;幽韵如云,酒不胜茶。酒类侠,茶类隐。酒固道广,茶亦德素。茂卿,酒之董狐也,试以我言平章之,孰胜?"茂卿曰:"诺。"于是退而作《茶董》。

《媚幽阁文娱》

【注释】

①《茶董》:陈继儒所写的关于茶史的书。取名"茶董",是模仿"史董","董"指春秋时期建立了史书惩恶扬善、刚正不阿、秉

笔直书、不虚美不隐恶优良传统的著名的史学家董狐，陈继儒也要学习董狐秉笔直书为茶写历史。董氏著书是为救世，而陈氏则是为了怡情。

②陈继儒（1558～1639）：字仲醇，号眉公，又号麋公，松江华亭（今上海松江）人。晚年隐居昆山之阳，杜门著述。工诗善文，短翰小词，皆极风致，书法苏轼、米芾，兼能绘事，名重一时。一生著述丰富，有《眉公十集》《岩栖幽事》《书画史》《古今韵史》《佘山诗话》等三十多种。

③茗战：品茗斗茶，议论茶道、茶品、茶艺。

④"新泉"二句：苏轼《汲江煎茶》诗："活水还须活火烹，自临钓石取深清。"其《试院煎茶》："李生好客手自煎，贵从活火发新泉。"意谓东坡深得煮茶的奥秘。

⑤"然云"二句：古代茶制成圆饼状，烹煮前需要捣碎磨成粉，再水煮饮用。

⑥"黄鲁直"二句：黄庭坚饮茶时不用川芎和橘皮，改用少量食盐和生姜，使茶的味道清香中带一丝咸辣味。

⑦旗枪：为虎丘名茶，王仲山有《虎丘茗碗旗枪图叙》。

⑧陆季疵：即陆平泉，有《茶寮记》。

⑨夏茂卿：陈继儒同时人，曾叙《酒颠》，弘扬酒道。

⑩明代有法令，茶叶不准出关到西域进行交易。

【赏读】

《茶董》是陈继儒以史家的眼光和笔法为茶文化撰写的历史，对茶品作了高度的赞美。这篇小序颇能看出陈继儒对饮茶、品茶、颂茶的一些观点，也表现了他这位隐于深山闭门著书的雅士的情怀。

陈继儒认为浩繁的星空应该也有茶星，因此将自家的茶室命名为"茶星馆"。长期与志同道合的客人饮茗斗茶，使他认识到一人饮茶能独得茶之神韵，凉台静室，窗明几净，竹月松风，岚烟轻绕，此时轻啜一盏芳茗，那真个是神超意逸，通身清香彻透、沁人心脾啊！如果两三个好友，在三五良宵，围坐于明月松荫，静听山泉鸣琴，此时此际，品茗论茶，真得茶之奇趣。如果七八人一起饮茶，那就成了施舍茶水，人声乱聒，毫无趣味。陈继儒是非常向往茶神和茶趣的，表现出他隐士的雅趣。

茶与酒相比，更能见茶的品性。中国古代最发达的是酒文化，夏茂卿叙酒颠，为东方朔、郦生、刘伶等人策勋叙爵，大肆吹嘘酒德，但是历代的禁酒令也是相当严厉的，《尚书》中有《酒诰》，扬雄有《酒箴》，曹操有酒禁，五代有曲禁，好酒者被称为酒徒、酒鬼、酒囊饭袋、酒肉伧父，恶之已极。可以说酒有双向性，人们对它总是爱恨参半。而茶则不然，它可以止渴，可以清心，可以待客当酒，也可以涤除心中的烦虑。自唐陆羽著《茶经》，宋代蔡襄撰《茶录》，清代陆廷灿写《续茶经》，品茶、煮茶、茶器的讲究，已经形成了蔚为大观的茶文化。历代都没有因为饮茶而获责罚的例子，明代禁止茶叶流传西域，陈继儒认为是怕茶叶流传给了胡虏而丧失了节操。

最后，陈继儒得出结论："热肠如沸，茶不胜酒；幽韵如云，酒不胜茶。酒类侠，茶类隐。酒固道广，茶亦德素。"

《酒颠》^①小序   陈继儒

　　夏茂卿撰《酒颠》，侈引东方、郦生、毕卓、刘伶诸人^②，以策酒勋，辩^③哉无以应矣。予不饮酒，即饮未能胜一蕉叶^④，然颇谙酒中风味。大约太醉近昏，太醒近散，非醉非醒，如憨婴儿^⑤。胸中浩浩，如太空无纤云，万里无寸草，华胥^⑥无国，混沌无谱，梦觉半颠，不颠亦半，此真酒徒也。毕忘盗，未忘瓮^⑦；刘忘埋，未忘锸^⑧。俗人治生，道人学死，圣人之教，生荣而死哀，是皆犹有生死耳。然则将何如，乐天^⑨不云乎"吾尝终日不食，终夜不寝，以思无益，不如且饮"。

《媚幽阁文娱》

【注释】

①《酒颠》：明代夏茂卿所撰的歌颂酒徒酒德的著作。

②侈：多。东方：即东方朔，西汉文学家，性格诙谐，爱好喝酒。郦生：即郦食其，秦朝陈留高阳人（今属河南开封）。生平嗜酒，自称高阳酒徒。毕卓：东晋官员，一生饮酒自乐，最终因饮酒而废职。曾言："右手持酒杯，左手持蟹螯，拍浮酒船中，便足了一生矣！"刘伶：西晋人，"竹林七贤"之一。平生嗜酒，曾作《酒德颂》，宣扬老庄思想和纵酒放诞之情趣。

③辩：理由充足，雄辩。

④一蕉叶：形容很少的量。

⑤憨婴儿：憨厚、淳朴、天真的孩子。

⑥华胥：《列子》载：黄帝即位十五年后，做梦到华胥国，那里没有君主，无利无害，不知乐生，不知恶死，一切都是最淳朴的自然状态。后来就用"华胥国"指代美好的梦境。

⑦毕忘盗，未忘瓮：《晋书·毕卓传》载，吏部侍郎毕卓，性情放达，嗜酒，曾入邻舍瓮间偷饮，被缚，被释后又与主人宴饮于瓮侧，醉了才离开。

⑧刘忘埋，未忘锸：《晋书·刘伶传》载，刘伶嗜酒，不以家产有无为念，常乘鹿车，携一壶酒，使人荷锸随之，说："死便埋我。"

⑨乐天：唐代诗人白居易，字乐天。

【赏读】

《酒颠》罗列了大量的酒徒，并对他们策勋进爵，非常雄辩，让人不得不信服。实际上，陈继儒对酒颇有微词，在他心中酒不如茶，但是他对饮酒却自有一番见解。他认为非醉非醒，半醉半醒，进入无生死、忘荣辱的境界，才是真正的杯中乾坤。他说，太醉就会昏天黑地，不知所在了，太醒则会散漫无依，只有非醉非醒才会憨厚纯真得像婴儿，胸中浩瀚无际，像万里长空无一丝云彩，像苍茫大地没有一寸草木，进入华胥梦乡，混沌汪茫，半梦半醒，半醒半颠，这才是真正的酒徒。像毕卓偷盗还惦记着酒瓮，刘伶忘记埋葬自己却不忘带锸，都是没有完全忘却世事的表现，不能算真正的酒徒。

《牡丹亭》题词 陈继儒

吾朝杨用修①长于论词,而不娴于造曲。徐天池②《四声猿》能排突元人,长于北而又不长于南。独汤临川最称当行本色③。以《花间》《兰畹》④之余彩,创为《牡丹亭》,则翻空转换极矣。一经王山阴⑤批评,拨动髑髅之根尘⑥,提出傀儡之啼笑,关汉卿、高则诚曾遇如此知音否⑦?张新建⑧相国尝语汤临川云:"以君之辩才,握麈而登皋比⑨,何讵出濂、洛、关、闽⑩下?而逗漏于碧箫红牙队间⑪,将无为'青青子衿'⑫所笑?"临川曰:"某与吾师终日共讲学,而人不解也。师讲性,某讲情。"张公无以应。夫乾坤首载乎《易》⑬,郑卫不删于《诗》⑭,非情也乎哉!不若临川老人,括男女之思而托之于梦。梦觉索梦,梦不可得,则至人⑮与愚人同矣;情觉索情,情不可得,则太上⑯与吾辈同矣。化梦还觉,化情归性,虽善谈名理者,其孰能于斯?张长公、次公⑰曰:"善!不作此观,大丈夫七尺腰领,毕竟鼋⑱杀五欲瓮中。"临川有灵,未免叫屈。

《媚幽阁文娱》

【注释】

①杨用修:明代文学家杨慎,字用修,号升庵,四川新都人。能诗、文、词、散曲,对民间文学也颇重视。著作多达百余种,有《升庵集》。

②徐天池:明代文学家、书画家徐渭,号天池山人。

③汤临川：明代戏曲作家汤显祖。当行本色：指作品既符合体裁特点而又自然精妙。

④《花间》《兰畹》：词集名。这里用指辞采浓艳之作。

⑤王山阴：明代文学家王思任，字季重，号谑庵，浙江山阴人，故称王山阴。他评论《牡丹亭》云："若士以为情者不可以论理，死不足尽情。百千往事，一死而止，则情莫有深于阿丽（指杜丽娘）者。"

⑥髑髅（dú lóu）之根尘：髑髅，即骷髅。佛教以眼、耳、鼻、舌、身、意为六根，色、声、香、味、触、法为六尘，合称尘根。六尘与六根相接而产生种种嗜欲，导致种种烦恼。此处根尘即指嗜欲和烦恼。

⑦关汉卿：元代著名杂剧家，有《窦娥冤》等剧作多种。高则诚：元末戏曲作家高明，代表作为《琵琶记》。

⑧张新建：指张位，字明成，新建人。著有《问奇集》《词林典故》《周易参同契注解》《闲云馆集钞》等。

⑨握麈（zhǔ）：魏晋士人清谈多执麈尾，这里指主持讲席谈论名理。皋比：虎皮的坐席，常用指学师的坐席。

⑩濂、洛、关、闽：指宋代盛行的理学派别。濂学代表人物周敦颐；洛学代表人物程颢、程颐；关学代表人物张载；闽学代表人物朱熹。

⑪逗漏：逗留。碧箫红牙队：指扮演戏曲的优伶。碧箫，指代箫管类乐器。红牙，调节乐曲节拍的拍板，多用檀木做成，红色，故名。

⑫青青子衿：《诗经·郑风·子衿》有"青青子衿，悠悠我心"句。《毛传》："青衿，青领也，学子所服。"用以指代学子、儒生。

⑬乾坤首载乎《易》：《周易》："乾坤者，万物之男女也；男女者，一物之乾坤也。"

⑭郑卫不删于《诗》：春秋时，郑、卫的民歌多写男女爱情。孔子编订《诗经》时，并未删除。

⑮至人：道德修养极高的人。

⑯太上：道教尊奉老子为太上老君。

⑰张长公、次公：指张瑞图兄弟。张瑞图，晋江人，字长公，万历进士，善画山水，工书。

⑱罨（yǎn）：捕鸟的网，此处是覆盖的意思。

【赏读】

　　《牡丹亭》是汤显祖的代表作，不仅艺术上有很高的造诣，而且内容上开启了晚明的新思潮。他构造一个奇特的美"梦"，编织了一幅深"情"的画卷，又用一个特大的"情"字，树立起一面与"理"相对立的鲜艳旗帜。剧中主人公杜丽娘在大自然美景的召唤下，朦胧的青春忽然觉醒，第一次发现了自己并且想拥有自己，一种强烈的感情，让她做了一个与封建礼教极不相合的美丽的梦，致使她因梦生情，情不能堪，终至于为情气绝身亡。只有这种"至情"才能摇撼封建礼教那强大而顽固的根基。汤显祖"以《花间》《兰畹》之余彩"刻画了杜丽娘勇敢叛逆者的形象，使闭锁禁锢于黑暗深渊里的年轻生命，从此勇敢地奔向梦境，奔向爱情，奔向热切向往的自由人生。《牡丹亭》是一部伟大的戏剧，它以清新活泼的情感之流，荡涤着"理性"污秽的残渣，开辟了一个尊重人性、尊重情感的新时代。

　　《牡丹亭》一问世，就得到一些文学家、理论家极高的评价。王思任认为只有"生可以死，死可以生"的"阿丽"才是"真情""至情"的化身，足以"拨动髑髅之根尘"。张岱也认为《牡丹亭》很好地把"奇"与"理"结合起来了，"灵奇高妙，已到极处"。然而真正使髑髅生肉、傀儡动情、临川相视而笑者，还是陈继儒的评论。他认为"化梦还觉，化情归性，虽善谈名理者，其孰能于斯"，即是说《牡丹亭》通过一个离奇的梦让人觉醒，又通过一片纯真的情，让人性复归，这是那些空谈名理的人，不可能也不敢梦想的。

《花史》题词 陈继儒

吾家田舍,在十字水中。数重花外,设土刿、竹床及三教书①。除见道人外,皆无益也。独生负花癖,每当二分②前后,日遣平头长须③移花种之。犯风露,废栉沐④。客笑曰:"眉道人命带桃花⑤。"余笑曰:"乃花带驲马星⑥耳。"幽居无事,欲辑《花史》,传示子孙,而不意吾友王仲遵⑦先之。其所撰《花史》二十四卷,皆古人韵事,当与农书、种树书并传。读此史者,老于花中,可以长世⑧;披荆畬砾,灌溉培植,皆有法度,可以经世⑨;谢卿相灌园⑩,又可以避世,可以玩世也。但飞而食肉⑪者,不略谙此味耳。

《媚幽阁文娱》

【注释】

①土刿:刿为"锉"字之误。土锉,土锅,即今之沙锅。三教书:指有关儒家和佛教、道教的书籍。

②二分:春分、秋分,为种花时节。

③平头长须:平头,头巾名,古代文官常服,同于庶人。又韩愈《寄卢仝》诗有"一奴长须不裹头"句。因以平头长须借指仆人。

④栉沐:梳头,洗浴。

⑤命带桃花:星相家以男女怀春为"命带桃花"。此处为调侃语,意思是说眉道人迷恋于种花。眉道人,指作者陈继儒,继儒号

眉公,又号眉道人。

⑥驲(rì)马星:即天后星,星相家认为此星主宜远行、赴任或移居。说花带驲马星,意思是注定是被移植、栽种的。

⑦王仲遵:明嘉兴人,名路,撰有《花史左编》。

⑧长世:长寿。

⑨经世:经邦济世。此说种植花木之术,可作为治理国家的借鉴。

⑩灌园:战国时齐人陈仲子,以其兄食禄万钟为不义,隐居于楚国于陵。楚王欲以为相,不就,与妻逃去,为人灌园。

⑪飞而食肉:古代相术中一种贵相,此处指钻营于官场。

【赏读】

这是陈继儒为友人王路的《花史》所撰的题词,借评价其书来表达自己迷恋种花赏花的闲逸隐居生活情趣。

陈继儒是一个爱花成癖的人,你看他的田舍在十字水中,周围有数重鲜花环绕着,中间架起土锅供烹茶品茗之用,又添设竹床可以随意休息,旁边随处堆放儒释道书籍,简直是一个桃花源般的世界。每年春分秋分时候,他都要派遣几个仆人移种花木,沐雨栉风,有时整日忙碌甚至忘记洗漱沐浴。别人笑他命带桃花,他却自嘲是花带驲马星,迫使他心甘情愿忙于移植、栽种花草。幽居无事,就想编辑《花史》,传给子孙。却不料友人的书先著成,辑录古人种花、爱花、赏花的韵事,简直和农书、种树书一样具有同等的价值。读这样的好书,老于花丛中,真正是天人合一。人花亲密无间,既可以延年益寿,也可以从浇灌培植花木的劳动中,汲取经世治国的经验,还可以学习古人隐居避世,当然更可以赏花玩世。古人梅妻鹤子绝非虚构,这个中情趣,绝不是钻营官场者所能够体会并理解的。

小修①诗序 袁宏道②

　　弟小修诗，散逸者多矣，存者仅此耳。余惧其复逸也，故刻之。弟少也慧，十岁余即著《黄山》《雪》二赋，几五千余言，虽不大佳，然刻画钉饾，傅以相如、太冲③之法，视今之文士矜重以垂不朽者，无以异也。然弟自厌薄之，弃去。顾独喜读老子、庄周、列御寇④诸家言，皆自作注疏，多言外趣，旁及西方之书⑤、教外⑥之语，备极研究。既长，胆量愈廓，识见愈朗，的然以豪杰自命，而欲与一世之豪杰为友。其视妻子之相聚，如鹿豕之与群而不相属也；其视乡里小儿，如牛马之尾行而不可与一日居也。泛舟西陵⑦，走马塞上，穷览燕、赵、齐、鲁、吴、越之地，足迹所至，几半天下，而诗文亦因之以日进。大都独抒性灵，不拘格套，非从自己胸臆流出，不肯下笔。有时情与境会，顷刻千言，如水东注，令人夺魂。其间有佳处，亦有疵处，佳处自不必言，即疵处亦多本色独造语。然予则极喜其疵处；而所谓佳者，尚不能不以粉饰蹈袭为恨，以为未能尽脱近代文人气习故也。

　　盖诗文至近代而卑极矣，文则必欲准于秦、汉，诗则必欲准于盛唐，剿袭模拟，影响步趋，见人有一语不相肖者，则共指以为野狐⑧外道。曾不知文准秦、汉矣，秦、汉人曷尝字字学《六经》⑨欤？诗准盛唐矣，盛唐人曷尝字字学汉、魏欤？秦、汉而学《六经》，岂复有秦、汉之文？盛唐而学汉、魏，岂复有盛唐之诗？唯夫代有升降，而法不相沿，各极其变，各穷其趣，所以可贵，原不可以优劣论也。且夫天下之物，孤行则必不可无，必不可无，虽欲废焉而不能；雷同则可以不有，可以不有，则虽欲存焉而不能。故吾谓今之诗文不传矣。其万一传者，或今闾阎妇人孺子所唱《擘破玉》《打草竿》⑩之类，犹是无闻无识真人所作，故多真声，不效颦于汉、魏，不学步于盛唐，任性而发，尚能通于人之喜怒哀乐嗜好情欲，是可喜也。

盖弟既不得志于时，多感慨；又性喜豪华，不安贫窘；爱念光景，不受寂寞。百金到手，顷刻都尽，故尝贫；而沉湎嬉戏，不知樽节，故尝病；贫复不任贫，病复不任病，故多愁。愁极则吟，故尝以贫病无聊之苦，发之于诗，每每若哭若骂，不胜其哀生失路之感。予读而悲之。大概情至之语，自能感人，是谓真诗，可传也。而或者犹以太露病之，曾不知情随境变，字逐情生，但恐不达，何露之有？且《离骚》一经，忿怼之极，党人偷乐⑪，众女谣诼⑫，不摅中情，信谗齌怒⑬，皆明示唾骂，安在所谓怨而伤者乎？穷愁之时，痛哭流涕，颠倒反复，不暇择音，怨矣，宁有不伤者？且燥湿异地，刚柔异性，若夫劲质而多怼，峭急而多露，是之谓楚风，又何疑焉！

《袁宏道集笺校》

【注释】

①小修：袁中道，字小修，湖广公安（今属湖北）人，万历进士，官南京吏部郎中，与兄宗道、宏道并称"三袁"，同以"公安派"著称。

②袁宏道（1568～1610）：字中郎，号石公，公安人。万历进士，官吏部侍郎。明代著名文学家，"公安派"创始人，与其兄袁

宗道、弟袁中道并称"公安三袁"。论文主张"独抒性灵，不拘格套"，反对前后七子模拟复古的主张。有《袁中郎全集》。

③相如：西汉文学家司马相如。太冲：西晋文学家左思，字太冲。两人所作大赋，都有铺张扬厉的特点。

④列御寇：即列子。相传为战国郑人。著《列子》一书，原书早佚，今本当为魏晋时人伪作。

⑤西方之书：指佛教典籍。

⑥教外：即外教，佛教称佛教以外的其他宗教为外教。

⑦西陵：西陵峡，长江三峡之一。

⑧野狐：《景德传灯录》载，有一修行人因错解禅语一个字，遂五百年堕在野狐身，后得百丈怀海禅师解说，始得大悟，脱野狐身。

⑨《六经》：指《诗》《书》《礼》《乐》《易》《春秋》六部儒家经典。

⑩《擘破玉》《打草竿》：明代万历年间流行的民歌曲调。

⑪党人偷乐：党人，旧指政治上结成朋党的人。偷，苟且。

⑫谣诼（zhuó）：造谣毁谤。

⑬"不揆"二句：屈原《离骚》："荃不揆余之中情兮，反信谗而齌怒。"说人君（楚怀王）不察我忠信之情，反信谗言而疾怒于我。齌（jì），炊火猛烈，引申为急疾。

【赏读】

"公安三袁"不只是具有血缘关系的亲兄弟，而且具有共同的兴趣爱好及文学创作主张。袁宏道为弟弟小修的诗集作序，不仅宣扬他们的创作观念，还饱含对弟弟才华的尽情赞赏，对其不幸遭遇的深挚同情。

袁小修命运最为不幸，直到四十多岁才考中举人，一生大部分时间在失意中度过。小修特立独行，他不埋头于时文八股，而喜读老庄、列子及西方外教的书籍，厌弃凡俗的琐屑生活，以豪杰自命，沉湎游戏，不知樽节，过着任性自适的生活。他虽然有缺点，但决不虚伪庸俗，这就使得他的作品具有"真人"的性情。这种性情，就是袁宏道称道的诗歌的内在生命，也是他高度赞赏小修诗歌的原因。

这篇诗集序表达了公安派的诗学观点。一是强调真情实感，独抒己见，反对矫饰雷同与形式上的束缚，即"独抒性灵，不拘格套"，反映了对文学作品思想内容与表现形式的要求。又进一步认为只要是至情的真实流露，甚至可以怒骂哀怨，这种看法是对传统儒家"温柔敦厚"诗教观念的突破，在明代后期具有呼唤人性解放、个性自由的作用。正是在这种观念指导下，他认为真诗一定在民间，因此对民歌《擘破玉》、《打草竿》等予以肯定。二是认为"代有升降，法不相沿"。即认为一个时代有一个时代的文学，且各有其特点，不能以是否与前代相合作为衡量作品优劣的标准。袁宏道指出，今人作诗文要求"文必秦汉，诗必盛唐"，可是如果秦汉一味模拟"六经"，盛唐如果一味模拟汉魏，岂能有现在流传的秦汉之文与盛唐之诗？这体现出一种文学进化观念，古未必全好，今未必尽差，关键在于有没有"本色独造"的新东西。这种进步的文学观，具有极高的价值。

《会心集》序[①] 袁宏道

世人所难得者唯趣。趣如山上之色、水中之味、花中之光、女中之态，虽善说者不能下一语，唯会心者知之。今之人慕趣之名，求趣之似，于是有辨说书画、涉猎古董以为清，寄意玄虚、脱迹尘纷以为远，又其下则有如苏州之烧香煮茶者。此等皆趣之皮毛，何关神情？夫趣得之自然者深，得之学问者浅。当其为童子也，不知有趣，然无往而非趣也。面无端容，目无定睛，口喃喃而欲语，足跳跃而不定，人生之至乐，真无逾于此时者。孟子所谓不失赤子[②]，老子所谓能婴儿[③]，盖指此也，趣之最上乘也。山林之人，无拘无束，得自在度日，故虽不求趣而趣近之。愚不肖之近趣也，以无品也，品愈卑，故所求愈下。或为酒肉，或为声伎，率心而行，无所忌惮，自以为绝望于世，故举世非笑之不顾也，此又一趣也。迨[④]夫年渐长，官渐高，品渐大，有身如桎，有心如棘，毛孔节骨俱为闻见知识所缚，入理愈深，然其去趣愈远矣。余友陈正甫，深于趣者也，故所述《会心集》若干人，趣居其多，不然，虽介[⑤]若伯夷、高若严光，不录也。噫，孰谓有品如君、官如君、年之壮如君而趣如此者哉！

《袁宏道集笺校》

【注释】

①《〈会心集〉序》：明万历二十五年（1597）作于徽州。《会心集》是袁宏道友人陈所学编著的，今不存。陈所学，字正甫，湖

北景陵人,善谈性理之学。时任徽州知府。

②"孟子"句:见《孟子·离娄下》:"大人者,不失其赤子之心者也。"

③"老子"句:见《老子》十章:"专气致柔,能婴儿乎?"

④迨:等到。

⑤介:耿介。

【赏读】

本篇是为友人所著《会心集》所作的序,但是大部分篇幅却是在谈论人生的"趣"。趣,就是"情趣""雅趣",其本质是"自然",与李贽所谓的"童心"近似。袁宏道认为"趣"是只可意会不可言传的:如山色,唯苍岩翠树间有之;如水味,唯清溪白石间有之;如花光,唯在桃云梨雪、落英缤纷的自然世界;如女态,唯留巧笑倩姿、美目顾盼的流动瞬间。总之,美在天然浑成,不假一毫人工雕琢。则"趣"也唯见于自然而然的"真"人之中,与一切的见识、道理、宗教、礼法等人为的羁绊全然无干。因此辨说书画、涉猎古董、寄意玄虚、脱迹红尘、烧香煮茶等自以为清高淡远的雅洁情趣,都不是真正的"趣",而真"趣"在于孩童,他们"不知有趣,然无往而非趣",面目喜怒变化无常,手足动跃不停,眼光不断转换,不守礼法,不守规矩,完全随心所欲,所以纯然是真趣人。而那些隐居林泉岩穴的人,因为脱离了束缚,无忧无虑地生活,也接近真趣;至于那些品性低下"或为酒肉,或为声伎,率心而行,无所忌惮"的俗人,也不失为人生一种乐趣;只有那些年长官高禄厚的人,看似完美幸福,却真正生活于桎梏之中,他们身上套着重重枷锁,每一个毛孔里都浸染着知识和道理,每一次举手投足都被礼法规矩制约着,浑身散发着宗教礼法的"理"气,有何趣味可谈?袁宏道标举人生"真趣",就是对宋明理学的坚决反对。

最后，才谈到友人陈正甫的《会心集》收录的都是真正有趣人的行迹故事，没有想到的是品高官盛年壮的陈君竟然有如此高雅脱俗的情趣，在似颂似嘲中留下隽永的韵味。文笔潇洒自然，如行云流水，表现了袁宏道小品文不拘格套的特色。

识伯修遗墨后[①] 袁宏道

伯修酷爱白、苏二公,而嗜长公[②]尤甚。每下直,辄焚香静坐,命小奴伸纸,书二公闲适诗,或小文,或诗余一二幅。倦则手一编而卧,皆山林会心语,近懒近放者也。余每过抱瓮亭[③],即笑之曰:"兄与长公,真是一种气味。"伯修曰:"何故?"余曰:"长公能言,吾兄能嗜,然长公垂老玉局[④],吾兄直东华[⑤],事业方始,其不能行一也。"伯修大笑,且曰:"吾年止是东坡守高密时[⑥],已约寅年入山[⑦],彼时才得四十三岁,去坡翁玉局尚二十余年,未可谓不能行也。昔乐天七十致仕,尚自以为达,故其诗曰:'达哉达哉白乐天。'此犹白头老寡妇,以贞骄人,吾不学也。"因相与大笑。

未几而伯修下世。嗟乎!坡公坎坷岭外,犹得老归阳羡[⑧];乐天七十罢分司,优游履道[⑨]尚十余年。使吾兄幸而跻下寿[⑩],长林之下,兄倡弟和,岂二公所得比哉?弟自壬辰得第[⑪],宦辙已十三年,然计居官之日,仅得五年。山林花鸟,大约倍之。视兄去世之年,仅余四载。夫兄以二老为例,故以四十归田为早,若弟以兄为例,虽即今不出,犹恨其迟也。世间第一等便宜事,真无过闲适者。白、苏言之,兄嗜之,弟行之,皆奇人也。甲辰闰九月九日,弟宏道书于栀子楼[⑫]。

《袁宏道集笺校》

【注释】

①《识伯修遗墨后》:万历三十二年(1604)作,当时袁宏道

隐居家乡公安。伯修，袁宏道兄宗道的字，宗道于万历二十八年去世。

②长公：指苏轼。

③抱瓮亭：袁宏道在京居所的亭子。

④长公垂老玉局：苏轼晚年任提举成都府玉局观。

⑤吾兄直东华：指袁宗道曾以右春坊右庶子充皇长子日讲官。

⑥"吾年"句：苏轼三十九至四十一岁知密州。袁宏道与袁宗道同仕于北京时，宗道亦年三十九至四十一岁。

⑦已约寅年入山：寅年，指万历三十年壬寅。袁氏兄弟及陶望龄、黄辉等名士在京谈禅论佛，为执政者所恶，因相约一齐去官。

⑧阳羡：今江苏宜兴。

⑨履道：洛阳履道里，白居易晚年所居。

⑩跻（jī）下寿：古人以六十岁为下寿。

⑪壬辰得第：袁宏道万历二十年壬辰中进士。

⑫栀子楼：袁宏道在公安居所的楼名。

【赏读】

这是袁宏道写于乃兄袁宗道字幅墨迹后面的一则题跋，既表现了他们兄弟间的生活情趣，又体现了他们追求闲适的共同志向，还表现出他们蔑视礼教规矩一任性情自放的独特个性。

开篇即从伯修酷爱白居易、苏轼说起，袁宗道的书斋就叫"白苏斋"，他每天下班回家，一定要焚香静坐，书写白居易、苏轼的闲适诗或小文、诗余一二幅字，睡觉前手上拿着的也是二公山林会心文字。这是一种深入骨髓的嗜好，袁伯修与白、苏可谓精神上息息相通。唯有如此对待古人，才堪与古人做心灵上的朋友，袁氏兄弟身上那副平视古人的精神，是他们最终能够扫涤复古派的重要因素。

后面忽然一转,伯修没有活到白居易七十致仕的高龄,甚至也没能够活到苏轼岭外归来闲居阳羡的中寿,刚刚脱离官场羁绊,未践山林花鸟之约就过早离开人世,在一片凄凉悲酸中表达出兄弟之间深厚的情谊。回思前文刻画伯修的音容笑貌,不禁让人酸鼻,字里行间透露出对宦海仕途的厌倦情怀。

　　文笔跌宕起伏,刻画细腻生动,抒情自然真切,是不可多得的小品妙文。

识张幼于惠泉诗后[①] 袁宏道

余友麻城丘长孺[②]东游吴会,载惠山泉三十坛之团风[③]。长孺先归,命仆辈担回。仆辈恶其重也,随倾于江,至倒灌河[④],始取山泉水盈之。长孺不知,矜重甚。次日,即邀城中诸好事尝水。诸好事如期皆来,团坐斋中,甚有喜色。出尊取瓷瓯,盛少许,递相议,然后饮之。䑛玩[⑤]经时,始细嚼咽下,喉中汩汩有声。乃相视而叹曰:"美哉水也!非长孺高兴,吾辈此生何缘得饮此水!"皆叹羡不置而去。半月后,诸仆相争,互发其私事。长孺大恚[⑥],逐其仆。诸好事之饮水者,闻之愧叹而已。又余弟小修向亦东询,载惠山、中泠泉[⑦]各二尊归,以红笺书泉名记之。经月余抵家,笺字俱磨灭。余诘弟曰:"孰为惠山?孰为中泠?"弟不能辨,尝之亦复不能辨,相顾大笑。然惠山实胜中泠,何况倒灌河水?自余吏吴来,尝水既多,已能辨之矣。偶读幼于此册,因忆往事,不觉绝倒。此事政与东坡河阳美猪肉[⑧]事相类,书之并博幼于一笑。

《袁宏道集笺校》

【注释】

①《识张幼于惠泉诗后》:本文于明万历二十四年(1596)作于吴县。张幼于,张献翼。惠泉,指无锡惠山泉。

②丘长孺:丘坦,号长孺,麻城人,武举出身,官至海州参将。与袁宏道兄弟为挚友。

③团风：在今黄冈市西北五十里处，与武昌隔江相对。

④倒灌河：一名倒水，在今麻城市西。

⑤齅玩：用鼻子嗅着赏玩。

⑥大恚（huì）：大怒。

⑦中泠泉：在今镇江市丹徒区西北石簿山东。刘伯刍评水之宜茶者七等，以中泠泉为第一。

⑧东坡河阳美猪肉：苏轼听说河阳猪肉美，使人购买，猪中途逃逸，买者以他猪代替。苏轼的客人不辨而美之。后事发，诸客皆惭愧。

【赏读】

　　这篇题跋颇见袁宏道文笔的幽默谐趣和波澜起伏。本是为友人张幼于惠泉诗的题跋，却从丘长孺东游吴会说起。长孺是一个生性疏放的快人，好结交名士，他听说无锡惠山泉的盛名，就载三十坛回团风，自己先归，让仆人挑回去。没料到这些仆人嫌太重，就倒进江中，到离家很近的倒灌河才灌满山中泉水带回。长孺不知，非常珍爱这千里迢迢取回的佳水，尽邀城中好事者来品尝。这些趋附名士的人如期皆到，团坐斋中，面带喜色，用青花细瓷小瓯盛一点泉水，齅玩多时，递相议论，然后慢慢饮下，喉间汩汩有声，并齐声赞叹："美哉水也！非长孺高兴，吾辈此生何缘得饮此水！"这一段刻画非常生动，真是一幅绝妙的"群儒尝水图"，将他们的"雅"趣"雅"态写得栩栩如生。岂知这是袁宏道的欲抑先扬之法，突然一转，揭示真相，顿时让"名士"们心生惭愧，面带灰色。幽默中撕掉了他们的假面具，让人忍俊不禁。

　　接着，又述说了一段小故事，袁宏道弟弟小修曾经载惠山、中泠泉水各一坛回家，由于路上的磨损，在坛上标示的名字磨掉了，通过品尝，二水并没有什么不一样，兄弟俩相视大笑。这里的笑实际上是对前面名士尝水的戏弄，又多一层讥讽，讥讽中突出一个"真率自然"的旨意。结尾处再生波澜，扯出苏轼当年河阳美猪肉的故事，嘲笑那些盲目趋奉名士者不辨真假就随意赞美的丑态。因诗题有"惠泉"二字，而姿态横生出一连串的小故事，笔锋却直指假名士假道学的丑恶嘴脸，幽默诙谐中包含冷峻的讽喻。

《情史类略》序 冯梦龙①

六经皆以情教也：《易》尊夫妇，《诗》有《关雎》，《书》序嫔虞之文，《礼》谨聘、奔之别，《春秋》于姬、姜之际详然言之。岂非以情始于男女，凡民之所必开者，圣人亦因而导之，俾勿作于凉②，于是流注于君臣、父子、兄弟、朋友之间而汪然有余乎！异端之学，欲人鳏旷③以求清净，其究不至无君父不止。情之功效亦可知已。是编也，始乎"贞"，令人慕义；继乎"缘"，令人知命；"私""爱"以畅其说，"仇""憾"以伸其气；"豪""侠"以大其胸，"灵""感"以神其事；"痴""幻"以开其悟，"秽""累"以窒其淫，"通""化"以达其类；"芽"非以诬圣贤，而"疑"亦不敢诬鬼神。辟诸《诗》云兴、观、群、怨、多识，种种俱足，或亦有情者之朗鉴，而无情者之磁石乎？耳目不广，识见未超，姑就睹记凭臆成书，甚愧雅裁，仅当谐史④。后有作者，吾为裨谌⑤，因题曰《类略》⑥，以俟博雅者择焉。

《情史·詹詹外史序》

【注释】

①冯梦龙（？~1646）：字犹龙，亦字子犹，号姑苏词奴，又号顾曲散人、墨憨子，别署龙子犹，长洲（今江苏苏州）人。生年不详，卒于清世宗顺治三年（1646）。著作丰富，多通俗文学或杂记。编有通俗短篇小说集《喻世明言》《警世通言》《醒世恒

②俾：使。勿作于凉：指不让某样东西在人们心中淡薄下去。凉，薄之义。

③鳏：男子失去妻子。旷：女子无丈夫或未嫁待字闺中。

④谐史：诙谐戏谑的资料。

⑤裨谌：春秋时郑国大夫，足智多谋，凡郑国与诸侯会盟时的应对之辞，皆由其先作草稿。冯梦龙自比裨谌，乃自谦。

⑥《类略》：即《情史类略》，按人物类别辑录古今有关情感的故事。

【赏读】

《情史类略》是晚明通俗小说家冯梦龙编辑的一部文言笔记小说集，收录"情贞"至"情迹"共二十四类小故事。本文是该书的序，体现了冯梦龙对情感的见解。

爱情是婚姻的基础，而婚姻又是繁衍人类的必要手段，但是在中国古代封建社会，言情一般都要贴上教化纲常的标签，尤其在宋明理学思想一统天下的时代，言情可以说是冒天下之大不韪，被视为异端思想。冯梦龙的《情史类略》就是大胆冲破礼教的束缚，肯定爱情存在价值的一部惊世骇俗的书籍。为了使自己的观点不太刺眼，得到更多人的认同，冯梦龙精心搜集资料，从儒家经典中寻找情感合理性的证据。首先提出儒家六经"皆以情教也"的论断，然后列举具体证据。《易经》首尊夫妇，《诗经》中一篇《关雎》建立人伦的情感起点，《尚书》记载尧帝嫁二女给虞舜的史事，《礼记》制定了详细的士婚礼仪和大家闺秀的规范，《春秋》则详细记录周王室与齐国通婚的大事。诸如此类，都说明圣人并不排斥男女之情，而是善于因情引导，使情感成为维系君臣、父子、兄弟、朋友之间的纽带和社会关系的润滑剂，从而使天下达到和谐美满的境地。接着，冯梦龙将窒塞人情欲的理学视为异端邪说，因为它既违反人性的要求，也不合圣人的本意。理学要求人克制情感，去当鳏夫旷妇以保持心境的清净，其最终结果将陷人于无父无君的境地。所以情感的作用非常巨大。像《情史》中的情贞故事让人肃然起敬，情缘、情私、情爱的故事使人生死不渝；情豪、情侠故事则使人心胸开阔；情秽、情累故事使人警戒情感的泛滥等等，都给人以有益的启迪。当然，情感有一个自我控制的度的问题，就像《情史》中的这些故事，有情者可以作为朗鉴，而无情者或许会沉溺其中不可自拔，这就看读者自取选择了。

我们在充分肯定冯梦龙《情史》价值的同时，也应该指出他在收集资料时，记录大量帝王们荒淫污秽的劣迹和一些神仙鬼怪的故事，精粗错杂，选择不严，也降低了该书的思想性。但他在序文里对人类情感的尊重值得肯定。

《笑府》[1]序 冯梦龙

古今来莫非话[2]也，话莫非笑也。两仪之混沌[3]开辟，列圣之揖让征诛[4]，见者其谁耶？夫亦话之而已耳。后之话今，亦犹今之话昔。话之而疑之，可笑也；话之而信之，尤可笑也。经书子史，鬼话也，而争传焉；诗赋文章，淡话[5]也，而争工焉；褒讥抑扬，乱话也，而争趋避焉。或笑人，或笑于人，笑人者亦复笑于人，人之相笑宁有已时？《笑府》，集笑话也，十三篇犹云薄乎云尔。或阅之而喜，请勿喜；或阅之而嗔，请勿嗔。古今世界一大笑府，我与若皆在其中供话柄[6]。不话不成人，不笑不成话，不笑不成世界。布袋和尚[7]，吾师乎！吾师乎！墨憨斋主人题。

《笑府》

【注释】

①《笑府》：冯梦龙编辑的古代笑话集。笑府，产生笑话的地方。

②话：这里指能引人发笑的资料或故事。话，是宋明时代的一种讲故事的艺术形式，也称"说话"。

③混沌：宇宙天地不分时的状态。

④揖让：礼乐文化建设。征诛：征战讨伐叛逆。

⑤淡话：淡而寡味的话。

⑥话柄：被人谈论或嘲笑的话头。

⑦布袋和尚：五代后梁时期明州奉化县的禅宗游方僧人，容貌猥琐，袒胸露腹，出语无定，常以杖荷一布袋，四处化缘，乞求布施，人称布袋和尚。由于他常开口大笑，无忧无虑，世传他是弥勒菩萨的化身。

【赏读】

　　《笑府》是像《笑林》一样的收集笑话的书，专供茶余饭后消遣之用。人们喜欢看笑话，也喜欢以戏谑的方式笑话人。笑的姿态有千万种，笑料更是难以穷尽，人生苦涩之外也充满了欢笑。但是冯梦龙的这篇序，以轻松戏谑的方式，表达了惊世骇俗的观点，让你读后却难以发笑。

　　首先，他认为世界的一切存在都是可笑的。自从盘古开天辟地，三皇五帝到如今，经史子集圣贤之作，都是鬼话连篇；诗词歌赋，矫揉造作，淡而寡味；诏谀和诽谤，更是胡言乱语。人们对这些偏偏又很看重，趋之若鹜，真是荒唐可笑。更进一步，冯梦龙称笑话别人的人也是可笑的。这样一来，全世界都是你笑我，我笑他，大家互相嘲笑，成为一个混乱可笑的大笑场。既然如此，做一个布袋和尚那样的笑口常开、任人嘲笑的人，或许是一个不错的选择。

　　人生的荒唐须用荒唐对之，在怪诞的社会里生活也就必须有怪诞的方式。冯梦龙通过他的笑把世界人生荒诞化了，表达他对现存的不合理秩序的嘲弄与否定，他的肆无忌惮的笑声中，实含有严峻辛酸的苦味。这种近乎怪诞的幽默与超然，今天的我们也必不可少，许多时候，笑笑自己又何妨？

自题诗后   钟 惺[①]

  李长叔曰："汝曹胜流[②]，惜胸中书太多，诗文太好，若能不读书，不作诗文，便是全副名士。"余忧然[③]曰："快[④]哉快哉！非子不能为此语，非我不能领子此语。惜忌者[⑤]不解，使忌者解此语，其欲杀子，当甚于杀我。然余能善子语，决不能用子语。子持子语归，为子用。吾异日且用子语。"数日后，举此示友夏[⑥]，友夏报我曰："长叔语快，子称长叔语尤快，仆称长叔与子语快者，语亦复快！"

  夫以两人书淫诗癖[⑦]，而能叹赏不读书、不作诗文之语。则彼能为不读书、不作诗文语者，决不以读书、作诗文为非也。袁石公[⑧]有言："我辈非诗文不能度日。"此语与余颇同。昔人有问长生诀者，曰："只是断欲。"其人摇头曰："如此，虽寿千岁何益？"余辈今日不作诗文，有何生趣？然则余虽善长叔言，而不能用，长叔决不以我为非，余且听之矣[⑨]。

《隐秀轩集》

【注释】

  ①钟惺（1574～1624）：字伯敬，号退谷，又称止公居士，湖广竟陵（今湖北天门）人。善诗文，与同乡谭元春同为"竟陵派"的创始人。反对前后七子拟古主张，提倡抒写性灵；但也不满"公安派"袁氏兄弟以俗语入诗，主张"幽深孤峭"的文风，诗文因而流于冷涩。辑有《唐诗归》《古诗归》，著有《隐秀轩集》等。

②汝曹胜流：你们这班名士。汝曹，你们。胜流，名士。
③怃然：茫然自失的样子。
④快：痛快。
⑤忌者：指那些心胸狭窄、妒贤嫉能的正统文人。
⑥友夏：谭元春字友夏，明竟陵人。
⑦书淫诗癖：指酷爱读书写诗。
⑧袁石公：即袁宏道，字中郎，号石公。
⑨余且听之矣：我姑且听他人批评指责吧。

【赏读】

　　钟惺这篇跋文揭示了明代中晚期文人的一种矛盾的心态，同时也体现了正统文人与名士风流之间的冲突。当时，由于程朱理学思想的长期禁锢，文人们渴望自由的愿望非常强烈，因此，魏晋遗风再次得到认同与仿效，名士风习成为一道亮丽的士林景观。他们恃才傲物、率性任情、讥讽道学、蔑视礼法、放浪形骸、诗酒风流，欲与正统文坛分庭抗礼，深为道学者宿所鄙弃。文章开头引用的李长叔的话，就是这种道学先生的心里话，他认为像钟惺这样的人，如果不读书不作诗就可以算作"全副名士"。但是对于有"书淫诗癖"的钟惺们来说，这无疑等于取消了生存的全部乐趣。那么，钟惺为什么又赞赏这样的话呢？这是因为明代社会，名士们在主流文人之外也享有崇高的声誉，达官贵人甚至皇子王孙都以结交名士为乐，从而使名士们风光无限。正统文人从维护礼教的角度不得不对名士口诛笔伐，而名士的快意潇洒和诗文才华也使他们羡慕叹赏。李长叔要求钟惺做不作诗文的"全副名士"，实际上表现的是对钟惺诗文的一种否定，因为这些诗文流露的是与正统思想不合拍的自由放浪情怀。

　　钟惺毕竟也是正统文化圈子里的人，尽管赞赏李长叔的话，但是自己的人生志趣决定了他不能成为那种狂放不羁的名士，虽然他也为名士的才情所倾倒，但是他最终不愿放弃理想去附庸名士风流，他引用袁宏道的话，不愿意像断欲求长生那样，为了当名士而丧失自己酷爱读书作诗的乐趣。

文章短小精致，围绕一个"快"字，快人快语，快速转换文思，在一连串的映照、转折中，饶有幽默风趣，令人思味。

王谑庵《悔谑钞》序① 倪元璐②

谑庵之谑，似徘③似史，其中于人，忽醴忽酰④。醉其谐而饮其毒，岳岳者⑤折角气堕，期期者⑥弯弓计穷。于是笑撤为嗔，嗔积为衅，此谑庵所谓祸之胎而悔尔。虽然，谑庵既悔，谑祸将定，须庄语乞福。夫向所流传，按义选词，摘葩敲韵⑦，要是谑庵所为庄语者矣。而其中于人，不变其颜，则透其汗，莫不家题影国⑧，人号衙官；南荣弃书，君苗焚砚⑨；《暑赋》不出，灵光罢吟；在余尹邢⑩，尤嗟瑜亮⑪。蜂虿之怨，着体即知。遂有性火上腾，妒河四决，德祖⑫可杀，谭峭⑬宜沉，岌乎危哉！亦谑庵之祸机矣。谑庵不悔庄而悔谑，则何也？且夫致有诙而非慢也，不可以刃杀士，而诡之以桃杀之⑭；不可以经断狱，而引非经之经断之。《春秋》斩然严史，而造语尖寒，有如盗窃，公孙天王狩、毛伯来求之类，研文练字，已极针锥。正以《春秋》一书使仲尼腾乎辅颊，岂容后世复有淳于隐语、东方雄辩者乎⑮！史迁序赞滑稽，其发言乃曰："《易》以神化，《春秋》道义。"是其意欲使滑稽诸人宗祀孔子耳。滑稽之道无端似神化，有激似义。神化与义，惟谑庵之谑皆有之。谑庵史才，其心岂不曰："世多错事，《春秋》亡而《史记》作。吾谑也乎哉！"如此即宜公称，窃取正告吾徒。而书既，国门逢人道悔，是则谑庵谑矣。孔子曰："罪我者，其惟《春秋》乎？"斯言也，谑庵读之而悚然也。

《倪文贞公文集》

【注释】

①王谑庵(1574~1646)：明代文学家王思任，字季重，号谑庵。浙江山阴（今绍兴）人。万历进士。明亡，绝食而死。诗重自然，文章笔调诙谐，时有讽刺时政之作，隐寓愤激之情。《悔谑钞》是王思任的一本寄寓愤世之情的幽默诙谐的散文集。

②倪元璐(1593~1644)：字玉汝，号鸿宝，浙江上虞人，明代著名书画家。文章典雅，为馆阁所宗。有《倪文贞公文集》。

③徘(pái)：滑稽。

④醴(lǐ)：甜酒。酖(zhèn)：同"鸩"，毒酒。

⑤岳岳者：锋芒毕露的人。

⑥期期者：懦弱老实的人。

⑦摛(chī)葩敲韵：指写文章刻意搜寻，推敲词句。

⑧家题影国：影国指名存实亡或已经消失的文明古国。与下文"人号官衔"都表示王思任文章好，别的人比不上他。

⑨君苗焚砚：君苗即崔君苗，晋朝人，据说他擅长文章，但是看到陆机的文笔高妙，非常惭愧，欲焚烧笔砚。

⑩尹邢：尹、邢为汉武帝宠爱的两位夫人，然帝不使二人相见。后来，尹氏某一天见到邢氏，自惭不如她美艳，低头哭泣。后以"尹邢"喻嫉妒。

⑪瑜亮：指三国时的周瑜和诸葛亮。周瑜因嫉妒诸葛亮而死。

⑫德祖：即东汉杨修，字德祖，有俊才，被曹操诬杀。

⑬谭峭：即南唐谭景升，幼聪慧，好仙术，入南岳炼丹，相传入水不湿，入火不灼。

⑭而诡之以桃杀之：即"二桃杀三士"的典故。

⑮淳于：淳于髡，春秋时齐国人，好作隐语谏齐王。东方：东方朔，汉武帝时人，能言善辩，擅长隐语讽谏。

【赏读】

倪元璐为人端正严谨，文章典雅宏正，缺少情致。但是，当他为好友王思任的《悔谑钞》作序时，却袒露了他性格中不乏幽默的另一面。

王思任生性诙谐，文章恣肆，语多嘲谑，故自号"谑庵"。倪元璐的这篇序，通过"庄语"与"谑"进行比较，将王氏所写的严肃文字抬到一个很高的地位，借以肯定王思任的文学成就。为了提高"谑"的价值，倪元璐将司马迁《史记》的"滑稽"、孔子《春秋》的语含褒贬与王思任的"谑"相联系，认为"滑稽之道无端似神化，有激似义"，从而把滑稽这一纯粹娱乐的形式包含的意义放大了，简直具有治国安邦的作用，这样王氏的"谑"就从娱乐嘲讽变成严肃端庄，大有深意。其实王思任的"谑"确实具有某种寄托与讥刺，但是将这种"谑"提高到与传统的儒家思想相同的层次，认为这种风趣诙谐的生活方式或文学形式与它所包含的实际内容处于一种分离状态，却体现出倪元璐思想观念中保守的一面，这样一来，王思任"谑"中所蕴涵的个性解放思想恰恰被掩盖起来。这篇寓庄于谐的序言，引经据典，在没有联系的地方找出联系，为"谑"正名，颇有风趣。

《陶庵梦忆》序 张　岱①

　　陶庵国破家亡，无所归止。披发入山，骇骇②为野人。故旧见之，如毒药猛兽，愕望③不敢与接。作《自挽诗》，每欲引决，因《石匮书》④未成，尚视息人世。然瓶粟屡罄，不能举火。始知首阳二老，直头⑤饿死，不食周粟，还是后人妆点语也。

　　因思昔人生长王谢⑥，颇事豪华，今日罹此果报⑦：以笠报颅，以蒉报踵，仇簪履也⑧；以衲报裘，以苎报缔，仇轻暖也⑨；以藿报肉，以粝报粻，仇甘旨也⑩；以荐⑪报床，以石报枕，仇温柔也；以绳报枢，以瓮报牖，仇爽垲⑫也；以烟报目，以粪报鼻，仇香艳也⑬；以途报足，以囊报肩，仇舆从⑭也。种种罪案，从种种果报中见之。

　　鸡鸣枕上，夜气方回。因想余生平，繁华靡丽，过眼皆空，五十年来，总成一梦。今为黍熟黄粱，车旅蚁穴⑮，当作如何消受？遥思往事，忆即书之，持向佛前，一一忏悔。不次岁月，异年谱也；不分门类，别《志林》⑯也。偶拈一则，如游旧径，如见故人，城郭人民，翻用自喜。真所谓痴人前不得说梦矣。

　　昔有西陵⑰脚夫，为人担酒，失足破其瓮。念无以偿，痴坐伫想曰："得是梦便好！"一寒士乡试中式，方赴鹿鸣宴⑱，恍然犹意未真，自啮其臂曰："莫是梦否？"一梦耳，惟恐其非梦，又惟恐其是梦，其为痴人则一也。余今大梦将寤，犹事雕虫，又是一番梦呓。因叹慧业⑲文人，名心难化，政如邯郸梦断，漏尽钟鸣,卢生遗表,犹思摹榻二王,以流传后世。则其名根一点,坚固如佛家舍利,劫火猛烈,犹烧之不失也[20]。

《琅嬛文集》

【注释】

① 张岱(1597~1679):字宗子,又字石公,号陶庵,山阴(今浙江绍兴)人,侨寓杭州。明亡后披发入山,安贫著书。通晓音乐戏剧,尤以散文著称。文笔清新峭拔,时杂诙谐风趣。作品多写山水景物、日常琐事,时时流露明亡后怀旧感伤情绪。其著作有《石匮书》《琅嬛文集》《陶庵梦忆》《西湖梦寻》等。

② 骇(hài)骇:同"骇骇",惊异的样子。

③ 愕望:惊讶屏息。

④ 《石匮书》:张岱所著,记录明代三百年史事。

⑤ 直头:苏州方言,实在。

⑥ 王谢:指六朝时的望族王氏、谢氏。这里指代高门世族。

⑦ 罹此果报:遭到这样的报应。罹,遭受。果报,佛教所说的因果报应。

⑧ 屩:草鞋。仇:报应。三句说今天头戴草帽,脚穿草鞋,是报应过去的插簪穿履。

⑨ 衲:补缀的衣服。裘:皮袄。苎:麻织品。缔:细葛布。轻暖:衣服轻柔而温暖。

⑩ 藿:豆叶。粝:粗米。粻:精米。甘旨:美味食物。

⑪ 荐:草褥子。

⑫ 爽垲(kǎi):明亮干燥的房子。

⑬ 烟:炊烟。粪:臭味。

⑭ 舆从:跟在车马后面的随从。

⑮黍熟黄粱，车旅蚁穴：比喻经历苦难之后的寂寥时刻。

⑯《志林》：即《东坡志林》，后人整理的分门别类编辑的笔记。

⑰西陵：钱塘江的渡口。

⑱鹿鸣宴：旧时考中举人后的庆祝宴会。

⑲慧业：佛家用语，运用智慧的事业，指文事。

⑳名根：佛教用语，认为人的眼、耳、鼻、舌、身、意，都能生出意识，称为六根。佛家舍利：佛教徒死后火葬，身体内一些烧不化的东西，结成颗粒，称为舍利。劫火：佛家用语，认为"劫"包括"成""住""坏""空"四个时期，到"坏"时，有水、火、风三灾出现，世界归于毁灭。

【赏读】

　　《陶庵梦忆》是明清之际经历巨变的张岱在晚年凄凉中追忆繁华生活的一部笔记，带有很强的记载亡国历史的意识。这篇序以佛教因果轮回的观念，解释命运变迁的原因，为消解亡国破家之痛作一些精神上的慰藉。

　　文章一开始就描述国灭家亡时惶惶无依、几欲自杀的心态，由于还未完成记载晚明历史的《石匮书》，因此不得不学习司马迁忍辱含羞著《史记》的精神，苟且偷生地活下来。追思昔日的繁华豪奢生活，对比今天的贫困潦倒，张岱不能从历史发展的角度对自己与国家的命运进行哲理思考，而把这一切归于因果报应。他认为今天的头戴破帽、衣衫褴褛、赤足烂鞋、破屋漏窝、绳床瓦灶、粗粝菜叶、熏烟恶臭、负囊徒步的生活，是对曾经冠缨长带、锦衣绣履、温柔富贵、高楼广厦、玉馔佳肴、洞房歌舞、前呼后拥、驱车驾马的豪奢生活的报应。佛教认为人的前世今生都生活在物质欲望的"恶"之海里，只有彻底遁入空门，才能够得到心灵的宁静。像张岱一样经历了烈火烹油的繁盛生活之后，人们往往会以佛教的思想来安慰自己，为自己现在孤寂贫寒的生活找到心安理得的理由。但是，过去的生活毕竟不是梦幻，而是生命亲历的难以忘怀的真实，"湖心亭看雪""西湖七月半赏月"以及兰雪茶、目连戏等风雅享受，寄园的湖山胜景、楼外楼的歌舞、金山竞渡、绍兴灯景、西湖香市等似乎还可触目的生活场景，都成为一片飞逝的轻烟，成为当年卢生枕上的黄粱一梦，因此只有遥想往事，书之纸上，向佛忏悔。

结尾更为奇特，张岱以西陵挑夫和寒士中式的故事，来嘲笑自己是在梦魇梦呓。然如大梦将醒却独事雕虫，名根未泯即使再遭劫火也要坚持著述的精神，让人感到，在张岱的心中难以真正抹去今昔盛衰的哀痛，流出梦境的是他的家国之思、身世之感、黍离之悲。文章结构精巧，语言优美，意境苍茫，感慨遥深，是一篇不可多得的佳作。

《西湖梦寻》序 张　岱

余生不辰①，阔别西湖二十八载，然西湖无日不入吾梦中，而梦中之西湖，实未尝一日别余也。前甲午、丁酉，两至西湖，如涌金门商氏之楼外楼，祁氏之偶居，钱氏、余氏之别墅，及余家之寄园②，一带湖庄，仅存瓦砾。则是余梦中所有者，反为西湖所无。及至断桥一望，凡昔日之弱柳夭桃③、歌楼舞榭，如洪水淹没，百不存一矣。余乃急急走避，谓余为西湖而来，今所见若此，反不若保我梦中之西湖，尚得完全无恙也。因想余梦与李供奉④异：供奉之梦天姥也，如神女名姝，梦所未见，其梦也幻；余之梦西湖也，如家园眷属，梦所故有，其梦也真。今余僦居⑤他氏已二十三载，梦中犹在故居。旧役小傒⑥，今已白头，梦中仍是总角⑦。夙习未除，故态难脱。而今而后，余但向蝶庵岑寂，蘧榻于徐⑧，惟吾旧梦是保，一派西湖景色犹端然未动也。儿曹诘问，偶为言之，总是梦中说梦，非魇即呓⑨也。因作《梦寻》七十二则，留之后世，以作西湖之影。余犹山中人，归自海上，盛称海错⑩之美，乡人竞来共舐其眼⑪。嗟嗟！金齑瑶柱，过舌即空，则舐眼亦何救其馋哉！

岁辛亥七月既望，古剑蝶庵老人张岱题⑫。

【注释】

①不辰：不是时候，不走时运。

②"如涌金门"四句：指明吏部尚书商周祚的楼外楼，右金都

御史祁彪佳的偶居,东阁大学士钱象坤、翰林院修撰余煌的别墅,以及张岱自己家的寄园。这些豪华的园林楼阁都在湖山佳绝处,与湖光山色相互辉映,堪称胜景。

③弱柳夭桃:既指自然景色,也指歌楼舞女。

④李供奉:指李白,他曾任翰林供奉,写有《梦游天姥吟留别》一诗。

⑤僦(jiù)居:租赁。

⑥傒:仆人。

⑦总角:儿童向上分开的发髻。

⑧"蝶庵"二句:语出《庄子·齐物论》:"昔者庄周梦为蝴蝶,栩栩然蝴蝶也,自喻适志,不知周也。俄然觉,则蘧蘧然周也。不知周之梦为蝴蝶与?蝴蝶之梦为周与?"张岱取意于此,名其庵为蝶庵,名其榻为蘧榻。

⑨魇、呓:都是梦话。

⑩海错:海产种类繁多,通称为海错。

⑪眼:指海眼。古人认为,井泉的水,潜流地中,通江海,随潮涨退,故称海眼。

⑫辛亥:指清康熙十年(1671)。既望:十六日。古剑:指四川。张岱先祖原住四川,故而自称蜀人。

【赏读】

张岱曾经寓居钱塘四十年,自清兵进入杭州,他就阔别了西湖,隐居深山从事著述。但是,二十八年来西湖无时无刻不在梦中。其间也两次到西湖寻梦,可是当年繁华的楼外楼、祁氏钱氏余氏及自家的别墅、湖光山色交相掩映的风景,都变成了一片瓦砾废墟,昔日西湖的盛景,成为一场辉煌的春梦,今日的衰败荒芜则成为撕心裂肺的阵痛,强烈的对比反差,使张岱无法自持,说"不若保我梦中之西湖，尚得完全无恙也"。因此想到李白梦游天姥遇神仙名姝为虚幻，而自己梦西湖像家园亲眷一样为真实。接着，张岱就回忆起这梦中的真实来：梦中还在自家故居中生活，如今白发苍苍的仆人梦中还是当年总角的憨态，如今已经岑寂荒破的居室和床榻，梦中仿佛掩映着当年西湖的丽姿倩影。难以忘怀的旧梦中保存着生命的一缕余温，幻灭中残留着一份不舍的眷恋。

透过弥漫着幻灭感的文字，我们看到一位对前景不存幻想、只躲在旧梦中消磨岁月的迟暮老人的悲凉心境，他的"梦中说梦"正体现出梦醒后无路可走的怅惘与绝望。这篇小品文构思精妙，将历史的沧桑寓于一片梦境之中，句句说梦，真梦、幻梦、梦中说梦，梦是线索，梦为主旨，梦见真情，梦蕴悲凉。

跋徐青藤^①小品画   张　岱

唐太宗曰:"人言魏征^②倔强,朕视之更觉妩媚耳。"倔强之与妩媚,天壤不同,太宗合而言之,余蓄疑颇久。今见青藤诸画,离奇超脱,苍劲中姿媚跃出,与其书法奇崛略同。太宗之言,为不妄矣。故昔人^③谓摩诘^④之诗,诗中有画;摩诘之画,画中有诗。余亦谓青藤之书,书中有画;青藤之画,画中有书。

《琅嬛文集》

【注释】

①徐青藤:即明代著名书画家徐渭,自号青藤道士。

②魏征:唐太宗时的大臣,以犯颜直谏著称。他对太宗进谏,每每执拗到底,不肯让步。太宗曾说:"人言魏征举动疏慢,我但觉妩媚。"

③昔人:指宋代苏轼。

④摩诘:唐代诗人王维的字。

【赏读】

这则短跋揭示了现实生活和艺术世界里的一种矛盾现象:一个人或一件艺术品往往是两种对立风格的统一体。

张岱先从唐代名相魏征说起,敢于以死直谏的魏征一向给人倔强刚硬的印象,可是在唐太宗眼里却显得妩媚可爱。当然这种妩媚并非婀娜佳人那种袅袅婷婷的姿态,而是指魏征为了国家人民利益置自己安危于度外的那种精神显得可爱、可敬。唐代另一位名相宋璟也是一副贞姿劲质、刚态毅状，他办事果断决绝，不徇私情，给人以铁石心肠的感觉，但是他却写出了《梅花赋》这样清新富艳的抒情小赋。这种现象确实让人回味难解。徐渭的书画作品也是一个鲜活的例证，徐渭其人狂放不羁，仿佛是满腔肝肠烈火，但是喷薄而出流到画幅上，却是"离奇超脱，苍劲中姿媚跃出"，小品画如此，书法也是如此。其实，这正是苏轼所概括的"端庄杂流丽，刚健含婀娜"的艺术境界。杜甫诗歌雄浑苍劲与清新流丽交织，李白诗歌工丽中有英爽之气，王维诗歌与绘画相互交融等，都是这种现象的例证。

艺术家往往具有多副艺术手腕，因而作品也呈现出多种风貌。张岱认为徐渭的书法与绘画也相互通连，"青藤之书，书中有画；青藤之画，画中有书"是一个颇富眼力的艺术论断。

自题小像 张 岱

功名耶落空,富贵耶如梦。忠臣耶怕痛,锄头耶怕重,著书二十年耶而仅堪覆瓿①。之人耶有用没用?

《琅嬛文集》

【注释】

①覆瓿:原作覆瓵。比喻著作毫无价值,只可以盖酱罐用。语出《汉书·扬雄传》。据载刘歆看了扬雄的《太玄》《法言》后,对他说:"空自苦!今学者有禄利,然尚不能明《易》,又如《玄》何?吾恐后人用覆瓿也。"

【赏读】

画像题词是文人最喜欢的韵事,好的题词颇能传画中人物的风貌神韵。如王维给孟浩然画像的题词:"颀而长,峭而瘦,衣白袍,靴帽重戴,乘款段马——一童总角,提书笈、负琴而从——风仪落落,凛然如生",就将孟浩然骨貌淑清、风神散朗的形象刻画得神采奕奕。诗人自咏,就像画家自画,以传神为贵。历来自画其像者,审美旨趣大不相同,有人遮丑而显美、隐恶而扬善,以阿谀附世;有人则故意露己之丑、暴己之恶,以自嘲惊世。张岱的这篇《自题小像》就是后者的一个典型代表,他极尽自我嘲弄之能事,抒发出心底的愤懑,是对命运不公的抗议。

全文仅有六句。前两句说自己追求功名事业却一无所获,过了四十年豪贵公子的繁华生活,到头来却成南柯一梦。这是对一生经历的概括,饱含辛酸悲痛。三、四句说自己既不能在覆国之际学忠臣那样以死殉国,亡国之后也不愿像农夫那样躬耕田野,自食其力。这两句自嘲有自我解剖的意义,一方面懦弱的性格使他没有杀身成仁的刚毅果敢,另一方面过惯了豪奢生活的公子即使落难也难以真正融入农夫的行列。最后两句说自己隐居山野著书二十年,完成的《金匮书》只能用来覆瓮,真不知道自己是有用还是没用。其实,张岱忍辱含耻活着的目的,就是为了撰写晚明的历史,他的《金匮书》《陶庵梦忆》《西湖梦寻》等著作,都是为了保存故国的史实,以寄托亡国之思,这些书当然有重大价值,因此张岱的自嘲,无非是用戏谑的口吻来倾泻满腔的悲愤,一吐平生的遗恨。

  这篇题词风格颇受徐渭《自书小像》的影响,徐渭说自己:"龙耶猪耶?鹤耶鬼耶?蝶栩栩耶?周蘧蘧耶?畴知其初耶?"调侃的反问中透出一种违逆世俗的抗争精神。张岱的曾祖父张元忭是徐渭的至交,而张岱生平对徐渭诗文书画又非常酷爱,这篇题词显然有模仿徐渭的痕迹,但张岱经历的人生巨变超过了徐渭,因此文笔更显深沉苍凉。

《新西厢》①序 卓人月②

天下欢之日短而悲之日长，生之日短而死之日长，此定局也。且也欢必居悲前，死必在生后，今演剧者，必始于穷愁泣别，而终于团圞③宴笑，似乎悲极得欢，而欢后更无悲也；死中得生，而生后更无死也：岂不大谬耶！

夫剧以风世，风莫大乎使人超然于悲欢而泊然于生死。生与欢，天之所以鸩人也；悲与死，天之所以玉人也④。

第如世之所演，当悲而犹不忘欢，处死而犹不忘生，是悲与死亦不足以玉人矣，又何风焉？又何风焉？

崔莺莺之事以悲终，霍小玉之事以死终⑤，小说中如此者不可胜计。乃何以王实甫、汤若士之慧业⑥而犹不能脱传奇之窠臼耶？余读其传而慨然动世外之想，读其剧而靡焉兴俗内之怀，其为风与否，可知也。《紫钗记》犹与传合，其不合者止复苏一段耳，然犹存其意。《西厢》全不合传。若王实甫所作，犹存其意；知关汉卿续之，则本意全失⑦矣。余所以更作《新西厢》也，段落悉本《会真》，而合之以崔、郑墓碣，又旁证之以微之年谱⑧。不敢与董、王、陆、李诸家⑨争衡，亦不敢蹈袭诸家片字。言之者无饰，闻之者足以叹息。盖崔之自言曰："始乱之，终弃之，固其宜也"；而元之自言曰：天之尤物，"不妖其身，必妖于人"⑩，合二语可以蔽斯传矣。因其意而不失，则余之所以为风也。

《古文小品冰雪携》

【注释】

①《新西厢》：据焦循《剧说》记载，是卓人月编撰的剧本，打破了传统的大团圆结局，写成了悲剧，可惜已经失传。

②卓人月（生卒不详）：字珂月，浙江仁和（今杭州）人，约明末前后在世。贡生，和孟称舜、袁于令颇有交谊。工词曲，有《寤歌词》十二卷及《花舫缘》杂剧一本。另有《古今词统》《蟾台蕊渊》等传世。

③团圞（luán）：形容月圆，此指团圆。

④鸩人：毒害人。玉人：助人成事。

⑤崔莺莺之事以悲终：指唐代元稹《莺莺传》的故事以悲剧结束。霍小玉之事以死终：唐代蒋防《霍小玉传》的故事以小玉的死结束。

⑥慧业：本指智慧的事业，此指文学创作。

⑦本意全失：过去有一种说法，认为杂剧《西厢记》前四本是王实甫所作，第五本为关汉卿续作。这第五本以大团圆的喜剧结局，与原小说的悲剧色彩完全不同。

⑧崔、郑墓碣：据说，明代曾在河南出土唐人秦贯撰写的《荥阳郑府君、夫人博陵崔氏合祔墓志铭》刻石，有人因姓氏的偶合，认为墓主即是《西厢记》中的郑恒和崔莺莺。微之年谱：宋人王性之编有《元微之年谱》。微之是《会真记》作者元稹的字。

⑨董、王、陆、李诸家：指金代《西厢记诸宫调》的作者董解元、元杂剧《西厢记》的作者王实甫、明代《南西厢记》的作者李日华和陆采。

⑩这两段引语都见于元稹《会真记》。前一段话是张生将要离开崔莺莺西去时，莺莺在无奈间对张生说的。后一段话是张生留居长安，已决意抛弃莺莺时对友人说的。卓人月认为张生就是元稹的

化身，故而称张生的话为"元之自言"。

【赏读】

《新西厢》是明代末年卓人月编撰的杂剧，他因为不满历代将唐传奇《莺莺传》改编的剧本都是大团圆结局的传统窠臼，故而将其改变成悲剧。可惜该剧遗佚，唯存这篇表现悲剧观念的序文。

首先，他的悲剧观与他的人生经历有关。他生活的时代正是明末，处于末世的文人大都有一种颓靡无望的心理，要么醉生梦死地享乐，要么绝望而悲观厌世，卓人月属于后者。由于对时局及个人遭际的彻底失望，他悲伤惨绝地说："天下欢之日短而悲之日长，生之日短而死之日长，此定局也。"这是对生命的一种悲观的理解。

其次，他的悲剧观受老庄人生哲学的影响。老子认为人生最大的苦难在于有了生命，庄子认为人生浮游无定，只有死才能得到永久的安息。卓人月也说"生与欢"都是害人的毒酒，只有"悲与死"才是成全人类的美意。既然如此，人生如何才能摆脱对悲苦和死亡的恐惧呢？卓人月认为可以通过戏剧艺术使人彻悟悲欢与生死之理，从而淡然地对待人生的悲苦与死亡。因此他认为大团圆结局模式那种"悲极得欢，而欢后更无悲也；死中得生，而生后更无死也"的观念是非常错误的。他还认为戏剧应该表现传统的儒家风教观念，这种风世不是一般意义上的教育与感化，而应该是"风莫大乎使人超然于悲欢而泊然于生死"。

第三，卓人月认为戏剧只有表现人生的这种悲剧本质才是合理的，因此杂剧的改编不应该违背原著设计的结局。崔莺莺、霍小玉本是悲剧人物，但是王实甫、关汉卿改编的《西厢记》《紫钗记》等与原传都不十分相合。因而他要完全按照《会真记》的结局，把张生与崔莺莺的爱情故事写成悲剧。

当然，卓人月的这种观点并不是完全正确的。后人改编前人的作品，必定将自己对人生意义的理解贯注在新的作品中，像王实甫改编的《西厢记》尽管与原传不完全相合，但是他表现出"愿天下有情人终成眷属"的美好理想，带给人们的是温馨的希望和圆满和乐的温暖，人生虽然最终要走向死亡，但是珍重生命，感受生活中点点滴滴的美好瞬间，从而使人生变得有滋有味，不也是很高的境界吗？

江南卧游册题词·横塘　李流芳[①]

去胥门九里,有村曰横塘[②],山夷水旷,溪桥映带村落间,颇不乏致。予每过此,觉城市渐远,湖山可亲,意思豁然,风日亦为清朗。即同游者未喻此乐也。

横塘之上,为横山。往时曾与潘方孺[③]阻风于此,寻径至山下,有美松竹,小桃方花,恍若异境,因相与攀跻[④],至绝顶,风怒甚,几欲吹堕。二十年事也。

丁巳[⑤]中秋后三日画于孟阳[⑥]阊门寓舍,九月复同孟阳至武林,夜雨,泊舟朱家角补题。

《檀园集》

【注释】

①李流芳(1575～1629):字长蘅,又字茂宰,号香海,又号泡庵,晚称慎娱居士。嘉定(今属上海)人,万历举人,三赴会试均不第。因魏忠贤乱政,遂绝意进取,筑檀园读书其中。工诗善书,尤精绘画。与唐时升、娄坚、程嘉燧并称"嘉定四先生"。著有《檀园集》十二卷。

②横塘:大塘名,在苏州市西南,以分流东出,故名。是一处风景名胜。

③潘方孺:作者友人,事迹未详。

④攀跻:攀登。

⑤丁巳:明万历四十五年(1617)。

⑥孟阳：程嘉燧（1565～1643），字孟阳，号松园，休宁人，侨居嘉定，是李流芳志同道合的友人。

【赏读】
　　这是李流芳写在《江南卧游册·横塘》画幅上的题词，以优美的文笔描绘了横塘的景致，相当于一则景点说明文，与画相映成趣。
　　横塘在苏州城郊外，离胥门九里，远山横在天际，河水晶莹如玉带，蜿蜒切开平旷的原野，小溪上一座座拱形的小桥掩映在参差错落的村落间，景致特别迷人。每次经过这里，作者总感觉到远离城市的喧嚣，湖光山色蔼然可亲，风清气朗能够使心胸开阔，自然那乐趣只可意会难以言传。横塘之上就是横山，往时曾因大风受阻来到山下，苍松翠竹，珊珊可爱，竹林松间，低矮的桃树正开满粉红的花瓣，灿如云锦，芳香四溢，让人恍入仙境。然后攀上山顶，大风呼号，帽子都差点吹落了。啊！那是二十年前的事了。
　　字里行间，不仅可以体味作者对大自然的那份热爱眷恋，而且还可以感受到作者对年轻时探寻风景的追念情怀，在晚年，在风雨之夜追忆旧游，谁都会在心里浮现出一缕童年的真趣。

江南卧游册题词·虎丘[1] 李流芳

虎丘,宜月,宜雪,宜雨,宜烟,宜春晓,宜夏,宜秋爽,宜落木,宜夕阳,无所不宜。而独不宜于游人杂沓[2]之时,盖不幸与城市密迩[3],游者皆以附膻逐臭[4]而来,非知登览之趣者也。

今年八月,孟阳过吴门,余拏舟[5]往会。中秋夜,无月。十六日,晚霁,偕游虎丘,秽杂不可近,掩鼻而去。今日为孟阳书此,不觉放出山林本色矣。

丁巳九月六日,清溪道中题。

《檀园集》

【注释】

①虎丘:山名。在苏州市西北阊门外,一名海涌山。相传春秋时期吴王阖闾葬于此,三日有虎踞其上,故名。唐代因避李氏先世李虎的讳,改名武丘。后恢复原名。这里泉石幽胜,上有塔,登眺则全城尽收眼底,为苏州名胜。

②杂沓:众多杂乱。

③密迩:挨得很近。

④附膻逐臭:形容很庸俗,没有高雅的风致。

⑤拏舟:摇着小船。

【赏读】

这则题词作于前一篇之后,写作的背景是:此年中秋,程嘉燧到苏州游玩,李流芳驾小舟去跟他相会,当夜云浓雨重,无月可赏,次日才雨霁天晴，于是夜晚一起游虎丘，由于游人太多，嘈杂污秽，他们很是扫兴，掩鼻而去。九月六日，李流芳再次游虎丘，这次游人稀少，山林露出了本来的面目，他心情高兴，于是在画册上记下自己的感受，一方面表现对友人的追念，另一方面也表现自己的山水情趣。

李流芳认为山水的真美，在于人静静地与自然进行精神交流，人游景中，不能有庸俗的念想，如果景点离城市太近，各色人等纷至沓来，就不可能得到登览之趣。像虎丘这样的美景，在月白风清的夜晚、在大雪纷飞千山一白的时候、在烟雨迷蒙的时刻、在春天的早晨夏天的傍晚、在秋高气爽黄花幽香的季节、在夕阳如锦落木尽染的冬日，都适宜观赏，因为这里四季都秀色可餐，令人流连忘返。但是，这样紧傍喧嚣城市的胜境，最不适宜附庸风雅、满身铜臭的俗客，蜂拥嘈杂而来，他们无法体会登高览景的幽趣。

这篇题词，表现了李流芳这类名士喜欢独游静处、高雅脱俗的生活情趣。

题断桥春望图 李流芳

往时至湖上,从断桥一望,便销魂①欲绝!还谓所知:湖之潋滟熹微②,大约如晨光之着树,明月之入庐,盖山水相映发。他处即有,澄波巨浸③不及也。壬子④正月以访旧,重至湖上,辄独往断桥,徘徊终日。翌日为杨讥西⑤题扇曰:

十里西湖意,都来在断桥。

寒生梅萼小,春入柳丝娇。

乍见应疑梦,重来不待招。

故人知我否?吟望正萧条。

又明日作此图。小春四月,同子阳、子与夜话偶题。

《檀园集》

【注释】

①销魂:极度的欢乐。

②潋滟:水波在日光或月光照射下动荡闪烁的样子。熹微:形容早晨日光微弱的样子。

③巨浸:面积巨大的水体,如湖泊、大海等。

④壬子:明万历四十年(1612)。

⑤杨讥西:作者友人。

【赏读】

李流芳对西湖断桥美景情有独钟,不仅每次游览西湖都要到断桥一望湖光山色，而且要作诗题扇表达赞美，还嫌不够尽兴，又作《断桥春望图》以寄意。这篇题词，颇能见出这位好静游的名士对西湖佳处的独特感受。

虽然苏轼说"淡妆浓抹总相宜"，但是西湖的景致并非处处时时都适合观赏，李流芳看景最不喜人多嘈杂，因此穿过游人如织的苏堤，越过富丽堂皇的亭台楼阁，来到这古雅朴素的断桥，展现在眼前的是另一番景象。这里人迹稀少，路面空旷，微风吹拂，柳丝婆娑起舞，浅草丛中落花缤纷。向湖面远眺，烟波浩渺，雾气蒙蒙，远处绿树叠翠，青山献黛，近处碧波如縠，潋滟轻漾，与静穆的白堤合为一个深沉、恬静、淡雅的世界，真让人销魂欲绝。

题孤山夜月图 李流芳

曾与印持①诸兄弟,醉后泛小艇,从西泠②而归。时月初上,新堤柳枝皆倒影湖中,空明摩荡③,如镜中复如画中。久怀此胸臆,壬子在小筑④,忽为孟阳写出,真是画中矣。

《〈西湖卧游图〉题跋》

【注释】

①印持:僧人名。
②西泠:桥名。也称西陵、西林,古时原是从北山到孤山的渡口。宋朝,从苏堤跨过虹桥向东,到西泠桥的西角,沿岸都种满了荷花,"曲院风荷"就在这里。
③摩荡:荡漾。
④小筑:别墅。

【赏读】

这篇题跋为好友程嘉燧描绘了一幅孤山月夜游览西湖的图画,表现了一种独特情境下西湖的美。一天夜晚,与几个佛门的朋友,喝得酩酊大醉,从冷绿荒烟的西泠桥,乘坐小艇返回。此时新月初上,湖面空明澄澈,如透明的水晶,湖光月色交相辉映,堤上柳丝垂下,与水里的倩影对接起来,飘然飞动,一时间人不知是在空中还是在水中,抑或是在画中。作者在这里寻觅到了画中景醉中情,感受出西湖独特的真美,以致回到别墅还不能忘怀,抑制不住清兴的勃发,于是画出那夜的情景。

题春湖词 陈仁锡[1]

尝笑红粉心长,节侠气短[2],西湖不然。节侠心即红粉心,拜岳先生,牙齿尽裂;才过第一桥,浑眼[3]娇粉,以此二障牵惹,湖光消去一半。夫缟衣綦巾[4],齿于蝤蛴[5];衷怀悒佗[6],属云义愤;缘红粉心不真耳。初抵杭,忽见撩草人,如睹西湖面。古今怀古诗,鹧鸪宫草,一经摹拟,便成丑恶。词云:"见说当年歌舞地,钱塘三日断江潮。"老劲,他诗称是。月之十,泊岳坟,坐楼舟,"美人跃马如飞电,琵琶消尽第三桥"。归作《春湖词序》。

《陈明卿集》

【注释】

①陈仁锡(1581~1636):字明卿,长洲(今江苏苏州)人。万历二十五年(1597)中举,此后久不第,潜心经世之学。天启二年(1622)以殿试第三授翰林编修。后因不肯撰魏忠贤铁券文落职,崇祯初,复故官,迁南京国子祭酒。卒谥文庄。有《无梦园集》四十卷。

②红粉心:女子柔情心肠。节侠气:英雄气概。

③浑眼:满眼。

④缟衣綦巾:《诗经·郑风·出其东门》:"缟衣綦巾,聊乐我员。"缟衣,白色男服;綦巾,青苍色女服。

⑤蝤蛴:天牛的白色幼虫。形容女子颈项白嫩。

⑥悒佗：忧郁。

【赏读】

　　这篇题词提出了一个"节侠心即红粉心"的新观点。乍看来很是惊奇，儿女情长者总是英雄气短，有英雄气概者又往往缺乏儿女柔情。而游览西湖使作者有所感悟，西湖使二者和谐统一起来了。岳坟即西湖的英雄气，游人过此，无不齿牙尽裂，义愤填膺，天下忠肝义胆一时都来奔赴；而柳烟桃云，满眼娇粉，笙歌莺语，又使西湖妩媚多姿，酷肖西子。节侠与红粉能够和谐相处，相得益彰。接着，以"缟衣綦巾，齿于蝤蛴；衷怀悒佗，属云义愤"的判若两类，来说明是红粉心不真的缘故。因为真正的红粉心也有侠义心肠，真正的侠义气也有红粉情怀。中国士大夫以儿女情长为耻，原因在于缺乏真正的红粉心。这表现出作者追求"至情"的人生理想，他所谓的"至情"除了汤显祖表现的至纯至真至深外，还加上一副衷肠烈火的豪迈。西湖成为这一理想的化身。

《苏黄题跋》序 董其昌[①]

　　苏门四友[②],惟山谷学不纯,师东坡,事之,隐然敌国。文章气节之外,戒行精洁,平生罪过比于露坐科头[③]者,祇[④]小艳词耳。此真东坡之所畏[⑤]。其为文仿《兰亭叙》[⑥],题跋书画,寥落短篇,出于刘义庆《世说》[⑦]。虽偏师取奇,皆超出情量[⑧],动中肯綮[⑨],而广川之藻,长睿之博,顾不无逊席焉。亦得坡公熏染力耳。

　　当宣和时党禁[⑩],苏、黄及其翰墨,凡书画有二公题跋者,以为不祥之物,裁割都尽,乃以进御,盖论世者兴嗟焉。岂知五百年后,小玑片玉,尽享连城,如侍御杨公衰成[⑪]此集耶?

　　山谷尝为子弟言:"士生于世,可百不为,惟不可俗,俗便不可医也。"恰大节[⑫]而不可夺者不俗也。宋人之以为不祥也,俗也。侍御公之结集也,医俗也。世有不俗者定不作书画观矣。

《容台集》

【注释】

　　①董其昌(1556～1636):字玄宰,号思白,别号香光居士,华亭(今上海松江)人。万历十七年(1589)进士,授编修,官至南京礼部尚书。他少负盛名,才华俊逸,书法超越当时名流,自成一家;绘画集宋元诸家之长,却独具一格。标榜"文人画",推崇"南宗",画风和画论对晚明以后的画坛影响深远。著有《画禅室随笔》《容台集》等。

②苏门四友：即"苏门四学士"，黄庭坚、秦观、张耒、晁补之。

③露坐科头：露天而坐，不戴帽子。有显露之意。

④祗：只。

⑤所畏：所敬服。

⑥《兰亭叙》：即王羲之《兰亭集序》。

⑦《世说》：指刘义庆《世说新语》，多记逸闻轶事，以短小精悍、言简意丰为特色。

⑧超出情量：突破常情的界限。

⑨肯綮：筋骨结合的地方。比喻要害、最重要的地方。

⑩当宣和时党禁：宣和五年（1123）、六年（1124），宋徽宗两次下诏，严禁苏黄文集。

⑪侍御杨公：生平不详。侍御，官名，即侍御史。裒（póu）成：聚集编纂。

⑫恰大节：坚持高尚的节操。

【赏读】

《苏黄题跋集》是一些评论诗书画的精妙小品，当元祐党禁严酷之时，它们与苏黄文集一起被视为"不祥之物"，散乱遗佚，不为世人所重。但是，否极泰来，五百年后，这些经过精心搜辑而成集的题跋，却变成了"小玑片玉，尽享连城"，篇篇光彩照人。透过那段沧桑历史，让人领悟到艺术的真谛，这是董其昌的跋文给人的一个强烈印象。

另一个强烈印象是董其昌对黄庭坚的评价与理解。他认为黄庭坚虽然师事苏轼，却不墨守成规，而是自创苑囿，与乃师"隐然敌国"，并称"苏黄"。因为山谷为人为文刻意追求超脱流俗的奇崛风格，这种处俗而不俗的艺术追求，来自深厚的修养。山谷糅合儒释道三家，内刚外柔，一生兀傲耿介，持节守正，故能居穷而泰、处变不惊。董其昌既赞赏山谷为人的"戒行精洁"，又叹服其文"虽偏师取奇，皆超出情量，动中肯綮"，认为可以和《兰亭集序》《世说新语》相媲美。这样的评论不务空言，知人论世，既揭示出山谷风格的师承渊源，又能把握其内蕴形成的原因，堪称山谷的知音。

寥寥数语，俗中谈雅，叙述、评议、赞赏相结合，立意精警，体现了平易中见奇崛的特色，与苏黄题跋有异曲同工之妙。

《西游记》题词 慢亭过客①

　　文不幻不文，幻不极不幻。是知天下幻极之事，乃极真之事；极幻之理，乃极真之理。故言真不如言幻，言佛不如言魔②。魔非他，即我也。我化为佛③，未佛皆魔。魔与佛力齐而位逼，丝发之微，关头匪细④。摧挫之极，心性不惊。此《西游》之所以作也。说者以为寓五行生克⑤之理，玄门修炼之道⑥。余谓三教⑦已括于一部，能读是书者，于其变化横生之处引而申之，何境不通，何道不洽？而必问玄机于玉匮⑧，探禅蕴于龙藏⑨，乃始有得于心也哉？至于文章之妙，《西游》《水浒》实并驰中原。今日雕空凿影，画脂镂冰⑩，呕心沥血，断数茎髭而不得惊人只字者，何如此书驾虚游刃⑪，洋洋洒洒数百万言，而不复一境，不离本宗；日见闻之，厌饫⑫不起，日诵读之，颖悟自开也。故闲居之士，不可一日无此书。

《西游记》

【注释】

　　①慢亭过客：袁于令（1592～1674）别号。原名韫玉，又名晋，字令昭，一字凫公，号箨庵，又号白宾、慢亭过客、吉衣主人等。吴县（今属江苏）人。明末生员，入清后任荆州知府，因忤监司免官。晚年寓居会稽。撰有通俗小说《隋史遗文》，又作传奇《西楼记》《金锁记》《玉符记》《肃霜裘》《长生乐》《瑞玉记》等八种和杂剧《双莺传》一种。

②魔：梵文"魔罗"的简称，意译为"扰乱""破坏""障碍"等。一切烦恼、疑惑、迷恋等心理活动，"夺慧命，坏道法、功德、善本"，亦谓之"魔"。

③我化为佛：佛教禅宗认为，众生心性本净，佛性本有，故觉悟不假外求，只须"以无念为宗"，即可"见性成佛"。《西游记》第十三回，三藏曰："心生，种种魔生；心灭，种种魔灭。"这也是讲佛在我心、我化为佛的道理。

④关头：犹关卡，起决定作用的时机或转折点。匪细：不细，不小。

⑤五行生克：指金、木、水、火、土五种物质相互促进，相互排斥。

⑥玄门修炼之道：指道教宣扬的炼丹修持以"与道合一"，得道成仙。

⑦三教：儒教、道教、佛教。

⑧玄机：道家语，深奥的妙谛。玉匮：玉制的箱子，指道教经典。

⑨禅蕴：禅宗悟道的精蕴。龙藏：佛家谓大乘经典藏于龙宫，故称龙藏。

⑩画脂镂冰：在凝固的脂肪或冰上绘画雕刻，一旦消融，化为乌有。这里比喻艺术生命短暂。

⑪驾虚游刃：形容《西游记》的创作轻松利落，游刃有余。

⑫厌饫（yù）：饱食。比喻大量阅读。

【赏读】

袁于令的这篇题词讨论了小说创作的写实与虚构的重大问题。幻与真，是古代小说的重要审美范畴，此前，谢肇淛《五杂俎》即认为小说不同于史传，"须是虚实相半，方为游戏三昧之笔，亦要有情景造极而止,不必问其有无也"。袁于令这篇题词则提出"文不幻不文,幻不极不幻",明确强调没有想象、虚构就没有文学,对于神魔小说来说,确实抓住了问题的精髓。接着,他进一步将论点推到极致:"天下幻极之事,乃极真之事;极幻之理,乃极真之理。"虽然看起来有点绝对化,实际上指出了一种比客观现实更高的艺术真实。在《西游记》高度虚幻的神魔世界里,其实存在着真实的影子,从中可以感悟到某些人生的真谛,在消遣、娱乐中能够体味世态炎凉,孙悟空的人生经验,西天取经的艰难历程,其实就是现实人生的一种真实的折射。

正因为《西游记》幻中有真,极幻极真,所以题词充分肯定了《西游记》"驾虚游刃"的成就,认为和《水浒传》一样能够并驾齐驱。题词还论及《西游记》的主旨,认为是一部参禅悟道的宗教小说。正如鲁迅《中国小说史略》中所说,明朝中叶以后出现了许多神魔小说,一个重要原因是受到"三教同源"观念的影响。

尽管《西游记》也肯定存在宗教宣传的意图,但是其主流意识还是市民文化心态,并融合了绿林文化、史官文化、巫术文化等因素,其底色是批判现实人生。由传奇曲折的故事、奇幻迷离的环境、神奇怪异的人物、幽默讽刺的手法、诙谐通俗的语言,构成了一个幻中见真的独特艺术境界。

《青溪集》叙 屠 隆[①]

青溪者何？青浦也。青浦，古䍩拳[②]地，居云间[③]西鄙，为泽国。空波四周多鸥凫菱芡，景小楚楚[④]，每乘月荡桨，如镜中游，九峰三泖[⑤]落几席。湖上盖又有二陆先生墓云。余雅抱微尚，缅怀哲人，而余乡沈嘉则先生、就李[⑥]冯开之吉士，适以七夕至，至即相与操方舟，出郭行游苇萧野水间。是夜云物大佳，天星并丽，余三人叩舷和歌，仰视青汉，因风而送曼声[⑦]，乐甚。已复相携游泖湖，登湖上浮屠，寻佘山[⑧]，蹑天马，吊二陆祠[⑨]，慷慨兴怀焉。盖流连三日，而开之别去。嘉则留斋头旬日，余退食即相与扬扢[⑩]风雅，讽咏先王，不及于政。嘉则得诗若干首，余诗与之略相等[⑪]。先生发短而心甚长，诸所撰结更雄丽，神王哉！余与对垒，逡巡畏之。于是谋刻先生诗，余与开之附焉，而用"青溪"命集。

冷致蘋花摇夜月，清音芦叶泣秋风。

《明人小品十六家·屠隆》

【注释】

①屠隆（1542～1605）：字长卿、纬真，号赤水、鸿苞居士，鄞县（今属浙江）人。万历进士，曾任青浦知县，礼部郎中，后遭弹劾罢归，纵情诗酒声色。他才思敏捷，下笔动辄千言，辞采藻艳，如玉树珊瑚，但不免芜杂。有《白榆集》《由拳集》《栖真馆集》《鸿苞集》等，皆明刻本。

②䍩拳：即"由拳"，故地在浙江嘉兴市南。

③云间:地名,上海市松江区(古华亭)的古称。晋陆机、陆云兄弟乃松江华亭人。

④楚楚:鲜明,秀美。

⑤泖:水面平静的小湖。

⑥就李:地名,在今浙江嘉兴。

⑦曼声:音调舒缓的歌声。

⑧佘山:位于上海市松江区,相传有余姓者隐居此山,故名。

⑨二陆祠:纪念陆机、陆云的祠庙。

⑩扬扢(gǔ):颂扬,赞襄。

⑪相等:相当。

【赏读】

《青溪集》是屠隆与二位友人畅游青溪的诗集,颇有文人倜傥风流的韵味。

青溪即上海市青浦区,为嘉兴古地名,在松江华亭西边,四周多湖山环绕,水面野鸟翔集,菱茨片片,景色秀丽多姿。每当三五明月之夜,泛舟湖面,如行镜中,九峰三泖映入几席之上,不知身在舟中还是躺在湖山的怀抱,那意境真是奇妙绝伦。何况湖上佘山还有云间二陆的墓碑,可以凭吊古人,一展雅洁胸襟。因此,作者挑选在七夕的夜晚,与同乡沈嘉则、冯开之操舟出游,小船划行在苇萧野水之间,天空飘着淡淡的白云,满天繁星闪烁,于是他们叩船而歌,仰视霄汉,微风飘荡着轻柔舒缓的歌声,此情此境,其乐何极!歌罢弃舟登岸,探寻佘山,登塔览胜,凭吊二陆古祠,慷慨抒发怀抱。三人于是独抒性灵,用诗歌记录生命历程中的一段难得的雅趣,且将政事抛却九霄云外。"冷致蘋花摇夜月,清音芦叶泣秋风",以如此清丽哀婉的诗句和明媚欢畅的景致相互映衬作为诗集的序文,自有一种独特的意蕴,可以体现出屠隆小品文采藻艳的特色。

跋《容斋题跋》[1] 毛 晋[2]

题跋似属小品,非具翻海才、射雕手[3],莫敢道只字。自坡仙、涪翁联镳树帜[4],一时无不效颦。鄱阳洪容斋,升苏、黄之堂而哜其胾者也[5]。恨未见其全集。乙卯秋,从长干里获其题跋二卷,尾有匏庵吴氏[6]印记,较之《随笔》所载有异同。余珍之不异木难[7],遂与六一居士《集古录》并付梓人[8]。尝忆数年前,眉公[9]与余论题跋一派,惟宋人当家,惜未有拈出示人者。余因援容斋自序云:"宽闲寂寞之滨,穷胜乐时之暇,时时捉笔据几,随所趣而志之。虽无甚奇论,然意到即就,亦殊自喜。"此独非拈出示人者耶?眉公点头抚掌曰:"袜材[10]今萃于子矣。"

《汲古阁书跋》

【注释】

①《容斋题跋》:南宋文学家洪迈著有《容斋随笔》五集,《容斋题跋》则是由后人辑录的洪氏作品。

②毛晋(1589～1659):原名凤苞,字子久,更字子晋,号潜在,江苏常熟人。明诸生,家富图籍,以布衣自处。好古博览,构汲古阁、目耕楼,藏书数万卷,请名士校勘,世所藏影宋精本,多所收藏,传刻古书,流布天下。其所用纸张,每年从江西特造,厚者名毛边,薄者名毛太,至今沿用其名。曾刻《津逮秘书》十五集。有《野外诗题跋》《汲古阁书目》等著作。

③射雕手:《北齐书·斛律光传》:"尝从世宗校猎,见一大鸟,

云表飞扬，光引弓射之，正中其颈。此鸟形如车轮，旋转而下，至地，乃大雕也。……邢子高见而叹曰：此射雕手也。"后以此指技艺出众的能手。

④坡仙：指宋代文学家苏轼（号东坡）。涪翁：宋诗人黄庭坚号。联镳（biāo）：即联鞭，比喻相等或同进。

⑤啠（jì）：尝。胾（zì）：大块的切肉。此处指洪迈能继承苏、黄的长处。

⑥鲍庵吴氏：明人吴宽，号鲍庵，著名藏书家。

⑦木难：宝珠名。

⑧梓人：雕刻书板的工人。

⑨眉公：明代文学家陈继儒，号眉公。

⑩袜材：做袜子的材料。苏轼《筼筜谷偃竹记》："与可画竹，初不自贵重。四方之人持缣素而请者，足相蹑于其门，与可厌之，投诸地而骂曰：'吾将以为袜！'"

【赏读】

毛晋是明末清初著名的藏书家、刻书家。他每刻一书必先广求善本，经过仔细校勘，订正讹误后，用特制的纸张印刷，世称善本。刻印时，毛晋必定对该书版本、错讹、内容大旨等进行研究，将所得写成题跋，附刻书后。据时人潘景郑搜集，共计249篇，堪称宏富。毛晋深知撰写题跋的甘苦，说"题跋似属小品，非具翻海才、射雕手，莫敢道只字"，可见写题跋需要大手腕，更需大眼力，要有高深的修养。

明清人写题跋往往不同于宋人。宋人多由意兴触发，天机自得，随手写来，多有妙趣，"虽无甚奇论，然意到即就，亦殊自喜"。像苏轼、黄庭坚的题跋，韵致潇洒、文笔佳妙，往往寥寥几行，却耐人咀嚼。明人写作题跋，稍稍偏重版本源流，文字校勘，尤其清代乾嘉之学兴起后，常常是"援据赅博，商订详审"之后才下笔。毛晋的这篇题跋，不仅文笔疏放，而且颇显文献功力。他得到南宋著名笔记家洪迈的题跋二卷，后有明藏书家吴宽（号匏庵）的印记，因此将其与欧阳修的《集古录》一起刊刻，当做宝贝珍藏。这不仅因为毛晋喜爱洪迈题跋具有苏黄题跋那样的艺术魅力，还缘于得到古人真刻时心生的那份独特的惊喜。由此可见毛晋酷爱古籍、精于赏鉴的人生意趣。

题《闲情小品》序 华 淑[①]

　　夫闲，清福也，上帝之所吝惜，而世俗之所避也。一吝焉而一避焉，所以能闲者绝少。仕宦能闲，可扑长安马头前数斛红尘；平等人闲，亦可了却樱桃篮内几番好梦。盖面上寒暄，胸中冰炭。忙时有之，闲则无也；忙人有之，闲则无也。昔苏子瞻晚年遇异人呼之曰："学士昔日富贵，一场春梦耳。"夫待得梦醒时，已忙却一生矣。名墦利垄[②]，可悲也夫！

　　余今年栖友人山居，泉茗为朋，景况不恶。晨推窗：红雨[③]乱飞，闲花笑也；绿树有声，闲鸟啼也；烟岚灭没，闲云度也；藻行可数，闲池静也；风细帘清，林空月印，闲庭悄也。以至山扉昼扃，而剥啄[④]每多闲侣；帖括[⑤]困人，而几案儿多闲编；绣佛长斋，禅心释谛，而念多闲想，语多闲辞。闲中自计，尝欲挣闲地数武[⑥]，构闲屋一椽，颜曰"十闲堂"，度此闲身。而卒以病废，亦以好闲不能致也。

　　长夏草庐，随兴抽检，得古人佳言韵事，复随意摘录，适意而止，聊以伴我闲日，命曰《闲情》。非经，非史，非子，非集，自成一种闲书而已。然而庄语足以警世，旷语足以空世，寓言足以玩世[⑦]，淡言足以醒世。而世无有醒者，必曰此闲书不宜读而已。人之避闲也，如是哉！然而吾自成其非经非史、非子非集之闲书而已。

《闲情小品》

【注释】

①华淑（1589～1643）：字闻修，号断园居士，无锡（今属江苏）人。读书惠山之下，工诗，以清新深婉为宗。编有《闲情小品》（二十八种，包括《花间琐事》《乐府余编》《书斋清事》《溪山余话》《禅榻梦余》等，明刻本）。

②名墦利垄：追求名利终归坟墓。墦、垄，都指坟墓。

③红雨：飞落的花瓣。

④剥啄：敲门声。

⑤帖括：临摹字帖。

⑥武：步。

⑦玩世：对现实采取不严肃的讥讽态度。

【赏读】

《闲情小品》是华淑编辑的一系列收集古人佳言韵事的书籍，共二十八种之多。据他自述是闲适中"随意摘录，适意而止"的专供消遣的书，但是这部"非经，非史，非子，非集"之闲书却具有"警世""空世""玩世""醒世"等作用，因此，还是有所寄托的。

这篇短序开篇阐述了人生意义，他认为人生一辈子总是忙忙碌碌，难得清闲，追逐名利者，最终不过赢得春梦一场，走进"名墦利垄"之中，因此享受上帝吝惜而俗人逃避的"清闲"才是人生最大的清福。这样的人生态度，显然是经历过宦海沉浮后归隐山林者的典型心态。

接着描述自己在友人山居享受到的闲适生活景象：清晨，一边品着芳茗，一边欣赏闲花笑吟吟地抛落花瓣，倾听闲鸟在绿树林间婉转地歌唱，静观烟岚出没于山涧，闲云飞度在峰巅；夜晚，享受清幽细微的山风拂过莲池吹进窗帘的香味，在空明如水的庭院沐浴着明月的清辉闲静地散步。偶尔叩门拜访的也是有着闲情逸致的朋友，几案上摆放着字帖和佛教方面的书籍，心里充满闲想，口中说着闲话，并计划建构"十闲堂"来度此闲身。把一个闲人闲适的心态刻画得惟妙惟肖。

最后，交代自己在长夏消暑养病中编辑《闲情小品》的旨意。尽管是一部彻头彻尾的消闲之作，但是毕竟也表现了一种人生境界，对厌倦污浊官场和滚滚红尘的人们来说，未必不是一剂心灵的镇定良药。

《牡丹亭记》题词　汤显祖[①]

天下女子有情，宁有如杜丽娘[②]者乎！梦其人即病，病即弥连[③]，至手画形容[④]，传于世而后死。死三年矣，复能溟莫中求得所梦者而生。如丽娘者，乃可谓之有情人耳。

情不知所起，一往而深，生者可以死，死可以生。生而不可与死，死而不可复生者，皆非情之至也。梦中之情，何必非真，天下岂少梦中之人耶？必因荐枕[⑤]而成亲，待挂冠[⑥]而为密者，皆形骸之论也。

传杜太守事者，仿佛晋武都守李仲文、广州守冯孝将儿女事[⑦]，予稍为更而演之。至于杜守收拷柳生，亦如汉睢阳王收拷谈生也[⑧]。

嗟夫！人世之事，非人世所可尽。自非通人，恒以理相格耳。第云理之所必无，安知情之所必有耶！

万历戊戌[⑨]秋清远道人题。

《汤显祖诗文集》

【注释】

①汤显祖（1550～1616）：字义仍，号海若、若士、清远道人。江西临川人。明代杰出的戏曲作家，在戏曲创作方面，反对拟古和拘泥于格律，与沈璟过于讲求声律相对立。其戏曲代表作《紫箫记》《紫钗记》《还魂记》（即《牡丹亭》）《南柯记》《邯郸记》，后四种合称"临川四梦"，或"玉茗堂四梦"，在明代传奇中占有重

要地位。诗文有《红泉逸草》《玉茗堂集》等。

②杜丽娘：《牡丹亭》中的人物，渴望理想的爱情生活，梦中与书生柳梦梅结合，经过生死不渝的曲折，终成夫妇。

③弥连：弥留，病重快要死了。

④手画形容：《牡丹亭》有《写真》一出，杜丽娘死前自画其像以传世。

⑤荐枕：即进献枕席，借指侍寝。

⑥挂冠：辞官。

⑦"仿佛"句：《搜神后记》卷四载李仲文亡女与张氏子梦中婚恋事。《异苑》卷八载冯孝将之子与徐氏亡女因梦而成夫妇事。

⑧"亦如"句：《搜神记》卷六记载，一女子夜就谈生，结为夫妇，并赠给珠袍。此女子实为睢阳王之女，已死。睢阳王怀疑谈生盗墓，于是收拷之，最终成全其夫妇。

⑨万历戊戌：明神宗万历二十六年（1598）。

【赏读】

汤显祖的这篇题词，揭示出《牡丹亭》主人公杜丽娘"至情"的本质内涵，表达了对她的由衷喜爱。与唐传奇中的霍小玉、元杂剧中的崔莺莺、明话本小说里的杜十娘等"有情人"相比，杜丽娘更为奇特：她"情不知所起，一往而深，生者可以死，死可以生"。这是一种与生命不可分割的情感，或者说情感就是生命的全部。

首先，它是至纯的情，不含任何物欲的杂质。长期禁锁香闺的杜丽娘在一个明媚的春天游赏后花园，大自然的生机活泼唤醒了她驿动的青春，崇尚自然与天真的杜丽娘，产生了对爱情的渴望，并因情而梦，梦中与从未谋面的知己柳梦梅一见钟情。这种爱情没有任何权势、财富、地位等因素的干涉，完全是青年男女的自然吸引而产生的超越肉欲的纯真情感，因为"情不知所起"，才能"一往而深",才见出爱情的玉洁冰清。其次,它是至深的情。这种情虽然屡遭压抑,但是它却可以穿越幽明的阻隔,可以出生入死,又能死而复生,真可谓感天地泣鬼神!杜丽娘一场春梦后回到四面围墙如牢笼似的书斋,感到此生难圆梦中的姻缘,因而苦闷相思成病,竟为情而玉陨香消,不能得到宁可去死,这是多么深厚的情感。更妙的是,当柳梦梅为情而来,杜丽娘竟然又死而复生,为了情而冲决死神的罗网,为的是要跟相爱的人在一起,世间还有比这更深的情吗!

大凡优秀的文学作品无不以情动人,如李商隐的无题诗、秦观的爱情词、王实甫的《西厢记》、曹雪芹的《红楼梦》、汤显祖的《牡丹亭》等同样如此。他们都以各自独特的方式,写出了一生只有一次的那种至高无上的爱情,写出了人类情感的尊严,这是超越生死的至情!

"情"是汤显祖人生哲学和文艺思想的核心,他认为情是文艺的生命源泉和精神力量:"世总为情,情生诗歌,而行于神。"猖狂恣肆地抒写真情是汤显祖对明初以来封建思想长期禁锢扼杀人性的抗争,他的许多为情而生的作品直接引来了晚明尊重情感、独抒性灵的文学思潮。

《邵幼青诗草》序 钱谦益①

辛巳二月,余将登黄山,憩余抡仲之桃源庵。日将夕矣,微雨霡霂②,四山无人,白龙潭水撞耳如悬雷③,顾而乐之。谓同游吴去尘曰:"此时安得一二高人逸士,剥啄款门,为空谷之足音乎?"俄而篱落间飒拉有声,屐齿特特然,则邵幼青偕其叔梁卿,俨然造焉,再拜而起曰:"吾两人宿舂粮,从夫子于白岳而不及也,今乃得追杖屦于此④。"皆出其诗以求正焉。越翼日,余登山憩文殊院,幼青踵至,曰:"梁卿肥,不便登顿,至慈光寺而返;吾亦从此而止。明日遥望天都峰顶,如昔人登莲花峰,以白烟一缕为信,摇手一笑耳。"

余语去尘:"新安城市,浩如尘海,得二邵君,差足妆点物色,他日可以为美谈也。"去尘问二邵诗云何?余曰:"古云诗人,不人其诗而诗其人,何也?人其诗,则其人与其诗二也,寻行而数墨,俪花而斗叶⑤,其于诗犹无与也。诗其人,则其人之性情诗也,形状诗也,衣冠笑语,无一而非诗也。吾与子游芎村、药谷⑥之间,山重水袭,溪回谷转,青鞋布袜,杳然尘埃之外。于斯地也,穿烟岚,穴云气,扶杖而追寻。司空表圣之论诗曰:'晴雪满竹,隔溪渔舟。可人如玉,步屧寻幽。'吾之遇二邵于斯也,表圣之所云,显显然在心目间,称之曰诗人焉其可矣。吾游黟山,不获见桃花如扇,竹叶如笠,松花如虆⑦,得二诗人于芎村、药谷之间,夫然后而知诗,夫然后而知诗人,兹游之所得奢矣。"去尘告我曰:"幼青以求序故,典妇一钗,赁舟过虞山,食尽反矣,幸有以慰之。"余曰:"诺。"遂书之以为序。

幼青肤清貌癯,如羽人道流。其诗少摹长吉,晚师香山,骨气清稳,非以割剥为能事也。海内能诗者知之,余不具列焉。辛巳⑧嘉平月序。

《牧斋初学集》

【注释】

①钱谦益(1582~1664):字受之,号牧斋,又号蒙叟,江苏常熟人。明末清初文学家。他极力排斥前后七子诗歌的模拟因袭和钟惺、谭元春诗歌的纤仄诡怪,转移了当时诗歌的风气。文章纵横捭阖;诗宗杜甫、中晚唐及南北宋诸大家,以典丽见长。有《初学集》《有学集》《投笔集》等。

②霢霂(mài mù):小雨连绵。

③悬霤(liù):屋檐水。

④宿舂粮:隔宿舂米储粮。杖屦:亦作"杖履",为敬老之词,亦指老人出游。

⑤寻行而数墨,俪花而斗叶:指雕章琢句,玩弄形式技巧。

⑥芎村、药谷:乡村、山谷。

⑦纛(dào):古时军队或仪仗队的大旗。

⑧辛巳:崇祯十四年(1641)。

【赏读】

钱谦益是诗坛宗师,所以当时很多人以得到他所作序文为荣耀,黄山脚下的老诗人邵幼青就是其中之一。他为了能求到钱谦益作序,竟典当夫人的金钗,偕同其叔父邵梁卿一起,自备干粮,租赁船只前往江苏虞山拜访,不巧钱谦益游览黄山去了,于是他们又杖履追踪到黄山,终于在山上得以相见。

首先,他认为"肤清貌癯"的幼青是脱落人间烟火气的羽人道流,然后以"日将夕矣,微雨霢霂,四山无人,白龙潭水撞耳如悬雷"为背景,幽峭清空的山谷为邵幼青的登场渲染氛围,而邵幼青正好在作者心境悠然、正盼望一二高人逸士空谷足音之时突然出现,相见后的一番风趣谈话,使作者不禁赞叹道:"新安城市,浩如尘海,得二邵君,差足妆点物色,他日可以为美谈也。"接着借评价邵幼青的诗歌引出作者的诗歌主张。钱谦益反对前后七子的模拟诗风,也不满竟陵派的幽深孤峭,对玩弄形式技巧矫揉造作的作品十分反感,要求诗如其人,而邵幼青将个人的精神气质全部融注在自己的作品里,做到了"人之性情诗也,形状诗也,衣冠笑语,无一而非诗也",因而达到了较高的成就。其实,邵幼青的诗歌在晚明时代并不出名,钱谦益之所以给予如此的评价,主要是阐扬他"诗如其人"的文学主张。

题张子石临兰亭卷[1] 钱谦益

往吾友程孟阳[2]汲古多癖，常宝藏"兰亭"一纸，坐卧必俱，以为真定武[3]也。等慈长老居拂水[4]，亦好观"兰亭"，孟阳端席拂几，郑重出视。等慈指"放"字一磔以为稍短，孟阳怫然不悦曰："此放字稍短，如苍鹰指爪一缩，有横击万里之势，若少展则无余也矣。师老书家，尚留此俗笔于眼底耶？"辞色俱厉，面发赤不止，余以他语间之而罢。

今年冬日，纸窗孤坐，忽见子石所临"兰亭"卷，追忆四十年前山园萧寂，私括藏门[5]二老，幅巾凭几，摩挲古帖，面目咳唾[6]，宛如昔梦。子石斯卷，恨不得见孟阳昂首耸肩，抚卷而叹赏也。为泫然[7]久之。

《牧斋有学集》

【注释】

①张子石：与钱谦益为友，曾学诗于程嘉燧。兰亭：晋书法家王羲之书写的《兰亭序》帖。

②程孟阳：程嘉燧（1565～1644），字孟阳，号松园，休宁人。能诗善画，论诗主张先立人格，然后有诗格，反对剽窃模拟之风。

③定武：唐太宗喜爱王羲之书法，尝选定兰亭真迹，临拓于学士院。后经历代移置，宋庆历年间置于定州（宋代称定武军），北宋时，金兵攻陷汴京，此石刻遂散佚，定武兰亭拓本因而十分珍贵。

④等慈长老：僧广润，字等慈。俗姓钱，名行道，少负才名，

好评诗鉴画,弈棋度曲。拂水:江苏常熟有虞山,山西南有拂水岩,钱谦益建耦耕堂于此。当时程嘉燧正住在耦耕堂内。

⑤藏门:佛门。

⑥咳唾:比喻人的言论。

⑦泫然:流泪的样子。

【赏读】

  程嘉燧是钱谦益志同道合的挚友,他们一起反对前后七子的模拟诗风,主张诗如其人,曾一度同在耦耕堂隐居,读书论文。本文是为友人张子石临摹的《兰亭序》帖写的题跋,目的则是追忆一段关于程嘉燧的逸事,以表达对友人的深深怀念。

  程嘉燧是明末一位著名诗人,少年时期科举不成,去学击剑,又不成,才潜心作诗,终于有了成就。他一生非常爱好《兰亭序》帖的拓本,认为是定武真迹,坐卧必带在身边。当喜爱评诗鉴画的高僧等慈长老指出字帖中"放"字的一笔画稍短时,程嘉燧突然大怒,认为此笔稍短是"苍鹰指爪一缩,有横击万里之势,若少展则无余",而且声色俱厉,面发赤不止。充分表现出他性格中迂执火爆的一面,人物音容神貌,如在目前。结尾处,作者面对字帖遥忆当年程嘉燧"昂首耸肩,抚卷而叹赏"的情态,不禁泫然泪下,四十年的沧桑巨变,已经物是人非,怎能不感慨万千!

《水浒传》序① 金圣叹②

人生三十而未娶,不应更娶;四十而未仕,不应更仕;五十不应为家,六十不应出游。何以言之?用违其时,事易尽也。

朝日初出,苍苍凉凉,澡头面,裹巾帻,进盘飧,嚼杨木③,诸事甫毕,起问可中④?中已久矣!中前如此,中后可知,一日如此,三万六千日何有?以此忧思,竟何所得乐矣?

每怪人言:某甲于今若干岁。夫若干者,积而有之谓,今其岁积在何许,可取而数之否?可见以往之吾,悉已变灭。不宁如是,吾书至此句,此句以前已疾变灭,是以可痛也。

快意之事莫若友,快友之快莫若谈,其谁曰不然?然亦何曾多得。有时风寒,有时泥雨,有时卧病,有时不值⑤,如是等时,真住牢狱矣。舍下薄田不多,多种秫米,身不能饮,吾友来需饮也。舍下门临大河,嘉树有荫,为吾友行立蹲坐处也。舍下执炊爨、理盘槅⑥者,仅老婢四人;其余凡畜童子大小十有余人,便于驰走迎送、传接简帖也。舍下童婢稍闲,便课其缚帚织席:缚帚所以扫地,织席供吾友坐也。吾友毕来,当得十有六人。然而毕来之日为少,非甚风雨而尽不来之日亦少。大率日以六七人来为常矣。吾友来,亦不便饮酒,欲饮则饮,欲止先止,各随其心,不以酒为乐,以谈为乐也。

吾友谈不及朝廷,非但安分,亦以路遥传闻为多;传闻之言无实,无实即唐丧唾津⑦矣。亦不及人过失者,天下之人本无过失,不应吾诋诬之也。所发之言,不求惊人,人亦不惊。未尝不欲人解，而人卒亦不能解者，事在性情之际，世人多忙，未曾尝闻也。

吾友既皆绣淡通阔之士，其所发明⑧，四方可遇。然而每日言毕即休，无人记录。有时亦思集成一书，用赠后人，而至今阙如者：名心既尽，其心多懒，一；微言求乐，著书心苦，二；身死之后，无能读人，三；今年所作，明年必悔，四也。

是《水浒传》七十一卷，则吾友散后，灯下戏墨为多；风雨甚；无人来时半之。然而经营于心，久而成习，不必伸纸执笔，然后发挥。盖薄莫篱落之下，五更卧被之中，垂首捻带、睋目⑨观物之际，皆有所遇矣。或若问，言既已未尝集为一书，云何独有此传？则岂非此传成之无名，不成无损，一；心闲试弄，舒卷自恣，二；无贤无愚，无不能读，三；文章得失，小不足悔，四也。

呜呼哀哉！吾生有涯，吾呜乎知后人读吾书者谓何，但取今日，以示吾友，吾友读之而乐，斯亦足耳。且未知吾之后身读之谓何，亦未知吾之后身得读此书者乎？吾又安所用其眷念哉！东都施耐庵序。

贯华堂藏古本《水浒传》

【注释】

①《水浒传》序：这篇序原署名施耐庵，经后人研究，"贯华堂本"是金圣叹批本，这篇序实是金圣叹托施耐庵之名而撰。

②金圣叹（1608～1661）：名采，字若采，号圣叹，明亡后，更名人瑞。吴县（今江苏苏州）人。明清之际文学批评家。明诸生。入清后，绝意仕进，以著述为务。顺治十八年（1661），因

"哭庙案"被杀。少有才情,自负其才,肆言无忌。博经通史,旁涉小说词曲及释道诸典,亦工诗文,尤好衡文评书。著有《沉吟楼诗选》。

③嚼杨木:用杨木清刷牙齿。

④中:一天之中,中午。

⑤不值:遇不到。

⑥执炊爨(cuàn)、理盘榼(hé):负责炊事之类的工作。吹爨,烧火做饭。盘榼,菜肴和果品。

⑦唐丧唾津:虚耗口舌。唐,空,徒然。

⑧发明:发现阐明。

⑨睇(dì)目:斜视。

【赏读】

本文冠于贯华堂第五才子书《水浒传》之前,假托为施耐庵自序,实则为金圣叹所撰。曾被林语堂评为专论"悠闲安逸"小品文的"最佳典范"。文章撕掉假道学家作序时矫揉造作的面孔,也没有学究派的头巾气味,而是发自内心真率自然的声音。在悠闲放达的情调中,作者主要谈了三方面的内容:一是慨叹人生的飘忽悲凉;二是议论好友的清谈乐趣;三是漫话写书的余事。

开篇提出人生四大"不应",隐含人生飘忽的感叹,接着大谈日常生活琐事,面对时光的飞逝和碌碌无为的度日,发出"呜呼哀哉!吾生有涯"的慨叹。叹息之余,进一步思考生命的意义,如何实现人生的价值。金圣叹认为,人生百不如意,只有和志同道合的快友适意快谈,才是人生最快乐的事。因此,文章详细写了如何准备粮食酿酒,如何安排家仆接待,如何跟友人闲谈饮酒的生活琐事,真切如画。朋友之间的谈话内容很值得注意,不谈国家大事,不谈别人的过失,所谈的是四方所遇的奇闻趣事,是内心深处的有关性情的感触。朋友之间互相倾听，相互欣赏，他们随性自适于主流文化圈子之外，过着怡然自得的生活。金圣叹追求的这种快乐境界，既是感官的快乐，也是精神的快乐，更是对生命存在价值的高度肯定。

最后谈论写作《水浒传》的始末，似乎是在代施耐庵立言，还原其创作意图心态及写作情境，其实是在说他自己删订、批评《水浒传》时的心理状态，在灯前、被中、篱落之下，偶有所得，就随意书写，看似漫不经心，实是苦心经营，呕心沥血。

本序看似散漫无根的闲话，但文中所呈现的脱离尘嚣、飘然闲逸的生活情调，虚实结合、疏密相间的节奏安排，神清气爽、从容不迫的灵动感，活泼多变的句式，却别具魅力，有如行云流水，舒卷自如，读来如老友卧谈，亲切有味。

题徐青藤^①《花卉手卷》后　周亮工^②

青藤自言：书第一，画次；文第一，诗次。此欺人语耳。吾以为《四声猿》与竹草花卉俱无第二。予所见青藤花卉卷皆何楼^③中物，惟此卷命想著笔，皆不从人间得。汤临川见《四声猿》，欲生拔此老之舌；栎下生^④见此卷，欲生断此老之腕矣。吾辈具有舌腕，妄谈终日，十指如悬槌^⑤，宁不愧死哉！余过山阴，既不得见公，访所谓青藤书屋者，初归吾友老莲^⑥，今荡为荒烟蔓草矣；即其子^⑦戏呼为蔗渣角尖者，亦没没无闻。青藤之名，空与千岩万壑竞秀争流而已。抚此浩叹者久之。

《赖古堂集》

【注释】

①徐青藤：即徐渭，号青藤道士。

②周亮工（1612～1672）：字元亮、缄斋，号栎园，祥符（今河南开封）人。明崇祯进士，授监察御史。明亡仕清。博览群书，精于古文，诗歌师承杜甫，也善书画。著有《赖古堂集》《读画录》等。

③何楼：宋代都城开封有何家楼，楼下设市，所卖皆以次充好之货物。后多以"何楼"指假货出售地或欺伪之人。

④栎下生：周亮工自称。周亮工先世自金陵迁居栎下。

⑤悬槌：吊挂的鞭子。槌，鞭子。

⑥老莲：即陈洪绶，字章侯，号老莲，诸暨人。明末清初著名画家，亦善书法，能诗文。

⑦其子：指陈洪绶的儿子陈字，号小莲，擅长人物画。

【赏读】

徐渭是明代诗书画兼善的著名文人，生性狂狷纵肆、超逸洒脱，不愿受任何程式的束缚，他的各类艺术作品显露出天真自然、兀傲特立、不同凡俗的独特风格。周亮工的这篇跋文，通过错落有致的叙事、议论、抒情，从一个侧面表现出徐渭的艺术在清初的巨大影响。

开头援引徐渭的自评"书第一，画次；文第一，诗次"之后，周亮工反驳说徐渭的花卉画与他的《四声猿》杂剧都是世间第一等的艺术品。这一评价体现了清初人们对徐渭成就的一种认识。由于人们特别喜爱徐渭的花卉画，因此世间流传的徐渭画作，大多是赝品，周亮工认为只有眼前的这幅《花卉手卷》从命意到手法"皆不从人间得"，应该是真迹。这就反映出徐渭画由于具有超脱世俗的个性，因而具有长盛不衰的艺术生命力。接着以汤显祖看到《四声猿》想生拔徐渭之舌和自己看到徐渭的画欲生断徐渭之腕，相互映衬，侧面烘托徐渭杂剧和绘画给人的强烈震撼力。

文章后面部分由论画过渡到怀人。徐渭去世之后，他的青藤书屋，几经辗转，为周亮工的好友著名书画家陈洪绶所得，而今陈洪绶也已经去世，青藤书屋"荡为荒烟蔓草""蔗渣角尖"，湮没无闻。陈、徐均为耿直倔强、不肯趋炎附势的人，其人其画有一种珠玉相映、异代同心之美。人皆长逝，唯余青藤之名"空与千岩万壑竞秀争流而已"。这种繁华落尽、人室皆亡的凄凉与其艺术品生生不息的生命力形成了巨大的反差，让人在徜徉流连中生喟然长叹的追念。对于周亮工来说，还有一层更深的用意：他作为一个前朝遗民在睹物思人而物是人非的时候，生出对故国故人无限缅怀的复杂感情。综观全文，笔法精致，语言精粹，情感深厚，韵味悠长，姿态横生。

题墨竹为吴鹿友①相公 归 庄②

其 一

雨中苍翠,月下檀栾③,贞筠劲节,颇耐岁寒。或以为淇澳之猗猗④,或目为湘水之斑斑⑤。余曰:"非也。盖在渭川之上,太公得之,以作钓竿。"

其 二

画竹不作坡,非吾土也。荆棘在旁,终非其伍也。亭亭高节,落落贞柯⑥,严霜烈风,将奈我何。

《归庄集》

【注释】

①吴鹿友:吴甡,字鹿友,万历进士。因忤魏忠贤,被削籍。后官至礼部尚书兼东阁大学士。

②归庄(1613~1673):一名祚明,字元恭,号恒轩,昆山人,归有光的曾孙。工文词,亦善书画。为明诸生,明亡,野服终身,往来山泽间,晚年寄食僧舍。与同邑人顾炎武相善,人称"归奇顾怪"。有《恒轩集》《悬弓集》《山游诗》等。

③檀栾:形容竹子秀美娟净。

④淇澳:淇水的曲岸。猗(yī)猗:形容美好的形态。

⑤湘水之斑斑:湘妃竹上有斑斑泪痕。据张华《博物志》:"舜

死,二妃泪下,泪染竹即斑。妃死为湘水神,故其竹曰湘妃竹。"

⑥落落贞柯:磊落刚劲坚贞的枝条。

【赏读】

  这是题在赠送友人墨竹画上的两则短跋,集中表现了归庄这位明遗民的民族气节。明亡后清军进兵江南,归庄与昆山士民一起杀了县令,据城固守,抗击清军,终因寡不敌众,城陷,他化装出逃,亡命天涯。以后往来各城市间进行一些秘密反清活动,却终于无成。但抗清不屈的意志始终未变。他借墨竹画表达自己"贞筠劲节"的襟怀,说画面上苍翠娟秀的竹子,不是淇水岸边猗猗的修竹,也不是斑痕点点的湘妃竹,而是渭川之劲竹,可作姜太公手中的钓竿,暗寓自己到老还会有东山再起的机会,抗清复明的志愿会实现的。

  他画竹偏不画土坡,如同宋末画家郑思肖画兰而不画根,同样寄寓国土沦丧异族的悲愤情怀。画中的荆棘暗喻那些失去民族气节投降异族的丑类,归庄以"亭亭高节,落落贞柯"的劲竹,象征自己在严霜烈风中不屈其志的崇高精神。这是典型的以画喻志。文字简明劲健,对比鲜明,情感充沛,意味深长,可以说是字、画、意蕴的完美结合。

《板桥杂记》序 余 怀①

或问余曰:"《板桥杂记》何为而作也?"余应之曰:"有为而作也。"或者又曰:"一代之兴衰,千秋之感慨,其可歌可录者何限!而子唯狭斜②之是述,艳冶之是传,不已荒乎?"余乃听然而笑曰:"此即一代之兴衰,千秋之感慨所系也,而非徒狭邪之是述,艳冶之是传也。""金陵,古称佳丽之地,衣冠文物,盛于江南;文采风流,甲于海内。白下青溪,桃叶团扇③,其为艳冶也多矣。洪武初年,建十六楼,以处官妓,淡烟、轻粉、重译、来宾④,称一时之盛事。自时厥后,或废或存,迨至三百年之久,而古迹寖湮⑤,所存者惟南市、珠市及旧院而已。南市者,卑屑妓所居;珠市者,间有殊色;若旧院,则南曲名姬、上厅行首,皆在焉。余生也晚,不及见南部之烟花、宜春⑥之弟子,而犹幸少长承平之世,偶为北里之游。长板桥边,一吟一咏,顾盼自雄。所作歌诗,传诵诸姬之口,楚润相看,态娟互引,余亦自诩为平安杜书记也。鼎革以来,时移物换,十年旧梦,依约扬州,一片欢场,鞠⑦为茂草。红牙碧串,妙舞清歌,不可得而闻也;洞房绮疏,湘帘绣幕,不可得而见也;名花瑶草,锦瑟犀毗,不可得而赏也。间亦过之,蒿藜满眼,楼馆劫灰,美人尘土,盛衰感慨,岂复有过此者乎!郁志未伸,俄逢丧乱,静思陈事,追念无因。聊记见闻,用编汗简,效《东京梦华》之录,标崖公蚬斗⑧之名。岂徒狭邪之是述,艳冶之是传也哉。"

客跃然而起,曰:"如此,则不可以不记。"于是《板桥杂记》作。

《板桥杂记》

【注释】

①余怀(1617~?):字澹心,一字无怀,号曼翁,又号曼持老人,福建莆田人,侨居江宁,才情艳逸,工于诗,与杜濬、白梦鼎齐名,时称"余杜白"。词作藻艳轻俊,为吴伟业、龚鼎孳所赏。晚年隐居吴门,征歌选曲,有如少年。又有砚癖,蓄砚最多,著《砚林》一卷,后竟以客死。著有《板桥杂记》三卷,《味外轩文稿》《研山堂集》《秋雪词》等。

②狭斜:小街曲巷。因狭路曲巷多为娼妓所居,后遂以指娼妓居所。

③白下青溪:旧时南京的一条河流,后年久湮废,今尚存入秦淮河一段。白下,南京的古称。桃叶:南京秦淮河与青溪合流处的渡口,晋人王献之曾在此作《桃叶歌》送别,后人遂将此处称为桃叶渡。团扇:乐府有《团扇歌》,据说晋中书令王珉喜持白团扇,与嫂婢谢芳姿有情。嫂怒打芳姿,令其作《团扇歌》。此处"桃叶团扇"指男女爱情甚笃。

④淡烟、轻粉、重译、来宾:四处为官妓所居之楼,明初建于南京。

⑤寖湮:古迹建筑倾塌、损坏。

⑥宜春:妓院的一种。

⑦鞠:抚养,此处意为变成。

⑧崔公蜆斗:唐崔令钦《教坊记》:"诸家散乐,呼天子为'崔

公',以欢喜为'蚬斗'。"此处有解嘲之意。

【赏读】

余怀生当明末离乱之际,无论诗词还是散文,都有凄丽色彩。他仿效孟元老写《东京梦华录》而作《板桥杂记》,多记南京旧日纨绔子弟、士大夫之流狎玩琐事,无足以当一代之史,而是表现"一代之兴衰,千秋之感慨"的悲怆情怀,渲染出时代末期浓重的悲怆气氛。

金陵,古称佳丽之地,衣冠文物,盛于江南;文采风流,甲于海内。而白下清溪的风流歌舞繁华,也正是落魄文士和贵家豪族寻欢作乐的场所。明代建国之初,在此地建有十六楼以处官妓,推开红粉绮窗,展现在眼前的是"一湾秦淮河水,金粉佳丽何限"的热闹景象。可是,物换星移,江山已经物是人非,昔日高楼里丝管笙歌、花好月圆的盛况,已经变成荒烟蔓草、寒虫哀鸣的凄凉画面。兴衰的映衬形成鲜明的对照,变换的时空里生出满怀的悲怆。

接着,他又以自己少逢承平、晚遭时变的亲身经历,抒发盛衰无常的感慨。他少年时期放浪形骸,调笑青楼,美女娇娘,引为红粉知己,在温柔乡中,卖弄文采风流。谁料改朝换代的天荒地变粉碎了青春的美梦,从前的欢场如今长满野草,青楼楚馆早已荡然无存,一代美人也香消玉殒,情场欢爱已成一片消逝的轻烟断霞。那哀感顽艳的笔墨里流淌着那个时代特有的人生感慨。

借艳情寄托政治理想或人生追求,本是一种源远流长的文学传统。尽管作者的感情寄托在留恋狭邪生活的艳冶情调中,尽管他所写的内容不能与"东京梦华"和"武林旧事"相比,但是一旦男女之情融入今昔盛衰的历史悲慨,也会产生人世沧桑的强烈感伤,因而具有一定的认识价值。这篇序文运用问答体结构全篇,既有赋的特色,也更适合自我抒情。

书《花间集》^①后　朱彝尊^②

　　《花间集》十卷,蜀卫尉少卿赵崇祚编。作者凡一十七人^③,蜀之士大夫外,有仕石晋者,有仕南唐、南汉者^④。方兵戈倜扰^⑤之会,道路梗塞,而词章乃得远播,选者不以境外为嫌,人亦不之罪,亦可见当日文网之疏矣。坊板伪字^⑥最多,至不能句读。此旧刻稍善,爰^⑦藏之而书其后。

《曝书亭集》

【注释】

①《花间集》:词总集名,五代后蜀赵崇祚编。选录晚唐、五代十八位词人的五百首作品,是我国第一部文人词集。

②朱彝尊(1629~1709):字锡鬯,号竹垞,浙江秀水(今嘉兴)人。康熙十八年(1679),应博学鸿词试,官翰林院检讨。他博通经史,擅长诗词古文。诗与王士禛齐名,笔力雅健,时称"南朱北王"。有《经义考》《曝书亭集》等。

③凡一十七人:应为十八人。

④蜀:后蜀。石晋:后晋由石敬瑭建立,称石晋。南唐、南汉均于唐末各据一方称帝。

⑤倜扰:动荡扰乱。

⑥坊板伪字:民间书坊刻的版本,多错别字。

⑦爰:于是。

【赏读】

　　朱彝尊是清代前期博通经史、兼善文辞的大家,也是嗜古成癖、精于鉴别的大藏书家,但是这篇《花间集》题跋却包含深沉的慨叹,让人感觉到文外弥漫着一种沉重的氛围。文中感叹"当日文网之疏"足见今日文网之密。原来朱彝尊差一点因庄廷钺明史案的牵连,获藏书之罪。据钱林《文献征存录·朱彝尊传》记载:"客永嘉时,时方起明私史之狱,凡涉明事者,争相焚弃。"所藏五大箱书就这样毁掉了。因此他对动乱分裂的五代时期,编辑《花间集》者,"不以境外为嫌,人亦不之罪"的自由著述十分羡慕,由此可见清代文字狱盛行的背景下,文人提心吊胆唯恐触罪的谨慎心态,由一本小书而照出一个时代的阴影,更见文人生存的艰难。结尾处,依然能够感受到作者嗜书善鉴的特点。

书《苇碧轩》诗稿后　黄百家①

　　翁祖石先生有诗集曰《后苇碧轩》，家大人②既删定而序之，命某持以授先生。某走谒③，一揖外未暇问无恙，先生执某手曰："吾以诗集求若翁先生删而序者数矣，子盍为我言之。"某谨出所序对曰："已就矣。"先生惊喜踊跃，急索眼镜架其鼻，瞪目伸纸，拍案朗诵者数四，曰："我其不泯乎！"
　　犹忆某六七岁时，从先生受句读④于西园。是时先生年虽五十余，患齿疾，鬓半白，两耳重闻⑤，日呻吟而为诗，诗稿已数帙矣。离去二十年，妻死子夭，孑然一身，穷老无依，行年八十，僦⑥他人半宇，喃喃犹课三四儿童以活。嗟乎！天下之老且穷者，孰有如先生哉！向使先生目不识丁，不能为诗，或为农夫，或居百工之一，未必不槿篱茅舍如乡村郊鄙之累累者，得安享以终天年。今其老苦至此，诗虽工矣，亦复何用！若是乎诗之为祸于先生甚烈也。吾意先生思其壮时，追悔无及，必且懊恼愤懑，痛仇而深绝之。乃犹如此，岂真后世区渺茫之名足以易吾生前切肤之困苦而不惜也。先生曰："岂其然，岂其然。子亦为是言耶？古语虽云'诗能穷人'，然兵戈以来，天下之不能为诗而穷者何限，岂皆章惇⑦之故欤！吾之老而穷，命也，幸而有诗足以慰我。我于数日前见积雪初晴，千峰如画，得新诗数首。将以自后所作为另一稿，待其成帙，复烦若翁先生删之。子亦学为古文辞，可为先序此一段乎？"固辞不获，书此以附于后。

《学箕初稿》

【注释】

①黄百家（生卒年不详）：字主一，浙江余姚人，黄宗羲之子。康熙二十年（1681）前后在世。国子监生，能传父学，黄宗羲编《宋元学案》未成而卒，百家续成之。曾参与修撰《明史》。有《幸跌草》《失余稿》《独体诗钞》等。

②家大人：指其父黄宗羲。黄宗羲所作序见《南雷文案》卷一。

③走谒：前往拜访。

④句读：即句和逗。古人读书，于断句处标示者谓之"句"，语未断而稍作停顿者谓之"读"。

⑤重闻：即重听，听不清声音。

⑥僦（jiù）：租赁。

⑦章惇：北宋哲宗时期宰相。据曾季狸《艇斋诗话》载，苏轼被贬到惠州，作《纵笔》诗："白头萧散满霜风，小阁藤床寄病容。报道先生春睡美，道人轻打五更钟。"诗传到京师，章惇笑道：苏轼还这般快活吗？于是再把他贬到儋州。翁祖石意谓：许多不作诗的人，也遭到穷厄，难道也是章惇辈为难的吗？

【赏读】

南宋永嘉四灵之一的翁卷著有《苇碧轩诗集》，翁祖石既仰慕其诗，又属同宗，因此给自己的诗集取相同的名字，并数次请求黄宗羲为其作序。当黄百家将父亲所作的诗集序交给翁祖石时，这位老先生竟然"惊喜踊跃，急索眼镜架其鼻，瞪目伸纸，拍案朗诵者数四",并说可以"不泯乎",动作描写惟妙惟肖,将其惊喜急切的心情写得淋漓尽致,表现出一种强烈的要凭借诗集流传不朽的意识,可见翁祖石喜爱诗歌到了痴迷的地步。其实,翁祖石诗歌并不怎么高明,但他却乐此不疲,即使到了"妻死子夭,孑然一身,穷老无依,行年八十,傲他人半字,喃喃犹课三四儿童以活"的艰难境况,他还是舍不得放弃作诗。当黄百家感慨儿时业师"今其老苦至此,诗虽工矣,亦复何用"时,先生竟然毫无怨言,认为不是诗能穷人,而是命运的安排。对于命运悲苦的人来说,能终生保持对诗歌的爱好,是一种多么难得的精神安慰。末尾处,翁祖石又"于数日前见积雪初晴,千峰如画,得新诗数首",依然保持着旺盛的创作激情,并打算另编新的诗集,固请百家为其作序,那被贫困剥蚀而变得枯瘠的身躯里仍有一颗真趣的童心,感人至深。百家的序文描写精细,议论精到,充满了对老师真诚的同情。

选古文小品序 廖 燕[①]

大块[②]铸人,缩七尺精神于寸眸之内,呜呼,尽之矣。文非以小为尚,以短为尚;顾小者大之枢[③],短者长之藏也。若言犹远而不及,与理已至而思加,皆非文之至也。故言及者无繁词,理至者多短调。巍巍泰岱,碎而为嶙砺沙砾,则瘦漏透皱见矣;滔滔黄河,促而为川渎溪涧[④],则清涟潋滟生矣。盖物之散者多漫,而聚者常敛。照乘[⑤]粒珠耳,而烛物更远,予取其远而已;匕首寸铁耳,而刺人尤透,予取其透而已。大狮搏象用全力,博兔亦用全力,小不可忽也。粤西有修蛇,蜈蚣能制之,短不可轻也。

《二十七松堂集》

【注释】

①廖燕(1644~1705):初名燕生,字人也,号柴舟,曲江(今广东韶关)人。少习举业,后抛弃不为,专事著述。一生屡遭贫病兵燹之灾,备尝流离险厄之苦,贫食著书二十年,至老未衰。其文见识卓荦不凡,描写平常事物,笔墨琐细,思致深沉。有《二十七松堂集》。

②大块:大自然,大地。

③枢:枢纽,关键。

④促:缩短。川渎(dú):泛指小河流。

⑤照乘:珠名,光能照远的明珠。

【赏读】

　　本篇是妙趣横生、富于理论色彩的文艺小品。廖燕既将古文与小品结成一系，又全面深刻地揭示古文小品的思想艺术特色与性能。通过一连串生动的比喻，强调了小品文短小精悍、小中见大、神采焕发、尖锐泼辣的特点。

　　开篇即以眼睛为喻，说人的眼睛虽小，却集中体现人的精神风貌。而小品文就像人的眼睛，不仅精光四射，而且涵容天地古今，这个妙喻真切而生动地为小品文作了传神写照。接着举例说明散漫繁芜为文章大病，而至理名言则多短调。并以泰山碎而为砾、黄河促而为渎作比，认为"物之散者多漫，而聚者常敛"。然后以梁惠王"径寸之珠"能"照车前后十二乘"、专诸刺杀吴王僚的数寸匕首能透过三层铠甲直达胸背的典故，说明小品文的"小"具有光聚力凝、映照广远、批判深透、击中要害的优长。最后运用狮子搏兔、蜈蚣制蛇的比喻，指出小品文虽然"小"，但写作态度要严谨郑重，不可随意轻率。

　　这是一篇在小品文批评理论方面具有总结性的佳作，受之启迪，后来有了鲁迅把杂文比做"匕首""投枪"的光辉论点。

自题竹籁小草 廖 燕

竹圃初葺①,微雨一过,苔洁萝鲜,予坐其中。颓如块雪②耳,何与笔墨事?而顾相引以深也。蕉纸虫书,似以韵胜,不欲落烟食朵颐③。举向花间,倩④鸟哦之。公冶子何在?听此泠然⑤。世无忌人,容我仙去。

《二十七松堂集》

【注释】

①葺:用茅草覆盖房顶,即修理房屋。

②块雪:沐浴阳光要融化的雪块。

③朵颐:鼓动腮颊嚼东西的样子。

④倩:请。

⑤泠然:形容声音清越。

【赏读】

本篇是作者为自己在竹林间创作所作的题记。竹籁,指竹林间自然的音响,犹同庄子所说的"天籁"。凡是"天籁之作"都具有不事雕琢、得自然真趣的特点。环境对创作者心境影响很大,想当年王维坐在辋川竹海深处"弹琴复长啸",引一轮明月相伴,其诗多幽静闲远之清韵,那该是竹林所赠与的一缕清丽意趣罢;孟浩然长年优游山林泉石间,隐居鹿门山的松涛竹韵里,那"荷风送香气,竹露滴清响"的诗句,也当是竹林给予的灵感。如今廖燕在一场微雨之后,独坐修葺一新的竹圃里,四周苔藓光鲜而亮洁,连空气也泛着牛乳般的甘甜气息，在这样的清景中饮酒赋诗，似乎每一句诗都浸染着清新明媚的风韵。当然，这种境界与雕章琢句的酬世之作无缘，却与孤绪幽吟相互生发。无意于造作，妙手偶得，涂抹点划，自称天籁，因而不想让它们落到食人间烟火者的口头，而只是交给林间花下的禽鸟去吟哦，只可惜茫茫人间缺少能懂鸟语的公冶长一类的人物，不知哪里能觅得赏识这泠然希声的知音。

文章虽短，却情韵悠长。作者看似飘飘欲仙，实则难以隔绝红尘，其清怀冷韵中似乎蕴蓄着丝丝幽情孤愤。结语冷隽，感慨遥深。

《聊斋志异》自序 蒲松龄①

披萝带荔,三闾氏感而为骚②;牛鬼蛇神,长爪郎吟而成癖③。自鸣天籁④,不择好音,有由然矣。松落落秋萤之火,魑魅争光⑤;逐逐野马之尘,魍魉见笑⑥。才非干宝,雅爱搜神;情类黄州,喜人谈鬼⑦。闻则命笔,遂以成篇。久之,四方同人又以邮筒相寄,因而物以好聚,所积益夥⑧。甚者,人非化外,事或奇于断发之乡⑨;睫在眼前,怪有过于飞头之国⑩。遄飞逸兴⑪,狂固难辞;永托旷怀,痴且不讳。展如之人,得毋向我胡卢耶?⑫

然五父衢头,或涉滥听;而三生石上,颇悟前因⑬。放纵之言,有未可概以人废者。松悬弧时,先大人梦一病瘠瞿昙⑭,偏袒入室,药膏如钱,圆粘乳际。寤而松生,果符墨志⑮。且也少羸多病,长命不犹⑯。门庭之凄寂,则冷淡如僧;笔墨之耕耘,则萧条似钵。每搔首自念,毋亦面壁人⑰果吾前身耶?盖有漏根因,未结人天之果;而随风荡堕,竟成藩溷之花⑱。茫茫六道⑲,何可谓无其理哉!

独是子夜荧荧,灯昏欲蕊⑳;萧斋瑟瑟,案冷疑冰。集腋为裘,妄续《幽冥》之录㉑;浮白载笔,仅成孤愤之书㉒。寄托如此,亦足悲矣!

嗟乎!惊霜寒雀,抱树无温;吊月秋虫,偎阑自热㉓。知我者,其在青林黑塞㉔间乎!

康熙己未㉕春日。

《聊斋志异》

【注释】

①蒲松龄（1640～1715）：字留仙，一字剑臣，号柳泉居士，世称聊斋先生。山东淄川（今淄博市）人。十九岁时第一次参加县、府、道考试，以三个第一考中秀才，闻名乡里，但此后屡次应考皆落第，七十一岁才成贡生。工诗文，善作俚曲，曾用二十多年的时间写成短篇小说集《聊斋志异》。又有《聊斋文集》《聊斋诗集》和通俗文学《聊斋俚曲》等。

②"披萝带荔"二句：三闾氏，指诗人屈原，曾官至三闾大夫。骚，指《离骚》。《九歌·山鬼》有"若有人兮山之阿，披薜荔兮带女萝"的句子。

③"牛鬼蛇神"二句：长爪郎，指李贺。其诗多写牛鬼蛇神荒虚怪诞的内容。

④天籁：自然界的音响，这里指自由抒发感情的诗文。

⑤松：作者自称。落落：形容孤单寂寞。魑魅：鬼魅，比喻一般世俗的人。晋裴启《语林》载，嵇康某夜在灯下弹琴，忽见一身长丈余的鬼怪，他把灯吹灭说："耻与魑魅争光。"

⑥逐逐：急急追逐的样子。野马之尘：指浮在空气中的尘埃，这里比喻尘世间的名利。魍魉：古代传说中的山川精怪。

⑦"才非"四句：干宝，东晋人，曾著《搜神记》。黄州，指苏轼。贬黄州时，要人家给他说笑话，不会说的则要人讲鬼怪故事。

⑧邮筒：古代传递书札、诗文的竹筒。益夥（huǒ）：越来越多。

⑨化外：指未开化的边远之地，为教化所不及。断发之乡：古代指荆蛮（今湖南、湖北及江南的一些地方）。

⑩睫在眼前：形容常在眼前的事物。飞头之国：段成式《酉阳杂俎·异境》载："岭南溪洞中，往往有飞头者，故有飞头獠子之号。"

⑪遄飞逸兴：好的兴致和很活跃的情绪。

⑫展如之人：语出《诗·鄘风·君子偕老》，指诚实的人。胡卢：语出《孔丛子》，形容笑的样子。

⑬五父衢：地名，传说是孔子母亲安葬之地，指人言纷纭的十字路口。滥听：不可靠的听闻。三生石：泛指前世因缘。

⑭悬弧时：出生的时候。古礼生男孩子在门左悬挂一张木弓，示长大后要习武事。瞿昙：释迦牟尼之姓，这里指代僧人。

⑮墨志：身上有黑痣。

⑯少羸多病：少年时体弱多病。长命不犹：长大了命不如人。

⑰面壁人：《五灯会元》载，相传佛教禅宗祖师达摩来到中国，面壁而坐九年。这里指父亲梦中所见的病僧。

⑱作者用典故说明自己的命运不好。

⑲六道：佛教认为，人死后要在"六道"里轮回，根据生前行为的善恶决定投到哪一道。六道，即天道、人道、阿修罗道（以上三善道）、地狱道、饿鬼道、畜生道（以上三恶道）。

⑳荧荧：微光闪烁。蕊：灯花。

㉑集腋为裘：比喻本书是搜集许多故事而成。《幽冥》之录：指刘义庆《幽冥录》，是一部记载鬼怪故事的书。

㉒浮白载笔：一面喝酒，一面写作。孤愤之书：战国时韩非因遭人忌害，意见不被采录，于是愤而著书。《韩非子》中有《孤愤》一篇。这里指《聊斋志异》也与韩非的《孤愤》一样，借鬼狐来发泄心中的悲愤。

㉓寒雀、秋虫：自指。吊月：对月伤怀。

㉔青林黑塞：杜甫《梦李白》："魂来枫林青，魂返关塞黑。"

这里指鬼魂所在的地方。

㉕康熙己未：康熙十八年（1679）。

【赏读】

  本篇是作者自序，揭示《聊斋志异》的创作过程、主旨及其美学追求。《聊斋志异》是一部谈狐说鬼的文言短篇小说集，融合了六朝志怪与唐代传奇的艺术手法，借超现实的幽冥世界里的花妖狐魅，指向广阔的现实人生。有的反映科举制度，有的表现婚姻爱情，有的揭露社会黑暗，有的展示社会道德和民情风俗，同时曲折隐晦地表达出对现实世界的强烈不满和对理想社会的向往追求。作者说这是一部"孤愤"之书，其实更是一部憧憬理想世界的书。

  开篇从屈原与李贺说起，屈原遭遇政治迫害而赋《离骚》，李贺政治上难施才华而托词鬼魅。蒲松龄一生坎坷，三十年败于场屋，耗尽了毕生心力最终一无作为，这种雄才难展的孤愤，以萤火、尘埃作喻，寓辛酸于自嘲之中。接着又与干宝、苏轼相比较，借二人喜爱"搜神""谈鬼"，表达自己创作《聊斋》的目的和手法：以志怪来表达怀才不遇之悲，讽喻社会的黑暗与公道的不彰。而成书过程则是由于从各方面大量积累素材，既了解民生疾苦，激发对理想的追求，又广纳众听，才最终集腋成裘。除记叙创作经过之外，还具体描绘了创作的环境："门庭之凄寂，则冷淡如僧；笔墨之耕耘，则萧条似钵。……独是子夜荧荧，灯昏欲蕊；萧斋瑟瑟，案冷疑冰。"这既是困顿生活境遇的真切描绘，更是抑郁悲愤心情的生动写照。最后以"寒雀""秋虫"自喻，宣泄满腔的不平之鸣和内心的孤独寂寞。

  整篇序文上自先秦，下至当世，思接千载，梦绕幽冥，表达了中国古代文化中一个悲剧主题——孤愤。孤愤之情引入小说创作，是蒲松龄进步文学观念的体现，因而他笔下的众多花妖狐魅成为独放异彩的艺术形象，奠定了蒲松龄在文学史上的地位。

跋方望溪文 钱大昕[1]

望溪以古文自命,意不可一世,惟临川李巨来[2]轻之。望溪尝携所作曾祖墓铭示李,才阅一行即还之。望溪恚[3]曰:"某文竟不足一寓目乎?"曰:"然。"望溪益恚,请其说。李曰:"今县以桐名者有五:桐乡、桐庐、桐柏、桐梓,不独桐城也。省'桐城'而曰'桐',后世谁知为桐城者。此之不讲,何以言文!"望溪默然者久之。然卒不肯改,其护前如此。金坛王若霖尝言灵皋以古文为时文[4],以时文为古文。论者以为深中望溪之病。偶读望溪文,因记所闻于前辈者。

《潜研堂文集》

【注释】

①钱大昕(1728~1804):字晓徵,号辛楣,又号竹汀,江苏嘉定(今上海市)人。曾主讲钟山、紫阳等书院。他是清代研究经史、文字、音韵有成就的学者,著述甚多。有《潜研堂诗文集》。

②李巨来:李绂,字巨来,江西临川人,清代达官、理学家。

③恚(huì):大怒。

④灵皋:方苞的字。以古文为时文:用科举考试的八股文写法来作古文。

【赏读】

这则短跋以方苞求见李绂的一段趣事,表现清代汉学与宋学之间的矛盾。钱大昕是一个在经史、文字、音韵方面深有研究的汉学家,而方苞讲究义法,崇尚程朱理学。作为桐城派的始祖,方苞散文雍容大度,简洁明净,取得了很大的成就,但是当方苞带着自己为曾祖所作墓志铭向李绂请教时,竟然遭到"才阅一行即还之"的奚落。原来李绂认为方苞省"桐城"为"桐",是文法不通的表现,故不屑读其文。其实李绂的真意是要打击方苞"以古文自命"不可一世的傲态,更本质的是对方苞所崇尚的宋学的否定。钱大昕当然是支持李绂的,因此再援引金坛王若霖对方苞的批评,说方苞"以古文为时文,以时文为古文"是主要的病根。时文、古文之间是否真如水火难容,那是另外的问题,但是他们对方苞的批评其目的只有一个:就是通过否定方苞,攻击言谈心性、空疏虚浮的宋学。

这篇跋文生动简练,写李绂的盛气凌人、方苞的无奈窘态都栩栩如生,可以作为清初学术界的一段小插曲,让人寻味。

《唐贤三昧集》序 王士禛①

　　严沧浪②论诗云:"盛唐诸人,唯在兴趣③,羚羊挂角④,无迹可求,透彻玲珑,不可凑泊⑤。如空中之音,相中之色,水中之月,镜中之像,言有尽而意无穷。"司空表圣⑥论诗亦云"妙在咸酸之外"。康熙戊辰春杪,归自京师,居宸翰堂⑦,日取开元、天宝诸公篇什读之,于二家之言,别有会心,录其尤隽永超诣者,自王右丞而下四十二人,为《唐贤三昧集》,厘为三卷。合《文粹》⑧《英灵》⑨《闲气》⑩诸选诗,通为《唐诗十选》⑪云。不录李、杜二公者,仿王介甫《百家》⑫例也。张曲江⑬开盛唐之始,韦苏州⑭殿盛唐之终,皆不录者,已入五言诗选,故不重出也。康熙二十七年七夕后王士禛阮亭书。

《带经堂集》

【注释】

　　①王士禛(1634~1711):字贻上,号阮亭,别号渔洋山人,世称"王渔洋"。山东新城人。顺治进士,官至刑部尚书,谥文简。为清代神韵诗派代表人物。著有《带经堂集》《池北偶谈》等数十种。

　　②严沧浪:严羽,南宋诗论家,字仪卿,自号沧浪逋客,世称"严沧浪"。著有《沧浪诗话》《沧浪诗集》,他以禅论诗,注重妙悟,以"不涉理路,不落言筌"为上。王渔洋诗论、诗作本严羽说,开神韵一派。

③兴趣：指诗中的情致。

④羚羊挂角：据说羚羊夜宿，为了防止猛兽袭击，把角挂在树上，脚不着地，野兽就找不到它的踪迹。比喻诗境超脱。

⑤凑泊：原是佛教用语，意为生硬地结合在一起。此指诗歌创作没有达到物我合一的境界，有勉强结合的意味。

⑥司空表圣：晚唐诗人司空图，字表圣，著有《二十四诗品》。

⑦宸翰堂：王渔洋新城故居堂名。

⑧《文粹》：即《唐文粹诗选》。原书《唐文粹》，宋姚铉编，共一百卷，诗、文并包。集中诗尽取古体，不录五、七言。王渔洋加以删选，定为六卷。

⑨《英灵》：即《河岳英灵集诗选》。原书《河岳英灵集》，为唐殷璠编，三卷，录常建等二十四人诗歌共二百三十四首，对所录诗人都有评语。王渔洋删去评语，选辑了集中诗的一部分。

⑩《闲气》：即《中兴闲气集选》。原书《中兴闲气集》为中唐高仲武编。

⑪《唐诗十选》：王渔洋编选的《十种唐诗选》，除以上三种外，还有唐代芮挺章《国秀集》、元结《箧中集》、佚《搜玉集》、令狐楚《御览诗集》、姚合《极玄集》、韦庄《又玄集》、韦谷《才调集》等。

⑫《百家》：指宋王安石编《唐百家诗选》，书中未录李白、杜甫的诗歌。

⑬张曲江：张九龄，唐曲江人，有《曲江集》。

⑭韦苏州：韦应物，唐京兆人，德宗贞元中任苏州刺史，有《韦苏州集》。

【赏读】

　　王士禛为清初诗坛神韵诗派的代表，一生论诗趣尚有三个变化过程：早年"宗唐"，标举唐音；中年推崇宋诗，所谓"越三唐而事两宋"；晚年复归于唐。其论诗的宗旨是"神韵"。清康熙二十七年（1688），他已进入晚年，不仅诗歌创作进入了成熟期，而且诗学理论也进入了总结集成阶段。他的理论核心就表述在这篇短小的序文中。

开篇即引严羽《沧浪诗话·诗辨》中的话表示他崇尚严羽的"兴趣"说，注重诗歌内在的情感韵味以及创作上的自由灵动，追求诗歌境界的空灵隽永。接着上溯至晚唐司空图的"味外之旨"说，要求诗歌要有象外之象，含蓄婉转，有韵外之致。王氏不满格调论死板地模仿唐诗外在形态的弊端和一味推尊李杜的俗套，而趋向有空灵远韵的王孟一派，适应清初大多数士人恬淡闲适不愿关心政治的心态。

王氏的神韵说，注重诗歌的艺术形而上层面，强调诗歌超逸的韵味，虽有艺术至上脱离现实之嫌，但是对后世诗家影响深远。

题画·竹 郑 燮①

　　江馆清秋,晨起看竹,烟光、日影、露气皆浮动于疏枝密叶之间,胸中勃勃②遂有画意。其实胸中之竹③,并不是眼中之竹④也。因而磨墨展纸,落笔倏作变相⑤,手中之竹⑥又不是胸中之竹也。总之,意在笔先⑦者,定则也;趣在法外者,化机⑧也。独画云乎哉!

《郑板桥集》

【注释】

①郑燮(1693~1765):字克柔,号板桥,兴化(今属江苏)人。乾隆初进士,曾任山东范县及潍县知县,以擅自开仓赈济灾民被诬罢官。晚年在扬州卖画为生。工诗词,善书画,尤长于画兰、竹,为"扬州八怪"之一,被称为诗、书、画三绝。其散文以题跋、尺牍著名。题跋风格和苏轼相似,随手拈来,信笔写成,出自肺腑,清新可喜。有《郑板桥集》。

②勃勃:旺盛貌。

③胸中之竹:酝酿中的竹的审美意象。

④眼中之竹:竹的自然形态。

⑤倏:忽然。变相:佛家语,指菩萨而言。菩萨本相唯一,即是法身,而现出之相,则有种种不同,谓之变相。这里指画家笔下出现的竹的不同的艺术形象。

⑥手中之竹:画在纸上的竹的艺术形象。

⑦意在笔先:语本唐代张彦远《历代名画记》卷二:"意存笔

先,画尽意在。"意,指艺术构思,审美意象;笔,指运笔作画,创作实践。

⑧化机:造化(自然)的生机。此处指超出一般法则之外的充满灵感与妙趣的艺术构思。

【赏读】

郑板桥题写在画上的诗词、短跋,不仅增添了画面的意境,而且那神采飞动、浓淡相间的书法更使画面熠熠生辉,成为诗书画三绝。而且一些短文中还蕴藏丰富的哲理和艺术原则。

这篇有名的题跋,就揭示出绘画艺术必须经历"眼中之竹"到"胸中之竹"再到"手中之竹"的三个发展阶段。首先是自然界生机活泼的竹子,在清秋的早晨,于烟光露气霞彩中展现婆娑的倩影,画家欣赏这美妙多姿的竹子,会激起创作的冲动,心中就会形成一种意念中竹子的美好形象,这就是胸中之竹。绘画就是为了表达心中酝酿的这一美好形象,但是一旦落笔成画,画上的竹子又不完全等同于心中的竹子,因为实际创作中,往往"方其搦翰,气倍辞前,暨乎篇成,半折心始",这就是一个"意不称物""文不逮意"的艺术规律问题。创作一篇文章或一幅画作,往往会"意在笔先",而"趣在法外",最终完成的艺术作品,由于作家独特的心境和才情的充分展现,会形成超越艺术法则的独特的意趣,这就是板桥所说的只可意会不可言传的"化机"。

题画（四则）　金　农①

其　一

先民之言曰：同能不如独诣。又曰：众毁不如独赏。独诣可求诸己，独赏罕逢其人②。余于画竹亦然。不趋时流，不干名誉，丛篁一枝，出之灵府③。青风满林，惟许白练雀飞来相对也。

其　二

比日不出，非不出也，避城狐社鼠④之相窥也。既不出矣，招剡溪之人⑤来，画老竹数竿在大石罅。石作飞白⑥者一，作黳黑⑦者一，下有败棘，有恶草，不意幽林绵谷中伏处此辈也。画毕太息，自解不得，吾当搔首问青天耳！

其　三

老而无能，诗亦懒作，五七字句，谀人而已，可勿录也。然平生傲岸之气尚在，尝于画竹满幅时，一寓己意。林下清风，惠贶⑧不浅，观之者不从尘坌中求我，则得之矣。

其　四

饮郑氏园，大醉如泥。烂银月色，今夕尤佳。画此数枝，以代解醒⁹,并题小诗其上,诗云:"花气已阑人罢酒,棋声方散月当阶。新篁一枝才落墨,便有清风生百骸。"余之竹与诗,皆不求同于人也,同于人,则有瓦砾在后之讥矣。

《冬心先生画竹题记》

【注释】

①金农(1687~1764):字寿门,号冬心,又号司农,别号稽留山民,浙江钱塘人。嗜奇好古,收金石文字千卷。诗格高简,有奇气。又好山水,足迹半天下。书法出入楷隶,五十岁开始学画,涉笔即古。晚年寄食扬州,卖画度日,得钱随手散尽,为"扬州八怪"之一。有《冬心集》《画竹记》等。

②"独诣"二句:意谓要想技艺达到专精,可以靠自己的努力来实现,但要获得别人独具慧眼的赏识,却难得遇到知音。

③灵府:心灵。

④城狐社鼠:城墙上的狐狸,土地庙里的老鼠,比喻仗势欺人的恶人。

⑤剡溪之人:剡溪在剡县(今浙江嵊州西南)境内,其地产古藤,可以造纸,久负盛名,后世遂以剡溪喻纸。此处把纸人格化为剡溪之人。

⑥飞白:书法中的一种,字画如枯笔写成,中间丝丝露白,故名。国画吸收了这一技法,线条也是枯笔露白的。

⑦黳黑:黑色。

⑧惠贶(kuàng):厚赠。

⑨解酲(chéng):醒酒。

【赏读】

"扬州八怪"是清代康乾盛世扬州画派的八位重要画家,他们不仅精熟诗文书画，而且人品高洁，言行趣味超越凡俗。金农就是其中最有特色的一位，他一生不愿当官，雍正末年朝廷为征召人才开博学鸿词科，他被推荐而百般推辞。到乾隆元年，他勉强来到北京，住了几天，不等开考就悄然南归，从此寓居扬州，靠卖字画过着清寒简朴的生活。

他一生喜爱画竹，这几则题在画竹上的跋文，颇能见出他的气节和生活情趣。首先，他"不趋时流，不干名誉"，宁愿过着孤芳自赏的寂寞生活，享受清风林月、白雀相伴的宁静。其次，他深居简出，为的是躲避扬州城里过着奢侈豪华生活的"城狐社鼠"的窥伺，所以画幅中巨石罅隙里总会画上几株败棘、恶草，以表达对此辈龌龊者的义愤。第三，他通过画竹来展现自己傲岸不屈的个性。第四，他追求艺术上的创新，要求自得的"独诣"，不愿有"瓦砾在后之讥"。

四篇题跋，既有清裁雅韵，又见愤世嫉俗，还表达了刻意独创求新的艺术追求，颇能显出这位大画家在污浊俗世中孤傲倔强的人格及雅洁的精神境界。

《词选》序 张惠言①

叙曰：词者，盖出于唐之诗人，采《乐府》之音以制新律②，因系其词③，故曰"词"。《传》曰："意内而言外谓之词。"④其缘情造端，兴于微言，以相感动，极命风谣⑤，里巷男女哀乐，以道⑥贤人君子幽约怨悱不能自言之情，低徊要眇以喻其致⑦。盖《诗》之比、兴、变风⑧之义，骚人之歌则近之矣。然以其文小，其声哀⑨，放者为之，或跌荡靡丽，杂以昌狂俳优⑩，然要其至者，莫不恻隐盱愉⑪，感物而发，触类条鬯⑫，各有所归⑬，非苟为雕琢曼辞而已。

自唐之词人，李白为首⑭，其后韦应物、王建、韩翃、白居易、刘禹锡、皇甫松、司空图、韩偓，并有述造。而温庭筠最高，其言深美闳约⑮。五代之际，孟氏、李氏⑯，君臣为谑，竞作新调，词之杂流⑰，由此起矣。至其工者，往往绝伦，亦如齐、梁五言，依托魏、晋⑱，近古然也。

宋之词家，号为极盛。然张先、苏轼、秦观、周邦彦、辛弃疾、姜夔、王沂孙、张炎，渊渊乎文有其质焉⑲。其荡而不反，傲而不理，枝而不物⑳，柳永、黄庭坚、刘过、吴文英之伦，亦各引一端㉑，以取重于当世。而前数子㉒者，又不免有一时放浪通脱㉓之言出于其间。后进弥以驰逐，不务原其指意㉔，破析乖剌㉕，坏乱而不可纪。故自宋之亡而正声绝，元之末而规矩隳。以至于今四百余年，作者十数，谅其所是，互有繁变，皆可谓安蔽乖方^㉖，迷不知门户者也。

今第录此篇，都为二卷。义有幽隐，并为指发^㉗。几以塞其下流，导其渊源，无使风雅之士惩于鄙俗之音，不敢与诗赋之流同类而风诵之也^㉘。

嘉庆二年^㉙八月，武进张惠言。

《茗柯文编》

【注释】

①张惠言（1761～1802），字皋文，江苏武进（今江苏常州）人。清嘉庆四年（1799）进士，任实录馆纂修，后官编修。深于经学，工古文，能诗词。著作有《周易虞氏义》《茗柯诗文集》《七十家赋钞》《词选》等。

②《乐府》：汉武帝时设立"乐府"（音乐机构），任务是制定庙堂乐章，采访民间歌曲。后来民间歌曲这一部分被称为《乐府诗》。以制新律：创制新的曲调。

③因系其词：于是依据歌曲的调把词写下来。

④《传》：古代典籍，此指东汉许慎《说文解字》。"意内而言外"句：《说文解字》："词，意内而言外也。"这里的"词"相当于现在的文字和词汇。张惠言借来诠释词，强调填词应有寄托。

⑤"缘情造端"四句：词是以感情发端，起始于精微的文辞，这两方面互相感染，终于以民间歌曲的形式表达出来。

⑥以道：来表达。

⑦喻：表白。致：情致。

⑧变风：《诗经·国风》里从《邶风》至《豳风》一百三十五篇称为"变风"。这一部分诗讽喻性较强。因对"正风"言，故称"变风"。

⑨小：小道，指不能登大雅之堂。声哀：指词调多凄婉之情。

⑩放者：放逸的人。跌荡靡丽：放纵感情，辞采华美。昌狂俳（pái）优：放荡戏谑的言辞。

⑪恻隐：悲痛怜惜。盱（xū）愉：喜悦。

⑫鬯（chàng）：通"畅"。

⑬各有所归：不同的感情能由不同的文辞恰到好处地表达出来。

⑭李白为首：据传李白曾作《菩萨蛮》《忆秦娥》二词，被称为"百代词曲之祖"。

⑮闳（hóng）约：蕴蓄宏富，文辞精约。

⑯孟氏：五代后蜀皇帝孟昶，善于作词。著有《木兰花》等词。李氏：南唐皇帝李璟、李煜父子，都是杰出的词人。

⑰杂流：轻佻不雅正的词。

⑱依托魏、晋：在魏晋五言诗的基础上发展起来。

⑲渊渊乎：深远的样子。文有其质：内容和文采都好。

⑳"荡而不反"三句：放纵而不收敛，狂傲而越过规矩，散漫而不严密。

㉑各引一端：各自发挥一个方面的特点。

㉒前数子：指前面提到的张先、苏轼等人。

㉓放浪：不典雅。通脱：不拘谨。

㉔"不务"句：不用心探寻了解他们本来的意图。原，探究。指，同"旨"。

㉕破析乖剌：割裂违背，指歪曲前人意图。

㉖安蔽乖方：走错路而不知。乖方，离开正道。

㉗指发：阐明。

㉘"无使"二句：以免使高雅的读书人，因为有些词品格不高而不敢把词和诗歌之类一同诵读。

㉙嘉庆二年：即1797年。

【赏读】

清初词坛,主要学南宋姜夔、张炎,追求清空典雅,讲究炼字、格律,风格清丽婉约。发展到清代中后期,内容趋向空虚狭窄,流弊丛生。张惠言针对这种情况,编辑《词选》,开创了"常州词派"。

《〈词选〉序》表现他对词的主要观点。首先肯定词在文学上的地位。认为词是"缘情造端,兴于微言,以相感动"的产物,并引《说文》"意内而言外"来说明词要求有深远的寄托,应当是"道贤人君子幽约怨悱不能自言之情",要"低徊要眇以喻其致",因此词就能够与诗赋并驾齐驱了。这是针对浙派倡导词格"清空""醇雅"而发的,对当时和后来的词风都有一定的影响。

其次,评价唐五代及宋以来词人的风格及得失。他指出,五代之际,词已经开始分流,而优秀的词作能够与齐梁五言诗相媲美,温庭筠词就是典型的代表。宋代是词的繁盛时代,流派纷呈,名家辈出。张惠言对张先、苏轼、秦观、周邦彦、辛弃疾、姜夔、王沂孙、张炎等人的成就予以肯定,并批评柳永、黄庭坚的"荡而不反",刘过的"傲而不理",吴文英的"枝而不物",高度赞美温庭筠的"深美闳约"。颇能看出张惠言论词重晚唐五代和北宋,而对南宋比较轻视。

最后,交代选词目的与标准。既重视词的艺术特色又重视其思想内容,是他选辑唐宋词的标准。

这篇序言是常州词派的理论宣言,他推尊词体的努力对后代有很大的影响,但是分析作品时刻意求深、深文周纳,其穿凿附会之弊也很明显。

书《刘海峰文集》[①]后　张惠言

余学为古文,受法于执友王明甫[②]。明甫古文法,受之其师刘海峰。

本朝为古文者十数,然推方望溪[③]、刘海峰。余求海峰文六年,然后得而读之。海峰之文,有学《庄子》《史记》为之者,弗至也;学欧阳、王介甫为之,时至焉;学归熙甫[④],辄至焉。名[⑤]取远,迹[⑥]取迩,其效然也?后有作者,终不得为庄周、司马之为耶?明甫之言曰:"海峰治经,功半于望溪,其文必倍胜于望溪。"然则海峰为之而不至焉者,果系[⑦]于世之远迩耶?明甫又言:"海峰为古文,既成,乃著籍[⑧]为望溪弟子。"呜呼,两人故[⑨]相为先后哉?

《茗柯文补编》

【注释】

①刘海峰:刘大櫆,字才甫,号海峰。

②王明甫(1752~1819):王灼,字明甫,一字宾麓,安徽桐城人。少从刘大櫆游,为文步趋刘大櫆,与张惠言友善。有《悔生诗文钞》。

③方望溪:方苞(1668~1749),字灵皋,号望溪,安徽桐城人。清代散文家,桐城派散文的创始人。与其弟子刘大櫆和再传弟子姚鼐并称"桐城三祖"。

④归熙甫:归有光,字熙甫。

⑤名：名号，名义。
⑥迹：效法，遵循。
⑦系：约束，羁绊。
⑧著籍：记名于某学者名下为弟子。
⑨故：因此。

【赏读】

　　这是张惠言精读刘大櫆文集后作的一篇跋文。刘大櫆得方苞义法，其文气势雄健，能兼取古文之异体而自成一家。

　　张惠言学习古文得益于好友王灼的激励，而王灼是刘大櫆的高足，故而张氏为古文间接得自刘大櫆，这样就将其创作的渊源交代清楚了。但是，张惠言却无意于依傍桐城门户，更不迷信桐城古文。他认为刘大櫆的古文终究受到唐宋古文家尤其是明代归有光的影响，而未能更进一步达到与《庄子》《史记》比肩的境界。由于张惠言走的是"以经学为古文"的路子，所以他对王灼"海峰治经，功半于望溪，其文必倍胜于望溪"的论断不以为然，也不同意王灼"海峰为古文，既成，乃著籍为望溪弟子"的说法，可见他对刘大櫆古文不甚满意，但又肯定了刘大櫆不拘泥于方苞的义法而能集历代大家之长以自成一体，体现了张惠言兼容并包的大家气度，也表现了他对桐城文派的基本态度，体现了阳湖文派经学文学并重的思想。

　　文章篇幅短小，但立论精辟，分析透彻，文字简净，辞气委婉。

《花部农谭》[1]序 焦　循[2]

梨园共尚吴音[3]。"花部"者，其曲文俚质，共称为"乱弹"者也[4]，余乃独好之。盖吴音繁缛[5]，其曲虽极谐于律，而听者使未睹本文，无不茫然不知所谓。其《琵琶》《杀狗》《邯郸梦》《一捧雪》[6]十数本外，多男女猥亵，如《西楼》《红梨》[7]之类，殊无足观。花部原本于元剧，其事多忠孝节义，足以动人；其词直质，虽妇孺亦能解；其音慷慨，血气为之动荡。郭外各村，于二、八月间，递相演唱，农叟渔父，聚以为欢，由来久矣。自西蜀魏三儿[8]倡为淫哇鄙谑之词，市井中如樊八、郝天秀[9]之辈，转相效法，染及乡隅。近年渐反于旧。余特喜之，每携老妇幼孙，乘驾小舟，沿湖观阅。天既炎暑，田事余闲，群坐柳荫豆棚之下，侈谭故事，多不出花部所演，余因略为解说，莫不鼓掌解颐[10]。有村夫子者，笔之于册，用以示余。余曰：此农谭耳，不足以辱大雅之目。为芟之，存数则云尔。

嘉庆己卯六月十八日立秋，雕菰楼主人记。

《花部农谭》

【注释】

①《花部农谭》：是焦循所撰的一部戏曲论著。对清代中叶流行于扬州的若干地方戏曲剧目加以考订和详介，十分推重当时被士大夫所轻视的花部。

②焦循（1763~1820）：字里堂，一作理堂。甘泉（今江苏扬

州)人。清代哲学家、戏曲理论家。嘉庆六年(1801)举人。后应礼部试不第,专意在家中著述。博览群书,专研经学,兼工天文历算、声韵训诂之学。不避俗见,重视地方戏曲。有《雕菰楼易学三书》《孟子正义》《花部农谭》《雕菰楼集》等。

③梨园:原为唐玄宗时教练乐舞艺人的场所,后人因此称戏班为梨园,称戏曲演员为梨园弟子。吴音:指昆腔,据传为元人顾坚所创。明代音乐家魏良辅根据昆山本地流行的戏曲腔调,吸收弋阳腔、海盐腔的优点进行改造,形成一种轻圆舒缓、清柔婉转的新型声腔。因最早流行于江苏南部吴中地区,故又称吴音。

④花部:清代奉昆山腔为雅乐正声,称作"雅部",而把昆山腔以外的各种地方剧种视为野调俗曲,取其花杂之义,称作"花部"。花部包括京腔、秦腔、弋阳腔、梆子腔、二黄调等,统称"乱弹"。俚质:通俗质朴。

⑤繁缛:指吴音繁复细腻,声调和谐婉转。

⑥《琵琶》:指元人高明的南戏《琵琶记》。《杀狗》:明初徐臣的《杀狗记》。《邯郸梦》:明人汤显祖的传奇剧《邯郸记》。《一捧雪》:明末季玉的传奇剧本。

⑦《西楼》:指清初袁于令的传奇剧《西楼记》。《红梨》:指明人徐复祚的传奇剧《红梨记》。

⑧西蜀魏三儿:清乾隆时著名的秦腔演员魏长生。

⑨樊八、郝天秀:都是乾隆年间旦角名演员。

⑩解颐:开颜欢笑。

【赏读】

清代康熙末期,作为雅乐正声的昆曲日趋衰落,各种地方戏曲蓬勃兴起,花部诸腔在全国遍地开花,形成戏曲史上著名的"花雅之争"。面对这种新形势,上层社会仍然顽固地力倡昆腔,压制地方戏曲，认为地方戏曲唱腔随意，内容鄙俚粗俗，要严加禁止。焦循以其卓越的胆识力排众议，肯定并推重花部，批评雅部昆腔的装腔作势。

这篇序文开篇即表达对花部（乱弹）的喜爱态度。因为昆腔的吴音极其繁缛，讲求精雕细刻、典雅细腻，过于追求音律和谐，以致人不看戏文不知所唱的内容为何，这种所谓的雅部正声已经陷入了形式主义的泥淖，渐渐失去了听众。而花部诸腔则不然，不仅音调慷慨激昂，令人精神振奋，而且戏文通俗易懂、明白晓畅，村妇孩童都能够理解，因此渐渐为大众喜闻乐见。另外，昆曲除少数优秀剧目以外，多是男女猥亵之事，有伤风化；而花部则多忠孝节义之事，足以感动人心，有益于世教。

花部在广大的市井乡村深受群众欢迎。二、八月间，或炎暑季节，或田事余暇，农叟渔父们三五成群，在村头弄尾，豆棚柳荫之下，随意就可以观赏花部演出，大家谈论的也是剧中的人物故事。花部以其强大的生命力活跃于民间，在大众心中扎下了深深的根。

《听松园诗》序 张维屏①

园在珠江之南，花埭之东。大通寺居其前，杏林庄在其后。地十余亩，中有二池。乔木林立，盖百年物也。二儿祥瀛见而爱之，欲购为余娱老之所，余止之。瀛固请，谓园易得，树难得，遂听之。

瀛度地施工，为堂，为廊，为轩，为亭，为楼，为阁，为室，为厨，为桥，为舟。经始于丙午夏，落成于丁未春。余地数亩，姑旷弗治，留有余不尽之意焉。

园以水木胜，木以松胜。余性爱松，昔既以"听松"名庐，今复以"听松"名园。园常有，松不常有；松常有，园内外有松且百岁之松不常有。园常有，水不常有；水常有，园内外有水且四面皆水不常有。至若楼高见山，池活通海，帆移树杪，天在镜中。江村烟屋，稻畴菜畦，绮交绣错，四望莫能穷其际焉。且夫陶公三径②，子山小园③，白傅草堂④，摩诘辋川⑤，地以人著，人借地传。自惟樗栎⑥景逼，桑榆⑦敢希。昔贤聊涉新趣，春秋佳日，朋旧盍簪⑧，以邀以游，斯陶斯咏。花竹禽鱼，溪山风月，造物所赠，吾何私焉！惠然肯来，与众共之。

道光二十有七年，百花生日⑨，珠海老渔张维屏记。记成，即以此为《听松园诗》序。

《松心文钞》

【注释】

①张维屏(1780~1859):字子树,又字南山,号松心子,晚年自号珠海老渔,广东番禺(今广州市)人。道光二年(1822)进士,官至江西南康知府,后辞官回乡,主持广州学海堂。善诗文,工书法,通医学。著有《松心诗集》《听松庐诗钞》《松心文集》《听松庐诗话》等。

②陶公三径:指陶渊明隐居之处。三径,汉代蒋诩隐居后,在庭园开三条小路,只与求仲、羊仲二人交往,后遂以"三径"代隐居之处。

③子山小园:庾信,字子山,有《小园赋》。

④白傅草堂:白居易曾任太子少傅,在庐山建造过草堂。

⑤摩诘辋川:王维晚年隐居蓝田辋川,有《辋川集》。

⑥樗栎:原指两种无用之材,后作自谦之词。

⑦桑榆:原指日落之处,后喻人生晚年。

⑧盍(hé)簪:聚首。盍,同"合"。

⑨百花生日:即花朝日,农历二月十五。

【赏读】

道光十六年(1836),张维屏辞官归隐园田,欲在云淡风轻中享受桑榆岁月。二儿祥瀛特意为他购建雅园安居,张维屏欣然题名"听松园",并写此文作为《听松园诗》序言,描述了他晚年生活的情境,表达了叶落归根的怡然心情。

张维屏喜好山水,一生遍游名山大川,留下众多山水名作,晚年得此雅园,心中更是喜不自胜。园内有百年老松,干枝遒劲;园外四周活水环绕,且远通大海。立于楼头远眺,目光越过树杪,可见海面上帆影片片;近视四周,则见江村烟屋,稻田菜畦,如锦绣交错，真是美不胜收。松树是君子的象征，四季常青，具有顶风冒雪坚贞不屈的性格，历来都是文人自勉自励的意象；水代表着智慧与灵秀，涵容蓝天和山影，泛着轻波涟漪，与古松相映成趣；加上园内亭台楼阁巧夺天工，自然妙不可言。张维屏陶然怡乐于园中，可以想象那份惬意情怀。每当春秋佳日，他热诚邀约亲朋故旧，畅游园中，吟诗作画，挥毫泼墨，把酒临风，对月长歌。自然美景化解了官宦过程中长期忧虑所带来的疲惫，而告老还乡后放旷超然的潇洒也为自然美景平添一份雅洁情韵。

张维屏是闽粤三大家之一，诗文功力深厚。徐世昌评其诗"高华沉著，不专一格"，宋湘赞赏说"一唱三叹，沁人心脾"。他的诗风深受陶渊明、白居易的影响，朴素平易，清新隽永，体现了他自然率真的美学追求。这篇序言更是自出机杼，文笔活泼畅达，意境优美，诗中的情思韵味与听松园里的闲情野趣交融在一起，引起读者无穷的遐想。

《婴砧课诵图》序① 王 拯②

《婴砧课诵图》者，不才拯官京师日之所作也。拯之官京师，姊刘在家奉其老姑③，不能来就弟养。今姑殁矣，姊复寄食宁氏姊④于广州，阻于远行。拯自始官日蓄志南归，以迄于今，颠顿荒忽⑤，琐屑自牵，以不得遂其志。

念自七岁时先妣⑥殁，遂来依姊氏。姊适新寡，又丧其遗腹子⑦，茕茕独处。屋后小园数丈余，嘉树荫之。树阴有屋二椽，姊携拯居焉。拯十岁后，就塾师学，朝出而暮归。比夜，则姊恒执女红，篝一灯⑧，使拯读其旁。夏苦热，辍夜课，天黎明，辄呼拯起，持小几就园树下读。树根安二巨石：一姊氏捣衣以为砧，一使拯坐而读。日出，乃遣入塾。故拯幼时每朝入塾，所读书乃熟于他童。或夜读倦，稍逐于嬉游，姊必涕泣告以母氏劬劳瘁死⑨之状，且曰："汝今弗勉学，母氏地下戚矣！"拯哀惧，泣告姊，后无复为此言。

呜呼！拯不才年三十矣。念十五六时，犹能执一卷就姊氏读，日惴惴于悲思忧戚之中，不敢稍自放逸⑩。自二十后出门，行身居业，日即荒怠，念姊氏教不可忘，故为图以自警，冀使其身依然日读姊氏之侧，庶免⑪其堕弃之日深，而终于无所成也。

道光二十四年甲辰⑫秋九月。为之图者，陈君名铄，为余丁酉同岁生⑬也。

《龙壁山房文集》

【注释】

①婹（xū）：姐姐。砧：捣衣石。课诵：旧时按规定的内容和分量读书。

②王拯（1815～1876）：原名锡振，字定甫，号少鹤，又号龙壁山人。因慕包拯，更名为王拯。广西马平人。工古文，宗尚桐城派，却无桐城派末流的流弊，著有《渝斋文钞》《龙壁山房诗集》《茂陵秋雨词》。

③姊刘：王拯的大姐嫁给柳州姓刘的人家，故称"姊刘"。老姑：年老的婆母。

④宁氏姊：王拯的二姐嫁给宁家。

⑤颠顿荒忽：颠沛困顿，心情恍惚。

⑥先妣：古人对已故母亲的称呼。

⑦遗腹子：在丈夫生前怀孕，在丈夫死后生的孩子。

⑧女红：同"女功""女工"，指旧时妇女所从事的纺织、刺绣、缝纫等针线活。篝：点着。

⑨劬（qú）劳：辛苦劳累。瘁死：累死。

⑩放逸：放纵自己，贪图安逸。

⑪庶免：希望免除。

⑫道光二十四年甲辰：即1844年。

⑬丁酉同岁生：道光十七年同年中举的生员。

【赏读】

这是一篇饱含深情的励志图画序。

文章细腻地叙述姐弟俩相依为命的生活情景，以简洁质朴的语言、平凡琐细的小事刻画人物。王拯的大姊在丧夫失子的巨大悲痛中，依然能够靠勤劳的双手独立抚养婆母和弟弟，表现出一个伟大女性的顽强与坚韧。婆母去世后，虽然弟弟已经在京城为官，却为遥远的路途阻隔，不能就养，只好寄食于妹妹家。在纯用白描的叙述中，不施浓墨重彩，寥寥数笔就勾勒出大姊悲苦辛劳的一生和善良坚毅的品德。使人感伤，也令人钦佩。

　　在叙述大姊督促自己求学上进时，选取三个典型场景：夜课，晨读，泣告。每个细节都感人至深：每天夜晚，姐姐就着如豆的灯光做女红陪着弟弟读书，慈母般的温馨弥漫整个小屋；清晨，姐姐在园中大石上捣衣，唤醒弟弟到园里树荫下的另一块大石上读书，姐姐是在捶衣，也是在锤炼人的意志，因此二石有了警策之意，其中包含了姐姐期待弟弟早日成才的心愿；当弟弟疲怠懒惰的时候，姐姐就哭着叙述母亲劬劳瘁死的惨状，说荒废学业使母亲在地下也会忧伤。哀泣之声，宛然在耳，令人肃然起敬。

　　王拯对大姊的感念之情非常深切，一生都想报答其养育之恩，但由于种种原因未能遂愿。为了警醒自己不要荒堕事业，就请同年生陈铄画了这幅《媭砧课诵图》，并寄托对大姊的深深思念。此文重在叙事，画图仅仅作为一个引子，画面内容则全靠记述来完成，深受明代唐宋派大家归有光《项脊轩志》的影响。文笔雅洁，情韵悠长，是一篇语淡情浓的佳作。

书《汤海秋①诗集》后 龚自珍②

人以诗名,诗尤以人名③。唐大家若李、杜、韩及昌谷、玉溪,及宋元眉山、涪陵、遗山,当代吴娄东④,皆诗与人为一。人外无诗,诗外无人,其面目也完⑤。

益阳汤鹏,海秋其字,有诗三千余篇,芟⑥而存之二千余篇。评者无虑⑦数十家,最后属龚巩祚⑧一言,巩祚亦一言而已,曰:"完。"何以谓之"完"也?海秋心迹尽在是⑨,所欲言者在是,所不欲言而卒不能不言在是,所不欲言而竟不言,于所不言求其言亦在是。要不掎摭⑩他人之言以为己言。任举一篇,无论识与不识,曰:"此汤益阳之诗。"

《龚自珍全集》

【注释】

①汤海秋(1801~1844):汤鹏,字海秋,湖南益阳人。诗文豪放,有《浮丘子》《海秋诗文集》传世。

②龚自珍(1792~1841):字璱人,号定庵,仁和(今浙江杭州)人。清末思想家、诗人和散文家,并精通经学、文字学和史地学。其文章导源于周秦诸子,奥博纵横,自成一家。著有《定庵文集》等。

③名:著名。

④吴娄东:清初诗人吴伟业,江苏太仓人。娄江东流经过太仓入长江,故称太仓为娄东。

⑤面目也完：面貌完整统一。指诗人的作品完整地体现自己的个性，体现其独特的品格、情韵，达到人与诗的统一。

⑥芟：删除。

⑦无虑：大约。

⑧龚巩祚：龚自珍初名巩祚。

⑨是：此，指诗集。

⑩捋撦（xián chě）：撷拾，摘取。

【赏读】

这篇短跋不仅精粹凝练，还闪烁着思想家的光芒，因为文章提出了诗歌的一个重要标准：人格与诗格必须统一。在文学史的长河中，闪耀着像李白、杜甫、韩愈、李贺、李商隐、苏轼、黄庭坚、元好问、吴伟业等一连串光辉的名字，这些诗人"皆诗与人为一，人外无诗，诗外无人，其面目也完"，即这些诗人的作品完整地体现自己的个性，体现其独特的品格、情韵，达到人与诗的统一。接着就评价汤海秋的诗歌。面对已经有十几家评语的两千多首诗歌，龚自珍只用了一个"完"字来评价，认为这些诗歌表现了汤海秋的全部心迹，诗中"所欲言者在是，所不欲言而卒不能不言在是，所不欲言而竟不言，于所不言求其言亦在是"。没有因袭剽窃他人的只言片字，全部是他自己个性风格情怀志向的展露，任意挑出一首，无论识与不识，都知道是汤海秋的诗，因而达到了人与诗的统一。这是对海秋诗歌很高的评价，同时也可以看出龚自珍诗歌追求的艺术境界。

书某帖①后　龚自珍

嘉庆甲子②，余年十三，严江宋先生璠③于塾中日展此帖临之。余不好学书，不得志于今之宦海，蹉跎一生。回忆幼时晴窗弄墨一种光景，何不乞之塾师，早早学此？一生困厄下僚之叹矣，可胜负负④！

壬辰八月既望⑤，贾人⑥持此帖来，以制钱一千七百买之。大醉后题，翌日见之大哭。

《龚自珍全集》

【注释】

①某帖：书帖名不欲明说，故只称某帖。
②嘉庆甲子：嘉庆九年（1804）。
③严江：浙江严州府。宋先生璠：字鲁珍，严州府建德县人。
④负负：非常羞愧。
⑤壬辰：道光十二年（1832）。既望：阴历每月十六日。
⑥贾人：商人。

【赏读】

都说"男儿有泪不轻弹，只因未到伤心处"。龚自珍为什么会对着一幅字帖大哭一场呢？因为龚自珍一生蹉跎的主要原因之一就是书法不好。据陈应群《耐充室诗话》记载："自珍既成进士，以书劣不能入翰林，乃官礼部主事。怏怏不胜，辄告人曰：'今之翰林犹可道耶！我家妇女皆工书法，何一不可入馆阁耶！'"原来，龚自珍一生经历了四次乡试、六次会试才勉强中进士，怀着满腔激情以为可以入翰林院、跻身显要、施展宏伟抱负了，可是，殿试时因为楷书写得不好，没能列入优等，只好去做知县，几经辗转，还是回到内阁中书的老位置上来。这对龚自珍的打击相当大，故而心中十分愤懑。

　　清代的科举考试，除考八股文外，还要看考卷的书法以定去取。考官们喜欢的是字体大、方、光的俗书，而像龚自珍一样有学问、个性独特不愿受羁绊也不愿媚俗的人往往因为书法不佳而落第，因此龚自珍的诗句"我劝天公重抖擞，不拘一格降人才"是满含悲愤的。当龚自珍无意中看到当年宋璠临摹的字帖时，又勾起了童年的回忆，转思半生坎坷竟全部因为没能学好书法，不禁百感交集，只好大哭以销积愤。

　　短短一篇题跋，百转千回，跌宕起伏，情感有如波涛汹涌，在抗议不合理的现实中，表达了因命运不公而生出的悲怆。

书《魏叔子①集》后 　王庆麟②

观叔子之文,最长人识见。叔子盛推朝宗③,朝宗故当不及也。集太多,予欲录其精美者为一集,而薙去客游后作什之九以附焉④。

嗟夫!使叔子足不下金精山,不爱浮誉,不受大腹贾金钱滥作文字,不急欲成集;益之岁年,演漾平迤⑤,时而出之,庶几乎儒者之文矣。昌黎云:"无慕乎速成,无诱于势利。"⑥有味哉!有味哉!

叔子庚申七月自叙云:"予费日月已五十有七年,自矢得邀天幸,逢七十四甲子之正月,六十既周,便当焚弃笔砚,萧闲颐适,无为劳攘岁月,自戕寿命。"⑦孰知即于是岁之十一月下世也。无乃久客外,酬应杂遝,心气耗败而致然与⑧?舟中无事,日阅此集,泊维扬,感叔子客死于此地,遂书之。甲戌⑨五月十日。

《洞庭诗文集》

【注释】

①魏叔子:魏禧(1624~1681),清初散文家。字叔子,号裕斋,江西宁都人。明末诸生,入清后绝意仕进,隐居故乡翠微峰。有《魏叔子集》。

②王庆麟(约1808年前后在世):字畴祥,号希仲,又号澹渊,江苏华亭(今上海市松江区)人。嘉庆举人。任宣城教官,工于古文,有《洞庭诗文集》。

③朝宗：侯方域，清代文学家，字朝宗。

④薙（tì）：同"剃"，削、删。客游：魏禧早年在家乡金精山隐居，三十九岁下山，客游苏州、杭州等地，与当时的名流交往。

⑤演漾平迤：荡漾、顺畅、平适地向前流动，比喻文章自然流畅。演，水流。迤，延伸。

⑥"无慕"二句：见韩愈《答李翊书》。速成，不努力而急于求成。

⑦自矢：自誓。七十四甲子：黄帝元年为第一甲子，推及七十四甲子，应为康熙二十三年（1684）。魏叔子作自序时是康熙十九年。正月：魏叔子阴历正月十三日生日。六十既周：活满六十周岁。

⑧无乃：莫不是。杂遝（tà）：多而乱。

⑨甲戌：嘉庆十九年（1814）。

【赏读】

王庆麟嘉庆十九年乘船路过扬州，途中读《魏叔子集》，有感于魏叔子客死扬州附近的舟中，于是写下这篇精湛的跋文。

魏禧是明末清初著名的散文家，文章凌厉雄杰，读他的文章很能增长见识。虽然魏叔子的文章造诣很高，但是他未能舍弃浮名俗利，因而文章也有大量糟粕，所以作者想删去魏禧客游后作品的十分之九附在魏氏精品之后。因此产生感慨：如果魏禧不下金精山，不爱浮名，不为满身铜臭者作俗态文字，真正做到韩愈所说的"无慕乎速成，无诱于势利"，积以时日，其文章一定会精粹醇厚、自然流畅，他也会成为真正的大家。结尾再次感叹魏叔子不能超脱世俗以致客死他乡，身后留下很多遗憾。

其实，王庆麟作此文除表达对魏叔子未能成大家的惋惜外，真正的目的在于借题发挥，说明这样一个真理：要想写出精美纯粹的作品，一定要摆脱名缰利锁的束缚，为文而文，方可无憾于身后。

袁香亭①画册记　姚　鼐②

香亭太守，与其兄简斋③先生，解官之后，皆买宅金陵而寓居焉。风流文采④，互相掩映，固门内⑤之盛也。简斋性好山水，年六七十，犹时出游，探极幽险，凡东南佳山水，天都、匡庐、天台、武夷，达于岭海⑥，无不至。而香亭日闭户，邀之暂出，辄有难色，其性与简斋异者若此。顾⑦独好画，穷日夕执笔，为之不倦。盖林麓烟云之趣，浩渺幽邃之观，水石竹木花叶鸟兽虫鱼之奇态，香亭自具于胸，而时接于几席之上，意其游亦未尝异于简斋耶！兹册香亭摹董思白⑧山水，凡十二幅，而简斋自书诗十二首与相间。香亭以示余。余于诗画深处，非所能解。自来金陵，与其兄弟交游，往来累岁⑨，识名⑩其末，以存其迹云。

《惜抱轩文集》

【注释】

①袁香亭：名树，字豆村，号香亭，钱塘人，袁枚堂弟。

②姚鼐（1731～1815）：字姬传，一字梦谷，安徽桐城人。曾受业于刘大櫆，为桐城派主要散文家。所选《古文辞类纂》，流传甚广。诗以清雅为宗，风格亦近其文。有《惜抱轩集》。

③简斋：袁枚之号。

④风流文采：风韵文辞。前者多指绘画，后者指诗文。

⑤门内：一门之内，指兄弟。

⑥岭海：岭南。其地北依五岭，南临大海，故名。

⑦顾：只，特。

⑧董思白：即董其昌，号思白、香光居士。工于书画，尤其擅长山水画。

⑨累岁：多年。

⑩识（zhì）名：写上名字。

【赏读】

这篇画册的题跋，并不就画论画，而重在刻画人物的性情。

袁香亭与其兄袁枚个性迥异：袁枚性好游览名山大川，"年六七十，犹时出游，探极幽险"；香亭则四门不出，潜心于山水画的创作，"穷日夕执笔，为之不倦"，将林麓烟云之趣，浩渺幽邃之观，水石竹木花叶鸟兽虫鱼之奇态，一一呈现在画幅上。一个徜徉于千姿万态的真实山水境界里，一个则遨游于自由自在之想象的山水世界中，唯钟情于山水的意趣是相同的。袁香亭作画之后，袁枚就在画上题诗，可谓"风流文采，互相掩映"，兄弟集于一门，真是芝兰玉树同生于庭院，让人羡慕。而兄弟俩的艺术成就，又恰恰在"解官之后"，因为脱离官场的羁绊，其性情可以肆意舒展，故而创作也就能够独抒性灵，取得独具一格的成就。结尾自谦不懂"诗画深处"，而他从其人论其诗画，强调性情对创作的重要性，则既触及到了"深处"，又完全切合题画的本意。

文章结构精巧，语言简练，寓意深刻，表现了对个性自由和寄情诗画的人生趣味的追求和赞赏。

《随园①随笔》序 袁 枚②

著作之文,形而上③;考据之学,形而下。各有资性④,两者断不能兼。汉贾山涉猎,不为醇儒;夏侯建讥夏侯胜所学疏阔⑤,而胜亦讥其繁碎。余故山,胜流⑥也。考订数日,觉下笔无灵气,有所著作,惟掊摭⑦是务,无能运深湛之思。本朝考据尤甚,判别异同,诸儒麻起,予敢披腻颜帢⑧,逐康成⑨车后哉! 以故自谢不敏,知难而退者久矣。

然入山三十年,无一日去书不观,性又健忘,不得不随时摘录。或识大于经史,或识小于稗官⑩,或贪述异闻,或微扶己见。疑信并传,回冗⑪不计,岁月既久,卷页遂多,皆有资于博览。付之焚如,未免可惜,乃题"随园随笔"四字,以存其编。

嘻! 予老矣,自此以往,假我数年,有所观,便有所记,有所记,便有所笔。此书之成,吾见其进也,未见其止也。

《小仓山诗文集》

【注释】

①随园:袁枚辞官回乡后,居于金陵小仓山之别墅,称为随园。袁枚亦自号随园老人。

②袁枚(1716~1797):字子才,号简斋,浙江钱塘人。乾隆四年(1739)进士,官溧水、江浦、江宁等县知县,后以父亲去世辞官归家,不复出仕。筑随园于小仓山,远近投诗文者无虚日,享盛名五十余年。其文不拘义法,以才运情,笔力雄逸。作诗提倡独

抒性灵,与"格调说"代表沈德潜相对。有《小仓山房集》《随园诗话》。

③形而上:《易·系辞上》:"形而上者谓之道,形而下者谓之器。"道,指精神;器,指物质。宋理学家认为形而上者为理,形而下者为气,理在气先。

④资性:资质,指天性、禀赋等。

⑤贾山:汉颍川人,博览群书,孝文帝时上书言治乱之道,借秦为喻,名曰至言。夏侯胜:西汉东平人,擅长《尚书》《论语》之学,曾以《尚书》传其侄夏侯建。

⑥胜流:名流。

⑦捃摭(jùn zhí):拾取,摘录。

⑧腻颜帊:不覆前额的一种帽子。战国宋康王以无颜之冠以示勇敢。

⑨康成:东汉著名经学家郑玄,字康成,有《毛诗笺》《周礼注》《仪礼注》等。

⑩稗官:古代小官,专门给帝王讲述街谈巷议、风俗故事。

⑪回冗:回,邪僻;冗,繁杂,多余。

【赏读】

随笔是一种篇幅短小、形式灵活的散文体裁,可以抒情、叙事或议论。宋代洪迈在《容斋随笔》序中说:"意之所之,随即记录,因其先后,无复诠次,故曰之随笔。"袁枚的《随园随笔》也是类似的笔记,是他退居家乡三十多年的读书笔记,因为"付之焚如,未免可惜",故此编辑成书。

袁枚生活的时代,正是乾嘉考据之学兴盛的时期,主张治学为文都要讲究"义理、考据、词章"。袁枚反对饾饤繁琐的考据之学,主张独抒性灵,因此以文人自居,认为"著作之文"与"考据之学"断然不可相兼，前者是形而上的精神产物，后者是形而下的资料摘录。他曾说"古文家似水，非翻空不能见奇；考据家似火，非附丽于物，不能有所表见"。他认为人的禀赋不同，风格必然千差万别，只有"独抒性灵"，不拘格套，写出自己的真性情和新感受，才能创作出长留天地间的诗文。

袁枚写随笔，是对于性灵说的艺术追求，因此他对自己的随笔写作十分重视，序文结尾明确表示要继续写下去，要"吾见其进也，未见其止也"，体现了他对自己艺术追求的高度自信。这篇短序如行云流水，结构精巧灵活，个性直露，观点鲜明，意切情真，典型地表现了独抒性灵的理念。

《长生殿》自序 洪 昇①

余览白乐天《长恨歌》及元人《秋雨梧桐》②剧,辄作数日恶。南曲《惊鸿》③一记,未免涉秽。从来传奇家非言情之文不能擅场;而近乃子虚乌有,动写情词赠答,数见不鲜,兼乖典则。因断章取义,借天宝遗事,缀成此剧。凡史家秽语④,概削不书,非曰匿暇,亦要诸诗人忠厚之旨云尔。然而乐极哀来,垂戒来世,意即寓焉。

且古今来逞侈心而穷人欲,祸败随之,未有不悔者也。玉环倾国,卒至殒身。死而有知,情悔何极。苟非怨艾之深,尚何证仙之与有。孔子删《书》而录《秦誓》⑤,嘉其败而能悔,殆若是欤?

第曲终难于奏雅,稍借月宫足成之。要之广寒听曲之时,即游仙上升之日。双星作合,生忉利天⑥,情缘总归虚幻。清夜闻钟,夫亦可以蘧然⑦梦觉矣。

康熙己未⑧仲秋稗畦洪昇题于孤屿草堂。

《长生殿》

【注释】

①洪昇(1645~1704):字昉思,号稗畦,浙江钱塘(今杭州)人。于康熙二十七年(1688)完成《长生殿》。次年因佟皇后丧期演唱此剧而获罪,削籍回乡,再未出仕。晚年郁郁寡欢,纵情湖山之间,在浙江吴兴夜醉落水而死。生平创作剧本九种,今存《长生

殿》《四婵娟》。还有诗集《稗畦集》《稗畦续集》传世。

②《秋雨梧桐》：元代剧作家白朴所作《唐明皇秋夜梧桐雨》的简称。

③《惊鸿》：明人吴世美所作传奇剧。

④史家秽语：新、旧《唐书》对杨贵妃其人及其与唐明皇之间的爱情故事，往往作为龌龊之事来加以贬斥。洪昇对此不以为然，所以"概削不书"。

⑤《秦誓》：《尚书》中的第二十八篇，记录秦穆公误发兵袭击郑国，为晋国所败，三位大将被俘。后晋国归还战俘，秦穆公亲自郊迎，并作《秦誓》自责自勉。

⑥忉利天：佛家语，意指第三十三天，是欲界六重天的第二重。

⑦蘧（qú）然：惊觉的样子。

⑧康熙己未：即康熙十八年（1679）。

【赏读】

自从白居易的《长恨歌》问世以来，唐明皇与杨贵妃的故事就广为流传，后代对这个旷世的凄美爱情故事进行不断改编，先后有元代白朴的杂剧《唐明皇秋夜梧桐雨》、明代吴世美的传奇剧《惊鸿记》及清代洪昇的《长生殿》。其中洪剧规模宏大，思想内容复杂，唱词优美，人物形象丰满生动，取得了很高的艺术成就。洪昇在这篇自序里主要谈到创作《长生殿》的动机与目的。

他首先对《长恨歌》《梧桐雨》不满意，可能因为白诗后半部分写得过于虚幻，且创作主旨含糊不明，白剧则未能演绎出爱情之外的教化意义，至于吴世美的《惊鸿记》更是语言污秽。究其原因，都是因为与白诗并传的《长恨歌传》掺杂着历史的真实和艺术的真实，难以厘清。因此，洪昇要另起炉灶，秉承诗人忠厚之旨，以情感为主线，讲述天宝遗事，摒弃史家秽语，表达"乐极哀来，垂戒来世"的寓意。他在《长生殿》剧中，一方面通过李、杨的故事歌颂生死不渝的爱情，另一方面又联系爱情的发展，表现安史之乱前后广阔的社会背景。目的是告诫世人："古今来逞侈心而穷人欲，祸败随之，未有不悔者也。"洪昇还将《长生殿》中的"悔情"之意与"孔子删《书》而录《秦誓》，嘉其败而能悔"相联系，意欲通过李、杨的情悔为统治者提供借鉴，对稍后的沈德潜、乾隆皇帝解释《长恨歌》主题为"讽谏说"有一定的影响。

最后解释了《长生殿》结尾安排游月宫的曲终难于奏雅的原因，是希望人们意识到情缘总归虚幻，当清夜听到钟声，可以欣然梦觉，意即将唐明皇与杨贵妃之间的情缘视为黄粱一梦，当成警世之钟。

这篇序文，文思曲折，笔意婉转，才情俊逸，结尾余味隽永，耐人咀嚼。

《桃花扇》小引　孔尚任①

　　传奇虽小道②，凡诗赋、词曲、四六、小说家，无体不备。至于摹写须眉，点染景物，乃兼画苑矣③。其旨趣实本于三百篇，而义则春秋，用笔行文，又左、国、太史公也④。于以警世易俗，赞圣道而辅王化，最近且切。今之乐，犹古之乐，岂不信哉？

　　《桃花扇》一剧，皆南朝⑤新事，父老犹有存者。场上歌舞，局外指点，知三百年之基业，隳⑥于何人，败于何事，消于何年，歇于何地？不独令观者感慨涕零，亦可惩创人心，为末世之一救矣。

　　盖予未仕时，山居多暇，博采遗闻，入之声律，一句一字，抉心呕成⑦。今携游长安，借读者虽多，竟无一字一句着眼⑧看毕之人，每抚腕浩叹，几欲付之一炬。转思天下之大矣，后世远矣，特识焦桐⑨者，岂无中郎乎？予姑俟之。

　　康熙己卯⑩三月云亭山人偶笔。

《桃花扇》

【注释】

　　①孔尚任（1648～1718）：字聘之，又字季重，号东塘，别号岸堂，自称云亭山人。山东曲阜人。好诗文，通音律。他历时十年，三易其稿，于康熙三十八年（1699）完成《桃花扇》。次年因文祸罢官。又二年，离京回乡。有诗文集《湖海集》《岸堂稿》《长留

集》等。

②小道：封建时代的学者轻视戏曲小说，认为它们不能和正统的诗文相比，故称"小道"。

③"至于"三句：是说传奇在描写人物、点染景物方面，兼具绘画功能。

④三百篇：即《诗经》。春秋：即编年体史书《春秋》。左：即《左传》。国：即《国语》。太史公：司马迁，曾任太史令，后人称为太史公，有《史记》。

⑤南朝：南明王朝。

⑥隳（huī）：毁坏，崩毁。

⑦抉心呕成：用尽心思写成。

⑧着眼：看上眼，即让人看重欣赏之意。

⑨焦桐：东汉时，蔡邕（蔡中郎）听见桐木在火中爆裂的声音，知道它是制造琴的好材料，就把它抢救出来制琴。制成后这琴的尾部还有烧焦的痕迹，因名焦尾琴。这里用典故是说《桃花扇》终究会有人赏识的。

⑩康熙己卯：康熙三十八年（1699）。

【赏读】

这篇小引对视戏剧为小道的传统观念有所突破。孔尚任认为传奇是"无体不备"的综合艺术，在描写人物、点染景物方面还具有绘画功能，创作宗旨与《诗经》《春秋》相通，行文用笔能与《左传》《国语》《史记》相媲美，而且具有警世易俗的作用，可以用来"赞圣道而辅王化"。孔尚任对传奇剧创作的高度重视，在很大程度上突破了传统的偏见。

接着，孔尚任对《桃花扇》的取材、立意作了简介。这是一部以侯方域与李香君的爱情故事为主线、反映南明王朝兴亡、抒发作者历史感慨的传奇剧。孔尚任耗费数十年心力惨淡经营此剧,目的是要针对南明王朝的覆灭总结历史教训,为后人提供借鉴,"不独令观者感慨涕零,亦可惩创人心,为末世之一救",同时也表现他对南明王朝的深深眷恋。

但是,这样一部寓意深远、殚精竭虑的作品,问世后竟然遭到极度的冷遇,致使作者想付之一炬,可见知音难觅啊!但是转念一想,正如焦桐会碰上识音的蔡中郎一样,他坚信这部《桃花扇》在遥远的未来也一定会遇上真正的知音。值得欣慰的是,《桃花扇》以它深邃的思想和不朽的艺术成就,已经在文学史上占据了重要的地位,成为杰出的传世佳作。

《管异之①文集》书后 梅曾亮②

曾亮少好为骈体文③,异之曰:"人有哀乐者,面也,今以玉冠之,虽美,失其面矣。此骈体之失也。"余曰:"诚有是。然《哀江南赋》《报杨遵彦书》④,其意固不快耶?而贱之也?"异之曰:"彼其意固有限,使孟、荀、庄周、司马迁之意,来如云兴,聚如车屯⑤,则虽百徐、庾之词,不足以尽其一意。"余遂稍学为古文词。异之不尽谓善也,曰:"子之文病杂,一篇之中,数体驳⑥见。武其冠,儒其服,非全人也。"余自信不如信异之深,得一言为数日忧喜。呜呼!今异之亡矣,吾得失不自知,人知之,不能为吾言之。余虽学日从事焉,茫乎不自知其可忧而可喜也,故益念异之不能忘。

异之卒于道光十一年⑦,其明年,今安徽巡抚邓公刊其遗文,命曾亮为之序,乃书畴昔之文语集后,以志吾悲。

《柏枧山房文集》

【注释】

①管异之:管同,字异之。

②梅曾亮(1786~1856):清代散文家。字伯言。江苏上元(今南京)人。道光二年(1822)进士。少喜骈文,后转攻古文,师事姚鼐。有《柏枧山房文集》。

③骈体文:又称骈文、四六文。起源于汉魏,形成于南北朝。文体的形式以对句为主,讲究对仗和声律,整齐而富有节奏感。从

唐代古文运动起，在从事古文的人看来，骈文之弊在于华而不实。

④《报杨遵彦书》：南朝陈文学家徐陵的作品，是骈文。徐陵与庾信齐名，世称"徐庾"。

⑤屯：聚集。

⑥驳：混杂。

⑦道光十一年：即1831年。

【赏读】

管同是梅曾亮的同乡，又同为姚鼐弟子，二人友谊很深，在散文创作上也互相取益模仿。这篇书跋，虽然没有正面提到管同的文学成就，但通过自己由好骈文转而专攻古文的事实，称述了管同高人一等的文学见解，以及给予自己的终身难忘的影响，这比空洞的赞美之词，要深刻得多。

管同认为骈文的最大毛病在于"文饰失真"，即骈文刻意追求辞藻装饰之美，如同人的面部罩上美丽的玉器，尽管很漂亮，但是喜怒哀乐的表情却被遮盖起来了，过分的华丽辞藻也掩盖了文章的真情实感，变得空洞做作。当然不可否认骈文中也有像庾信《哀江南赋》、王勃《滕王阁序》那样精美可诵的篇什，但是即使最美妙的骈文，也仍然缺少庄周和司马迁散文那种"来如云兴，聚如车屯"的纵横捭阖、酣畅淋漓、大气包举、自然流畅之美。管同还指出梅曾亮所作古文难脱骈文习气，认为一篇之中数体夹杂是"武其冠，儒其服，非全人"。朋友的真诚劝勉是自己进步的动力，可是，友人已经离去，人虽亡而言犹在耳，顿生无限怀念之情。

最后交代管同文集编辑的情况和作序的缘由，表达了失去良师益友的悲痛心情。这篇跋文很有特色，以管同的劝语表现管同之志，因而能见出管同文集的主要艺术旨趣，有秘响旁通的意味。

书《归震川①文集》后 曾国藩②

近世缀文③之士，颇称述熙甫，以为可继曾南丰、王半山之为文④。自我观之，不同日而语矣。或又与方苞氏并举，抑非其伦⑤也。盖古之知道者，不妄加毁誉于人，非特好直也。内之无以立诚，外之不足以信，后世君子耻焉。

自周诗有《崧高》《烝民》诸篇⑥，汉有"河梁"之咏⑦，沿及六朝，饯别之诗，动累卷帙⑧。于是有为之序者，昌黎韩氏为此体特繁，至或无诗而徒有序，骈拇枝指⑨，于义为已侈矣。熙甫则不必饯别而赠人以序，有所谓贺序者、谢序者、寿序者，此何说也？又彼所为抑扬吞吐、情韵不匮者，苟裁⑩之以义，或皆可以不陈。浮芥舟以纵送于蹄涔之水⑪，不复忆天下有曰海涛者也，神乎？味乎？徒词费耳。

然当时颇崇苗轧⑫之习，假齐梁之雕琢⑬、号为力追周秦⑭者，往往而有。熙甫一切弃去，不事涂饰，而选言有序，不刻画而足以昭物情，与古作者合符，而后来者取则焉，不可谓不智已。人能弘道，无如命何！藉⑮熙甫早置身高明之地，闻见广而情志阔，得师友以辅翼⑯，所诣固不竟此哉！

《曾文正公全集》

【注释】

①归震川：即归有光，字熙甫，别号震川，明代唐宋派散文大家。

②曾国藩（1811～1872）：初名子城，字涤生，号伯涵，湖南湘乡人。清朝军事家、理学家、政治家、文学家。道光年间进士，晚清重臣。卒谥文正。他继承桐城派方苞而自立风格，论学主张义理、考据、词章、经济并重。有《曾文正公全集》。

③缀文：连续辞句成为文章，即作文。

④曾南丰：即曾巩，建昌南丰人，世称"南丰先生"。王半山：即王安石，号半山。

⑤伦：同类。

⑥《崧高》：《诗经·大雅》篇名。朱熹《诗集传》认为是尹吉甫为申伯送行而作。《烝民》：《诗经·大雅》篇名。《诗集传》认为是尹吉甫为仲山甫送行而作。

⑦"河梁"之咏：即最早见于《昭明文选》的李陵与苏武诗，因其中有"携手上河梁"的句子，故称河梁之咏。内容写离别送行。

⑧帙（zhì）：包书的套子，用布帛制成。故谓一套书为一帙。

⑨骈拇枝（qí）指：喻多余无用的东西。《庄子·骈拇》："骈拇枝指，出乎性哉，而侈于德。"骈拇，足拇指与第二指连为一体；枝指，手有六指。

⑩裁：估量，判断。

⑪芥舟：以小草为舟。《庄子·逍遥游》："覆杯水于坳堂之上，则芥为小舟。"蹄涔：牛马蹄印中的积水。涔，雨水。此喻范围极小，无以施展。

⑫苴轧：指盲目拟古，使用生硬晦涩的词汇。欧阳修知贡举，举子刘几好为险怪之文，曰："天地轧，万物苴，圣人发。"欧阳修很生气，斥去不取。

⑬齐梁之雕琢：南朝齐梁间文风绮靡，重辞句雕琢。

⑭周秦：指汉以前的古文。归有光所处的明嘉靖年间，以王世

贞为首的"后七子"主盟文坛,倡言"文必秦汉,诗必盛唐",形成拟古的风气,归有光正是与此相抗衡。

⑮藉:假使。

⑯辅翼:帮助。

【赏读】

归有光是明代"唐宋派"散文的代表人物,他的古文继承唐宋韩、柳、欧、苏等人的传统,不仅力矫当时的盲目拟古风气,而且影响了清初文学,很得桐城派人士的崇尚。但曾国藩这篇书跋,却认为将归有光与曾巩、王安石、方苞并称是不妥当的,因为归有光的散文大多取材于身边的琐事,表达个人的感情,没有深远的意义。

归有光长于抒情,曾国藩对归文不事雕琢、能昭物情的特点作了充分的赞扬,但纯粹的个人生活终究是有局限性的,与生活的大江大河相比,它只不过是地上的一洼积水,也没有开阔的气象。很明显,曾国藩出于一个政治家的胸襟气度,对归有光沉湎于个人情怀而不关注社会是有所批评的。当然,归有光自有其价值,曾国藩认为在那个"崇苴轧之习,假齐梁之雕琢、力追周秦"的复古时代,归有光以清淡之笔抒发真挚情感,具有悠远的风韵,传承了文学的精神命脉,有文学史意义。

序文最后将归有光文风的成因归结为命运的影响。归有光一生曲折坎坷,大部分时间是以穷乡老儒的身份在偏远乡村度过,狭隘的生活圈子限制了他的眼光和思路,也影响了他的文学成就。假如他能够脱离闭塞的乡间生活,并有良师益友的帮助,成就会比现在高得多,言外充满无限的惋惜,同时也揭示了一个真理:作家的文学创作跟他的生活际遇密切相关,只有走向广阔的社会生活,才能形成气象开阔的风格。

题《登高图》[①] 施补华[②]

重九，佳节也；登高，胜会也；饮酒，乐事也。亲旧在异方者，幸此一日之聚焉。然七人之中，唯凌子官于山东，自余六人皆客也。夫客者，西东北南靡定[③]耳。则此一日之聚，亦不能岁以为常。且七人者，年各不同，自今之重九，人自数其齿[④]以至于尽。凡得重九若干日，重九而游者若干日，游于某丘某水，与之游者某人，皆不可知，惟此一日之聚为现在焉。慨其难常[⑤]，幸其现在，此作图之意乎？

虽然，庄生有言："夫迹，履之所出，而迹岂履哉[⑥]？"彼一日之聚，忽然以逝者，亦岂图之所能存？盖人必有其不亡者[⑦]，而后凡所作为，依之以存焉。古人一日之聚，传于今者多矣，谓迹不足存，而存焉者何也？

七人者，泉塘赵瞳，仁和蒋其章，乌程施补华、朱毓广，归安凌绂曾，山阴汤震，上元臧大勋。图者瞳，记者补华。己丑九月[⑧]。

《泽雅堂文集》

【注释】

①《登高图》：清人赵瞳所作的一幅画，记录光绪十五年（1889）重阳节施补华等七人登高欢会的情景。

②施补华（1835～1890）：字均甫，浙江乌程人。同治九年（1870）举人，性沉默，人疑其骄，多毁之。其文辞简洁而气象雄

阔，远非桐城诸家所及，有《泽雅堂文集》传世。

③靡定：不定。

④齿：年龄。

⑤慨其难常：感慨相聚的美好情景难以永存。

⑥迹：鞋印，脚印。履：鞋子。

⑦不亡者：指朋友相聚中永恒存在的东西。

⑧己丑九月：指清光绪十五年（1889）九月。

【赏读】

　　重九登高有悠久的历史文化传统，既有孔子登泰山而小天下的豪情壮志，也有齐景公登牛山对时光流逝的悲叹，还有王维客中羁旅"每逢佳节倍思亲"的凄清情怀。

　　清人赵曈所作的《登高图》，记录光绪十五年重阳节凌绂曾等七人登高欢会情景，同时交织着复杂的情感。南北东西漂泊的七人，年龄已经老大，亲旧都在远方，能够在异地他乡得到一日欢聚的快乐，自然不同寻常。时局难料，而欢会难再，正如王羲之所说"向之所欣，俯仰之间，已为陈迹"，因此只有以图画留住这美妙的生命瞬间。但是庄子又有"履迹"之论，脚印岂能代表鞋子？即使画成图画来保存，又岂能留住这消逝的时光？即便如此，有一幅画在，作为将来思念回顾的凭借，还是有重要意义的，像兰亭雅会、金谷夜宴、竹林啸饮等不都是借助图画或文字流传后世吗？

　　在风雨飘摇的末世，像施补华这样漂泊无依的文人，内心总会染上时代日薄西山的感伤情绪，因此这篇题画小跋也表现出命运难测的悲凉心态。

《比竹余音》[①]序 王闿运[②]

往昔邓辛眉从孙月坡学词，邓父语余曰："词能幽人[③]，使志不申，非壮夫之事、盛世之音也。"余窃笑焉，以为才人固甘于寂寞，传世无怨于凉独[④]，使我登台鼎[⑤]，不如一清吟远矣。特病不工词，不恨穷而工也。

未三五年，天下大乱，曩之公卿多福寿者，相继倾覆，而词客楚士，流传兵间，憔悴行歌，不妨其乐，余亦渐收摄壮志，时一曼声，既患学者粗率，颇教以词律。东南底定，海氛未起[⑥]，于天津行辕得见叔问中书[⑦]。叔问贵公子，不乐仕进，乞食吴门，与一时名士游。文章尔雅[⑧]，艺事多能，而犹工倚声。吴门，孙君故国也。前五十年，孙君与如冠九[⑨]以词唱和于浔阳庐山间，佳句犹在人口。冠九则叔问乡前辈，再前则成容若湛沦盛时[⑩]，而词冠本朝。邓丈所言，吁其验矣！

余交叔问又将廿年，而时事愈变，吴越海疆，不能有歌舞湖山之乐。余居三闾之徂土[⑪]，一销绮思；穷则至矣，词于何有。邓丈之言，其犹衰世之盛耶？叔问远来征文，辄述师友身世之感以告之。

《湘绮楼诗文集》

【注释】

①《比竹余音》：晚清著名词人郑文焯的词集。郑文焯（1856～1918），字俊臣，号小坡、叔问、大鹤山人。光绪举人，官

内阁中书。精通音律，雅慕姜夔。有《大鹤山人全集》。

②王闿运（1832~1916）：字壬秋，湖南湘潭人，咸丰举人。清末，授翰林院检讨，辛亥革命后任清史馆馆长。诗文模拟汉魏六朝。有《湘绮楼诗文集》。

③幽人：使人忧虑深远。

④凉独：意为孤独凄凉，不被人亲厚。

⑤台鼎：显要的宰相之位。

⑥"东南"二句：指当时东南数省的太平天国起义军被清军镇压，海疆也未发生战事。

⑦行辕：朝廷大员出行驻所。中书：官名。

⑧尔雅：本为训诂名物之书，这里比喻文章典雅。

⑨如冠九：满洲镶黄旗人，姓赫舍里氏，名如山，字冠九。

⑩成容若：即纳兰性德，初名成德，字容若，著名词人。湛沦：沉沦。湛，同"沈"，即沉。

⑪三闾之徂土：三闾，指屈原，于湖南湘阴县北汨罗江投水而死。徂，往昔。作者为湘阴人，故云。

【赏读】

杜甫曾这样评价李白："千秋万岁名，寂寞身后事。"李白也曾说："古来圣贤皆寂寞。"确实，文人才士总是沉沦下僚，仿佛注定与贫穷困顿结下不解之缘。千古诗人如此，而词人命运更糟，因为词一向被视为"小道""末技"，多用来抒写小桥庭院的景致和风花雪月的哀乐，是情靡调卑的文体。当邓辛眉的父亲告诉王闿运词使人消磨意志，"非壮夫之事、盛世之音"时，他却不以为然，认为才人就应该甘于寂寞，高官厚禄远比不上清吟低唱的快乐。尤其是遇上动乱年代，豪门公卿相继倾覆，反而不及词人吟诗赋词、长歌抒怀来得惬意。

一番议论之后，话题转到才华盖世却落魄坎坷的郑文焯身上。文焯年轻时也是胸怀大志，光绪元年（1875）中举之后，会试却屡次失败，无奈之下才绝意进取，客居吴中长达三十年。对酷爱风雅、热爱生活的郑文焯来说，科举仕途的挫折使他只能在大自然的怀抱中寻找情感的寄托。王闿运在对郑文焯的遭遇深表同情之时，也说自己在兵戈动荡中"憔悴行歌""渐收摄壮志"，不能有所作为，与郑文焯真是惺惺相惜、灵犀相通，堪称郑氏词作的知音。回想当年邓丈之言，不幸得到验证，心中不禁百感交集。

　　序中还提到如冠九、孙月坡、纳兰性德等驰誉词坛的大词人，他们也都是名高当代却沉沦盛世，王闿运将郑文焯与他们并列，含蓄地表达了对郑词的评价。

　　序文反复提到邓丈之言，实际上是满腔悲愤地为盛世沉沦的词人作不平之鸣，他们并不甘心仅仅作为一个词人过着曼吟低唱的生活，而是渴望一展雄心，建功立业，只是悲剧的时代使他们英雄无用武之地！

《老残游记》序 刘 鹗①

　　婴儿堕地，其泣也呱呱；及其老死，家人环绕，其哭也号啕。然则哭泣也者，固人之所以成始成终也。其间人品之高下，以其哭泣之多寡为衡。盖哭泣者，灵性之现象也，有一分灵性②即有一分哭泣，而际遇之顺逆不与焉。

　　马与牛，终岁勤苦，食不过刍秣③，与鞭策相始终，可谓辛苦矣；然不知哭泣，灵性缺也。猿猴之为物，跳掷于深林，厌饱乎梨栗，至逸乐也，而善啼；啼者，猿猴之哭泣也。故博物家云：猿猴，动物中性最近人者，以其有灵性也。古诗云："巴东三峡巫峡长，猿啼三声断人肠。"其感情为何如矣！

　　灵性生感情，感情生哭泣。哭泣计有两类：一为有力类，一为无力类。痴儿呆女，失果则啼、遗簪亦泣，此为无力类之哭泣；城崩杞妇之哭④、竹染湘妃之泪⑤，此为有力类之哭泣也。而有力类之哭泣，又分两种：以哭泣为哭泣者，其力尚弱；不以哭泣为哭泣者，其力甚劲，其行乃弥远也！《离骚》为屈大夫之哭泣，《庄子》为蒙叟之哭泣，《史记》为太史公之哭泣，《草堂诗集》为杜工部之哭泣；李后主以词哭，八大山人⑥以画哭；王实甫寄哭泣于《西厢》，曹雪芹寄哭泣于《红楼梦》。王之言曰⑦："别恨离愁，满肺腑难陶泄。除纸笔代喉舌，我千种想思向谁说？"曹之言曰⑧："满纸荒唐言，一把辛酸泪；都云作者痴，谁解其中意？"名其茶曰"千芳一窟"、名其酒曰"万艳同杯"者：千芳一哭，万艳同悲也！

吾人生今之时，有身世之感情，有家国之感情，有社会之感情，有种教之感情。其感情愈深者，其哭泣愈痛：此鸿都百炼生所以有《老残游记》之作也！棋局已残⑨，吾人将老，欲不哭泣也得乎？吾知海内千芳，人间万艳，必有与吾同哭同悲者焉！

《老残游记》

【注释】

①刘鹗（1857～1909）：字铁云，别署鸿都百炼生，丹徒（今江苏镇江）人。清末著名小说家，也精通数学、医术、水利等，又喜欢收藏金石甲骨。著有《老残游记》《铁云藏龟》等。

②灵性：灵慧之性。

③刍秣：草料。

④城崩杞妇之哭：刘向《列女传》记载，齐杞梁殖战死，其妻哭于长城下，十日而城崩。

⑤竹染湘妃之泪：传说舜出外巡视死于苍梧之野，其妃娥皇、女英寻至南方湘水之滨，泪下染竹成斑，二人死后成为湘水女神。

⑥八大山人：明代著名画家朱耷，号八大山人，曾持《八大山人觉经》，故以为号。

⑦王之言曰：此数句见王实甫《西厢记》第四本《草桥店梦鸳鸯杂剧》第四折"鸳鸯煞"。

⑧曹之言曰：见曹雪芹《红楼梦》第一回。

⑨棋局已残：比喻清王朝已成残破的局面。

【赏读】

这是一篇自序。刘鹗身处百孔千疮的晚清时代，目睹清王朝日薄西山气息奄奄的残局，希望通过改良的方法挽救颓势，但是社会对他的努力最终报以冷漠，因此他只好以纸笔代言，寻求精神上的自我解脱，创作这部旨在匡世的哭泣之作《老残游记》。小说通过一位江湖医生老残的所见所闻所感所为，揭示风雨飘摇的艰难时世，暴露讽谏酷吏的凶残本性，表达他"补残救世"的良好心愿。

　　为了揭示小说的创作目的，刘鹗围绕"哭泣"大做文章，将人生自始至终的哭泣这种生理现象，提升到文化审美的高度，认为哭泣是"灵性"的表现。他将哭泣分为"有力类"和"无力类"两种，后者是低层次的限于计较物质得失的哭泣，前者则是高层次的具有精神力量的哭泣，而其中"不以哭泣为哭泣"尤为震撼人心。接着，列举屈原、庄子、司马迁、杜甫、李煜、朱耷、王实甫、曹雪芹等杰出的文人画士，将他们的作品一概当做哭泣的结晶，肯定了这些作品对人生对社会的重要意义。

　　自从司马迁发愤著书创作《史记》以来，中国古代士大夫一直在以自己的生命力量与封建势力的压迫进行抗争，尽管其结果大都成为饮恨吞声的哭泣，他们剩下的也只有深深的失望与悲怨，但是抗争过程中精神上的升华却放射出璀璨的光芒。悲伤，正是中国古代士子无法摆脱的宿命，基于此，他们只能将美好的希望和一腔幽怨寄于笔端，在自我憧憬的精神世界里追求自身价值的实现。刘鹗将自己的小说紧承在这些优秀作品之后，一方面表明他要继承优秀的抒忧娱悲的文化传统，另一方面也表现出他对自己作品成就的高度自信。这篇自序表达了刘鹗忧国忧民的高尚情感，从中可以感受到中国士子崇高的使命感和"知其不可而为之"的悲壮情怀。

跋《蒋湘帆①尺牍》 吴汝纶②

余过长崎③,知事荒川君一见如故交。荒川有旧藏中国人蒋湘帆尺牍一册示余,属为题记。

湘帆名衡,自署拙老人,在吾国未甚知名,而书甚工,竟流传海外,为识者所藏弆④,似有天幸者。乡曲儒生,老死翰墨,名不出闾巷者,曷可胜道?其事至可悲,而为者不止,前后相望不绝也。一艺之成,彼皆有以自得,不能执市人而共喻之,传不传岂足道哉?得其遗迹者,虽旷世⑤殊域,皆流连慨慕不能已,亦气类之相感者然也。观西土之艺术,争新煊异⑥,日襮之五都之市⑦,以论定良窳⑧,又别一风教矣。

《桐城吴先生全书》

【注释】

①蒋湘帆:名衡,江苏金坛人,贡生。

②吴汝纶(1840~1903):字挚甫,安徽桐城人,清末散文家,曾拜曾国藩为师,和张裕钊、黎庶昌、薛福成称"曾门四弟子",又与李鸿章关系密切。他是桐城派后期作家,论道论文,本桐城派传统观点,但注重"洋务",赞成推行"西学"。有《桐城吴先生全书》。

③长崎:日本地名。

④藏弆(jǔ):收藏,保藏。

⑤旷世:远世。

⑥争新煊（xuān）异：争相显示新奇怪异的特色。
⑦襮（bó）：表白。五都之市：繁盛的都市。
⑧窳（yǔ）：粗劣。

【赏读】
　　蒋湘帆名衡，江苏金坛人，擅长书法。乾隆初年，他曾用楷书抄写十三经进呈皇上，被赐官国子监学正。吴汝纶在日本考察教育体制时，长崎知事荒川拿出一册《蒋湘帆尺牍》给他看，并请他为之作题记，于是就有了这篇小跋。
　　吴汝纶一面为自己能在国外见到名不见经传的书法作品而欣喜，一面又为国内"乡曲儒生"们一生锲而不舍执著于翰墨、不求闻达传世而默默耕耘的精神而感叹。最后，他又将目光投射到"西土"。那些街头艺术，也都是争奇斗异，别具风采，这说明天下艺术在自得其乐这一点上是"气类相感"而完全相通的。
　　全文短小精悍，以议论为主，兼用事实加以说明，相互阐发，笔法娴熟，结构严谨，平淡质朴的语言中蕴涵着对祖国、同道与艺术的真挚情感。

书杜袭喻繁钦语后① 林 纾②

吴人之妇,有绮其衣者。衣数十袭③,届时而易④之,而特居于盗乡。盗涎⑤而妇弗觉,犹日炫其华绣于丛莽⑥之下,盗遂杀而取之。

盗不足论,而吾甚怪此妇知绮其衣,而不知所以置其身。夫使托身于荐绅⑦之家,健者门焉,严扃深居⑧,盗乌得取?惟其濒⑨盗居而复炫其装,此其所以死耳。

天下有才之士,不犹吴妇之绮其衣乎?托非其人,则与盗邻。盗贪利而嗜杀,故炫能于乱邦,匪有全者。杜袭喻繁钦曰:"子若见能不已,非吾徒也。"钦卒用其言,以免于刘表之祸。呜呼,袭可谓善藏矣。钦亦可谓善听矣!不尔,吾未见其不为吴妇也。

《畏庐文集》

【注释】

①杜袭:三国时人,字子绪,颍川定陵人,避乱荆州,不为刘表所重,南下长沙,后仕魏,官至大中大夫。繁钦:三国时人,字休伯,以文辞知名,与杜袭一起依刘表,繁钦几次想向刘表显示异才。杜袭说:"吾所以与子俱来者,徒欲龙蟠幽薮,待时凤翔,岂谓刘牧当为拨乱之主而规长者委身哉?子若见能不已,非吾徒也。吾其与子绝矣!"钦曰:"请敬受命。"

②林纾(1852~1924):原名群玉,字琴南,号畏庐、冷红生,

福建闽县（今福州市）人，用古文翻译了欧美等国小说一百七十余部。有《畏庐诗存》《畏庐文集》等。

③袭：上下衣服称一袭。

④届时而易：不同时间换不同衣服。

⑤涎：垂涎欲食，比喻贪婪想占有。

⑥丛莽：草木丛杂之处，指盗贼出没的地方。

⑦荐绅：仕宦者。

⑧严扃（jiōng）深居：紧闭大门，深居简出。

⑨濒（bīn）：临近。

【赏读】

林纾是近代著名的文学家、翻译家，曾任教于京师大学堂，早年倾向维新，曾参加改良主义的政治活动，五四运动之后，思想渐趋保守，抵制新文化运动。这篇题跋通过三国时杜袭和繁钦的故事表达他隐忍待时、明哲保身的思想观念。

为了更好地说明道理，林纾先引述一则故事。说一个吴妇有十多套漂亮的衣服，每天换一套出入丛林之间来炫耀她的美丽，殊不知她是住在一群盗贼的窝边，这些盗贼对她早就垂涎三尺了，而她并没有察觉，结局当然是为盗所杀。作者认为当今有些文人犹同那位吴妇，喜欢在这样的乱世炫耀其才华，结果往往"炫能于乱邦，匪有全者"。从某种意义上讲，林纾的观点充满了智慧。但是在那动荡混乱的时代，如果没有谭嗣同、秋瑾、李大钊、孙中山等仁人志士勇敢地大声疾呼，抛头颅，洒热血，探索拯救中国的民主革命道路，中国还不知道要在黑暗中摸索多长时间！他的观点显示出这位改良主义者心灵深处的胆怯与懦弱。

当然，从文学角度看，此文生动活泼，叙述与议论相结合，波澜起伏，变化莫测，深得桐城散文的艺术精髓。

《宋元戏曲考》序   王国维[①]

凡一代有一代之文学：楚之骚，汉之赋，六代之骈语，唐之诗，宋之词，元之曲，皆所谓一代之文学，而后世莫能继焉者也。独元人之曲，为时既近，托体稍卑，故两朝史志与《四库》集部[②]，均不著于录；后世儒硕，皆鄙弃不复道。而为此学者，大率不学之徒；即有一二学子，以余力及此，亦未能观其会通[③]，窥其奥窔[④]者。遂使一代文献，郁堙沉晦[⑤]者且数百年，愚甚惑焉。往者，读元人杂剧而善之；以为能道人情，状物态，词彩俊拔，而出乎自然，盖古所未有，而后人所不能仿佛[⑥]也。辄思究其渊源，明其变化之迹，以为非求诸唐宋辽金之文学，弗能得也；乃成《曲录》六卷，《戏曲考原》一卷，《宋大曲考》一卷，《优语录》二卷，《古剧脚色考》一卷，《曲调源流表》一卷。从事既久，续有所得，颇觉昔人之说与自己之书，罅漏[⑦]日多；而手所疏记，与心所领会者，亦月有增益。壬子岁莫[⑧]，旅居多暇，乃以三月之力，写为此书。凡诸材料，皆余所蒐集[⑨]；其所说明，亦大抵余之所创获也。世之为此学者自余始；其所贡于此学者，亦以此书为多。非吾辈才力过于古人，实以古人未尝为此学故也。写定有日，着记其缘起。其有匡正补益，则俟诸异日云。

海宁王国维序。

《王国维文集》

【注释】

①王国维(1877~1927):字静安,一字伯隅,号观堂,又号永观,浙江海宁人。早年留学日本。学习哲学、文学、美术,对叔本华、尼采的学说钻研尤深。回国后,在南通、苏州等地师范学校讲授哲学、心理学、伦理学。后到北京,研究宋元以来通俗文学,对宋词、元曲致力最多。1925年受聘清华研究院教授。晚年从事甲骨文、金文和汉简牍考释。1927年4月,自沉颐和园昆明湖。著有《静安文集》《宋元戏曲考》《人间词话》等。

②两朝史志与《四库》集部:两朝史志,指《宋史》《元史》的《艺文志》,均未著录杂剧作品。《四库》,《四库全书》的简称,集部分为楚辞、别集、总集、诗文评、词曲五类。

③会通:融会贯通。

④奥窔(yào):深奥幽微。

⑤郁堙沉晦:郁结堵塞,沉没模糊。

⑥仿佛:模仿、追踪。

⑦罅(xià)漏:漏洞。

⑧壬子岁莫:即1912年底。

⑨蒐集:搜集。

【赏读】

王国维的《宋元戏曲考》以翔实的史料、系统的方法,融入西方的文艺思想,吸取传统的戏曲观点,对中国古代戏曲发展的历史及其艺术成就和杂剧的审美价值等作了创造性的论证,是第一部系统研究中国戏曲史的奠基之作,填补了中国文学研究史上的一项空白。它标志着二十世纪真正具有近代意义的戏曲学的诞生,与鲁迅的《中国小说史略》并称为"中国文艺史研究上的双璧"。该书的材料都是王国维花费大量时间独立搜集整理的，具有筚路蓝缕的拓荒性质，很多观点都是他独自创立的，非常难得。不仅对戏曲史的研究有重要贡献，而且研究方法对后学也有深远影响。

序言中，王国维认为元曲可以和楚骚、汉赋、骈文、唐诗、宋词等相媲美，因为元杂剧"能道人情，状物态，词彩俊拔，而出乎自然"。元曲作家由于名位不显，在政治上没有任何出路，只能将才华和性情展露于曲中，所以能够真实自然地"写情沁人心脾，写景则在人耳目，述事则如其口出"，达到了很高的艺术境界。王国维还提出"一代有一代之文学"的历史进化论观点，由此出发，他肯定元杂剧为"一代之胜"，首次从文学成就和美学价值上肯定元杂剧的文学史地位，实在是独具慧眼。